毒の寵妃は後宮で花ひらく

ラティルブックス

人物紹介

国

三百年前、当時の蘭家の王朝を倒して建国された。瑞《ずい》家から代々の皇帝が選ばれ、その権力は絶大。

紫《し》蓮《れん》

聡明な青年で、雪花の初恋相手。虐げられていた彼女と出会い、子ども時代に一緒に逃げようと計画。

蘭《らん》雪《せっ》花《か》

前王朝である蘭家の末裔。毒を与えられて育つも、紫蓮をよすがに耐え忍んできた。桃色の髪と紅い瞳を持つ。

浩《こう》然《ねん》

雪花とは異母姉弟で、九つ年下。雪花を慕っている。

栄《えい》貴《き》妃《ひ》

後宮を取り仕切る大貴族の娘で、野心が強い。

張《ちょう》青《せい》磁《じ》

妃嬪の教育係も務める宦官。

良《りょう》答《とう》応《おう》

後宮入りした雪花と隣室になる。明るく好奇心旺盛。

鈴《りん》明《めい》

雪花の侍女。蘭家の遠縁にあたる。

目次

序章　死のくちづけ

鮮やかな真紅の彼岸花が咲き誇っている。

赤い花弁を目にした蘭雪花《らんせっか》は、それが血の色のように見えた。

悲しき思い出という言葉を司《つかさど》る彼岸花だが、冷遇されている雪花には、より骨身に染みた。

「彼岸花より、南天がいい……」

なぜなら、あの人との思い出があるから。

遠い記憶をたぐり寄せるが、無意味なことを思い知らされて項垂《うなだ》れる。

ここからは風光明媚《ふうこうめいび》な景色が臨めるはずもない。窓の外には雑草が生い茂り、かろうじて林のそばに彼岸花が咲いている様子が見えるだけだ。殺風景な世界にも、もうとっくに慣れた。

嘆息した雪花は鉄格子がついた窓から手を離す。

雪花が住んでいるのは、離れの粗末な小屋である。

室内には簡素な寝台と、木製の椅子がひとつだけ。ほかの家具はなにもない。

壁には漆喰《しっくい》が塗られており、ところどころ剥《は》げている。床は膠灰《こうかい》で固められているので寒々しい。冷たく、がらんとした小屋はまるで飢えた霊獣の胃の腑《ふ》のよう。

外と隔てられた扉には錠前がかけられている。

そこを通ることは許されない。もとより鍵がかかっているので、自由に出入りできないのだ。

カタン、と堅牢《けんろう》な扉の下についた戸板が音を立てた。それと同時に、怯《おび》えたような下女の声が耳に届く。

「お嬢様、お食事です。……あの、いつもどおり全部食べるようにと、旦那様からの命令でして……」

「わかっています」

返事をした雪花は椅子から立ち上がると、ひび割れた盆を引き寄せた。盆にひとつだけのせられた椀《わん》には、粟《あわ》を煮込んだものが入れられていた。

たった一杯のこれが、雪花の一日分の食事である。

扉の向こうで、年老いた下女はじっと椀が返されるのを待っている。雪花が食事を残しでもしたら、彼女が主人である父と継母《ままはは》に折檻《せっかん》されるのだ。

さじで冷えた粟を掬《すく》い、口に運ぶ。

びりっとした感覚が舌先に走ったが、それだけだった。

粟は量が少ないので、すぐにすべてを食べ終える。

喉から胃の腑に流れた、粟以外のものを、雪花は気にしないよう努めた。

だが体は感じている。

粟に混ぜられた、毒を――

体を蝕《むしば》もうと暴れる毒は、臓腑を通して体に吸収された。四肢に染み渡るように、冴《さ》え冴《ざ》えと毒が行き渡るのを感じる。

今日は、附子《ブシ》だ。

附子は菫《すみれ》色の有毒植物である。塊根を乾燥させたものが漢方薬、また毒としても用いられる。

猛毒を呑《の》み込んだ雪花は空の椀を盆にのせると、戸板の向こうに押しやる。

下女の安堵《あんど》した息がこぼれたが、彼女はすぐに盆を持って足早に去った。

また沈黙が訪れる。

朝餉《あさげ》を終えると、あとは永久のように長い時間を過ごすのみ。

椅子に腰を下ろした雪花は、ぼんやりした。それしかすることがないからだ。

致死量の附子を服毒したにもかかわらず、雪花の体はなんともない。

その特異体質こそが、この冷遇を作り出したのかもしれない。

雪花は、ここに幽閉されるまでの日々を思い返した。

「あの頃は、こんなことになるなんて思いもしなかった……」

実の母が生きていたとき、雪花は蘭家に生まれた長女として大切にされていた。

蘭家は前王朝の皇族の末裔《まつえい》であり、世が世なら雪花は公主《こうしゅ》という尊い身分である。

大陸の中でも随一の広大な領土を持つ国は、肥沃な土壌と豊かな鉱山資源を誇る。

蘭家の王朝が征服されたのは三百年も昔のこと。現在は瑞《ずい》家が支配する鴻《こう》国となっている。王朝が交代した当時は一族ごと幽閉されていた蘭家だが、数代前の皇帝から恩赦が言い渡され、田舎で慎《つつ》ましい生活を送っている。

だが、父は度々瑞王朝への不満を吐いていた。

本当なら、自分こそが皇帝のはずなのに、と。

しかし現在の蘭家はなんの権力も有しておらず、父は地方の下級役人という身分である。栄華を誇ったのは遥《はる》か昔の話だ。

優しい母は不平不満を述べる父を宥《なだ》めていた。

『家族が幸せに暮らせるなら、それでいいではありませんか、旦那様……』

そんな穏やかな母の急死とともに、七歳だった雪花の運命も激変する。

後妻に迎えた女は、父と同じく現状への文句を連ねた。

自分は本来であれば皇后の身分なのに、この不遇は許せない。今の世の中は間違っている。兵を集めて蜂起し、玉座を取り戻すべき、と父をけしかけたのだ。

すっかりその気になった父は密《ひそ》かに協力者を募り、兵を集め出した。

これが鴻国の知るところとなったら、今度こそ蘭家は抹殺されてしまう。

幼いながらにそれを感じ取っていたものの、雪花はどうすることもできないでいた。

そんなとき、事件は起こる。

雪花を邪魔に思った継母が、食事に毒を入れたのだ。

しかし、致死量の毒を混入されたにもかかわらず、雪花は死ななかった。どうやら毒に耐性のある特異体質らしいことが判明する。

それを知ったときの父の言葉は忘れられない。

『これこそ、天の啓示だ！』

雪花の身を案じるどころか、まるで天下を取ったかのように大喜びだった。

その日から、雪花の食事には毒が混入され続けた。

附子、鴆毒《ちんどく》、砒素《ひそ》……どんな種類の劇薬でも、雪花は死なない。

始めは嘔吐《おうと》して寝込むこともあったが、年月とともに体は慣れていった。どんなに雪花が体調を崩しても、父は決して医師を呼ばなかった。

やがて雪花の髪は桃を刷《は》いたような薄い色になり、瞳と唇は真紅に彩られた。毒の効果によるものらしい。窓に映る自分の姿を見るたびに、常人とはかけ離れてしまったのだと恐ろしくなる。

たまらなくなって逃げ出そうとしたが連れ戻され、ずっと、この小屋に閉じ込められて毒入りの食事を与え続けられていた。

幽閉されてから十年が経《た》つ。雪花は十九歳になっていた。

誰にも会えず、年頃の娘らしい楽しみはない。父がなにを考えているのかもわからない。

私を殺そうとしている……？

でも、なぜ毒を与えながらも幽閉して生かしておくのだろうか。どうせ殺すのならば、食事をいっさい与えないだとか、ほかの方法はあるはずなのに。

何度もここから出してほしいと下女を通して嘆願したが、十年もの間、父が雪花のもとを訪ねたことは一度もない。

「このまま死ぬのでしょうか……でも、もう一度だけ、紫蓮《しれん》に会いたい……」

まだ幽閉されていなかった幼い頃、ここから連れ出してくれた男の子の顔を思い浮かべる。

想《おも》っても無駄だと、何度も忘れようとした。

でも、忘れられなかった。雪花にとって、紫蓮だけが生きるよすがだったから。

当時十四歳だった彼は、今はもう二十四歳のはずだ。きっと立派な青年に成長しただろう。

どこでどうしているのか……。もう雪花のことなど忘れて、結婚したのだろうか。そう考えると、胸が引き絞られるように痛んだ。

けれど、今の雪花の姿を見られて、紫蓮に痛ましい表情を向けられるのも居たたまれない。

彼に出会ったときはすでにこの異形ともいえる姿だったが、長年の幽閉により、あのときよりさらにやつれている。髪や肌には艶がなく、四肢は枯木のようだ。このような惨めな雪花を哀

れみはしても、近寄りたくないだろう。

結ばれることなどないのだ。会わなくてよいのかもしれない。

そのように懊悩《おうのう》していると、小屋の外に人の気配がした。

ふと顔を上げて窓の外を見やる。周囲を見回しながら、そっと近づいてくるのは、弟の浩然《こうねん》だった。

「浩然……！」

「姉上。お花を持ってきました」

十歳の浩然は、父と継母から生まれた腹違いの弟である。

まだ幼さが残る顔立ちで、純真さが表れたまっすぐな眼差《まなざ》し。大切に育てられているので、髪や服は整っている。

浩然は雪花が服毒させられている事実を知らない。姉の雪花は病気なので、小屋に隔離しなければならないのだと両親から聞かされているのだ。雪花としても、とても浩然に真実を打ち明けられなかった。

それなのに弟は時々こっそりと雪花を見舞うのである。

彼の優しさが心苦しいとともに、両親の目を盗んで小屋へやってきていることで浩然の身が案じられた。

鉄格子つきの窓から浩然を見下ろした雪花は、慌てて言う。

「浩然。ここに近づいてはいけません。父上と母上からも、そう言われているでしょう？」

「でも、姉上はご病気です。花を眺めると病気の人は心が癒やされると、老師が言っておりました」

浩然は手にしていた秋桜《あきざくら》の花を窓に向けて差し出す。

きっと庭から摘んできてくれたのだろう。

雪花に触れたら病気がうつるかもしれないのに、それを気にしない浩然の無垢《むく》さが尊くて、涙が滲《にじ》みそうになる。

「ありがとう、浩然……」

鉄格子の隙間から手を出した雪花は、秋桜を受け取ろうとした。

だがそのとき、林の小道を下女が歩いてくる姿が見えた。

慌てた雪花はとっさに手を引く。

ぱらぱらと秋桜が地面に散った。

「浩然、誰か来ます！　すぐに部屋に戻って」

はっとした浩然は身を翻すと、薮《やぶ》の中へ入っていった。

小屋へやってきた下女に気づかれることはなかったようだ。

ほっとした雪花は扉に向き合う。ガチャリと錠前が外される音に、目を瞬かせた。

用事があるときはいつも戸板を通すのに、なぜ扉を開けるのだろう。

もしかして、ここから出られるのでしょうか……？

戸口に現れた下女は無表情で告げた。

「旦那様がお呼びです」

「お父様が、私を……？」

長い間、雪花を顧みなかった父に呼び出されるなんて初めてのことだ。もしかすると、父は雪花の窮状に、心を入れ替えてくれたのだろうか。

雪花の顔に、久しぶりに笑みが浮かんだ。

下女に案内され、小屋を出て小道を通り、主屋へ向かう。

外の空気を吸うのは、十年ぶりだった。

雪花は空がこんなに広いものだと思い出し、鳥が飛んでいる姿に驚いた。

主屋の様子は幽閉される前と変わりなかった。

やたらと豪奢《ごうしゃ》な壺《つぼ》が飾られ、扉は金で造られている。だが、元はそう大きくない屋敷なので、高価な骨董《こっとう》で取り繕っても、どこかちぐはぐだった。粗末な家を無理やり飾り立てているような違和感がある。

母が生きていた頃は質素な住まいだったのだが、継母と再婚してからの父は急に贅沢をするようになった。役人の給金だけでは足りないので、金を借りているのだと思われる。

まるで砂上の楼閣のようだとはいえ豪奢な空間に、ぼろの服を着て、はだしの雪花はさらに不釣り合いだった。父母からは綺麗《きれい》な衣服や靴など与えられない。彼らが与えるのは、毒入りの食事だけである。

金の扉の前に跪《ひざまず》いた下女は、小さな声で扉の向こうにいる主人に告げた。

「お嬢様をお連れしました」

雪花は自らの震える手で扉を開ける。

するとそこには、まるで皇帝と皇后かと思うような豪奢な衣服を身にまとった父母が椅子に鎮座していた。さほど広くもない部屋なので、窮屈さが際立ち異質に見える。

龍の刺繍《ししゅう》を施した長袍《ちょうほう》を着た父は、傲岸に命じた。

「来たか、雪花。そこに跪くのだ」

「は、はい」

言われたとおり、雪花は扉のそばに跪く。

十年も閉じ込めていた娘に対して、温かみのある言葉のひとつもない。まるで召使いに対するような扱いだ。部屋の様子からもわかるとおり、父が心を入れ替えたわけではないことに、雪花が抱いていた仄《ほの》かな期待は打ち砕かれた。

雪花は戸惑ったものの、父には逆らえない。

鳳凰《ほうおう》の刺繍を施した服を着た継母は、顔を歪《ゆが》めて雪花を見やる。

「なんて気味が悪い色なんでしょう。おまえの髪は妖怪のようだし、目と唇は血に塗《まみ》れたみたいだわ。まるで化物ね」

それは長年の服毒によるものなのだが、そもそも継母は雪花の死を望んでいる。もっと強い毒を与えられたら、今度こそ死ぬかもしれない。いつ殺されるかわからないので、雪花は言い返すこともできず、床に目線を落とした。

そのとき、父が笑みを浮かべつつ雪花に告げた。

「喜べ。おまえの輿《こし》入《い》れが決まった」

「……えっ」

予想もしなかった父の言葉に、雪花は目を瞬かせる。

輿入れということは、雪花は誰かの嫁になるのだ。長年閉じ込められていた雪花が、いったいどこの家の、誰に嫁げるというのだろう。

「お、お父様、それはいったい……」

「その前に、確かめることがある。——おい、あれを持ってこい」

顎で命じられた下女は腰を上げると、どこかへ行ってすぐに戻ってきた。彼女は両手の中に、なにか小さなものを閉じ込めている。

わずかに蠢《うごめ》くそれは、鶏の雛《ひな》だった。

下女は雛を雪花に手渡す。

つぶらな瞳の雛は暴れることもなく、雪花のてのひらに収まった。

ぬくもりに久しぶりに触れた雪花は、ほっと吐息を漏らす。

だが父は、冷酷な声で命じた。

「その雛のくちばしに、唇をつけるのだ」

「はい……」

どういうことだろう。父は雛に接吻《せっぷん》しろと言っているのだ。

わけもわからず、雪花は命じられるままに、てのひらにのせた雛に唇を寄せる。

幼い雛は無垢な様子で、ぱちぱちと瞬きをしている。雛はそばにある雪花の紅《あか》い唇を、つんと突いた。

すると、雛はぶるりと身を震わせる。

そのまましばらく小さな体は硬直していた。

なにが起こったのだろう。

雪花が首をかしげていると、ぱたんと雛が横倒しになった。

「えっ!?」

小さな羽が痙攣《けいれん》している。やがて雛は動かなくなった。

みるみるうちに体は硬くなり、羽と足を突っ張らせている。つい今まで瞬いていたつぶらな目は、瞼《まぶた》を固く閉ざしていた。

――死んでしまった。

突然の死に驚いた雪花は小刻みに体を震わせる。

どうして……まさか、私がくちづけたから……？

紅い唇に触れた途端、雛の体調が急変したのだ。

それを見ていた父母は満悦した。

「よし！　予定どおりだ。ついに毒の娘が完成したぞ」

「毎日毒を与え続けた甲斐《かい》がありましたわね、旦那様」

「うむ。これまでは痙攣しか見られなかったが、死に至らしめることができたのはやはり毒の種類を調整したからだろう」

ふたりが雪花の死ではなく、雪花に殺傷能力を得させることを目標として、計画的に服毒させていたと知り、呆然《ぼうぜん》とする。そういえば今までにも、唾を椀に吐き出せなどという指示が下女を通してあった。あれは雪花の体内に毒が含まれているかを確かめるものだったのだ。

でも、こんなことをして、なんになるのでしょう……？

雪花はてのひらの中で冷たくなっている雛を両手で包み込む。雪花の毒により死なせてしまった小さな命は、温めても息を吹き返すことはなかった。

両親は雛の命など路傍の石のごとく見向きもせず、笑みを浮かべている。

「これでわたくしたちは、皇帝と皇后になれますわ」

「ああ、そうとも。我が蘭家こそが正式な皇族なのだからな」

ふたりはなにを言っているのだろう。

なぜ雪花が毒の娘であることが、皇帝と皇后になれることにつながるのだろうか。

雛の遺骸を持った雪花は、喜んでいる父母に背筋を震わせる。

嬉々《きき》とした父は呆然としている雪花に伝えた。

「よいか、雪花。その死の接吻で、耀嗣《ようじ》帝を殺せ」

「……え？」

なにを言われたのか、呑み込めない。薄い色の睫毛《まつげ》で瞬きをする雪花に、父は言葉を継ぐ。

「耀嗣帝とは、鴻国の現在の皇帝だ。先帝が崩御し、即位してから二年になる。おまえは後《こう》宮《きゅう》の妃として閨《ねや》に侍《はべ》り、毒のくちづけをして皇帝を暗殺するのだ」

「そ、そんなことをしたら、大変な事態になります」

「それが狙いだ。皇帝暗殺の混乱に乗じて、我々が宮廷を占拠する。そのための軍は集めている。蘭家が天下を取れる日がようやくやってくるのだ」

父の計画を聞いた雪花は、背中に冷たいものが流れるのを感じた。

「まさか……お父様は、私を暗殺者にするために、食事に毒を入れ続けていたのですか？」

「当たり前だ。毒に強いというおまえの特異体質を知ったとき、この計画が閃《ひらめ》いたのだ。素晴らしい作戦だろう」

誇らしげに語る父を目にした雪花は絶望した。

幽閉を解かれるという願いは、通じた。

だがその代わり、暗殺者として後宮へ入り、皇帝を殺害するという密命を与えられてしまった。父母が長年にわたり雪花を閉じ込めて毒を与え続けていたのは、蘭家が皇族に返り咲く道具として利用するためだったのだ。幽閉していれば、外部に計画が漏れることもない。

雛を殺した死のくちづけ――

長年の服毒により、唇に毒が滲んでいるのだろう。禍々《まがまが》しい紅い唇は、毒の色だ。雪花自身はなんともないが、接吻した者は致死量の毒を摂取するのと同じことになる。

ぎゅっと、冷たくなった雛を両手で包み込む。

「そんなこと……できません」

そう言うだけで精一杯だった。父母の命令に逆らうのは罪だという慣習があるものの、人殺しなどできない。小さな雛の命を奪った事実に、こんなにも心が引き裂かれそうなのに、一国の皇帝を殺害するなんて雪花には耐えられないし、不可能だろうと思えた。

涙を浮かべる雪花に、父は怒りを露《あら》わにする。

「父の言うことに逆らうのか！　もし、おまえが従わなかったときは、浩然の命はないものと思え」

「えっ……そんな……」

弟の命を人質に取られて、雪花は瞠目《どうもく》した。

浩然は大切な嫡男のはずだ。雪花を冷遇しても、浩然のことは大事に育てていると思っていた。それなのに両親が浩然を殺《あや》めようとするなんて信じられない。

「で、でも、浩然はお父様とお母様の実の息子ではありませんか」

「おまえがこの計画を完遂しなかったときは、我が一族は終わりだ。浩然には一族の悲願を達成できなかった責任を取ってもらわねばならない」

あまりの横暴さに息を呑む。

確かに、皇帝暗殺の計画が破綻したときには、蘭家の一族は生きていられないだろう。

まさかその責任を浩然に負わせるなんて。

浩然はいつでも雪花を姉として敬い、病気とされている身を案じてくれた。

なにも知らないであろう浩然の命を危険にさらすことはできない。

無言になった雪花は覚悟を決めて、じっと床を見つめた。

そんな雪花に、継母は歪んだ顔を向ける。

「感謝しなさい。おまえが大役を仰せつかったのは、わたくしが毒を飲ませてやったことがきっかけだったのだから」

「でかしたぞ。あれがなければ、毒に耐性があるなどと気づかなかっただろうからな。おかげで最高の暗殺者が作れた」

「そうでございましょうとも。わたくしたちが宮廷を牛耳れるのは、もうすぐですわ」

両親は高らかに笑った。

ふたりにとっては子どもたちの命よりも、皇族になることのほうがずっと大事なのだ。親の願いのために子を利用するのは当然だと思っている。

歪んでいると思うけれど、雪花は両親に逆らえない。

雪花にとってほかに居場所などなかった。なにより、浩然の命を守らなければならない。

蘭家の娘として、両親の言うとおりにするしかないのだ。

「よいな、雪花。皇帝をくちづけで殺せ。暗殺が成功したら、おまえは公主だ。そうなればおまえの処遇を改めてやってもよい」

「……はい。わかりました、お父様」

「では、すぐに首都へ向かえ。すべては蘭家復興のためだ。それを忘れるなよ」

のろのろと立ち上がった雪花に、継母は呪いの言葉をぶつける。

「逃げようなんて思わないことね。親を裏切ることは大罪よ。もし計画を誰かに話したり、暗殺が失敗したら、おまえは生きていられませんからね」

「……はい、お母様」

まるで雪花に見えない首輪をかけているかのように、継母は縄を引く仕草を見せる。

親を裏切ることが大罪ならば、そのために人殺しをしても罪にはならないのか。

いいえ、私はどちらにせよ、罪を犯すことになるのですね……

これが自分に定められた宿命ならば仕方ない。雪花は命を懸けて皇帝暗殺を実行しなければならないのだ。蘭家のため、そして浩然のために。

両親に礼をした雪花は後ずさりして部屋を出た。

庭を出ると、小雨が降っていた。

土に跪いた雪花は、庭の隅に雛の遺体を埋めた。手についた泥が、まるで血に塗れたように錯覚させる。頬《ほお》を伝う涙に、雨粒が混じっていった。


数日後、雪花は粗末な貸馬車に乗り込む。

両親が見送りに来ていたが、険しい顔をしているので、雪花が逃げ出さないか見張るためだろうと思えた。

家の門へ出るまで小屋にいたため、ぼろ布をまとったようなみすぼらしい格好だった。

継母に肩を押さえられている浩然は、驚いた顔をして雪花に声をかける。

「姉上……どちらへ行かれるのですか？」

「雪花は皇帝陛下の住まわれる金城《きんじょう》へ行くのです。特別に妃に指名されたのですよ」

雪花の代わりに継母がしたり顔で答える。浩然が目を瞬かせて母親に問いかけた。

「皇帝陛下のお妃様に……？　でも姉上は、ご病気ではないのですか？」

「病気は治ったのです。雪花の病気は蘭家の内々のこと。決して誰かに話してはなりませんよ。

いいですね、浩然」

「……はい、母上」

浩然は不思議そうな顔をしたが、母親の言うことなので呑み込んでいた。

父は厳しい目をして、車内に座る雪花に言う。

「よいな、雪花。おまえに蘭家の命運が懸かっているのだ。それを忘れるな」

「……わかりました。決して忘れません」

「手はずは整っていて、後宮には内通者もいる。おまえをいつでも見ているぞ」

計画が実行されるか監視しているのだと、父は匂わせた。

項垂れた雪花を乗せ、馬車の車輪が軋《きし》んだ音を立てて回り出す。

まるで運命の輪のごとく。

車窓から顔を出した雪花は、浩然の顔を目に焼きつけた。

「さよなら、浩然……」

「姉上、お元気でお過ごしください！」

大きな声でそう言った浩然が懸命に手を振っている。

彼の人生を掴《つか》んでいるかのように、継母がしっかりと肩を抱きしめていた。

やがて家族の姿が見えなくなると、雪花は重い溜息《ためいき》をつく。

あれほど憧れた青い空は、涙が滲み霞《かす》んでいた。

第一章　後宮の答応

瑞家の三百年王朝は華麗な歴史に彩られていた。

重税が続いて悪名高かった蘭王朝を征服すると、辺境の蛮族を制圧し、盤石な体制で国家を樹立した。以来、賢明な皇帝を擁立し続け、臣民の信頼を得ている。

三百年も王朝が続けば、時には暴君が誕生するものであるが、瑞家にはそれを避けるための慣習があった。

玉座を継ぐのは長子と限らず、皇帝が認めた皇族の者としているのだ。

ゆえに太子であっても皇帝になれるとは定まっていない。なかには十数名の子がいるにもかかわらず、甥《おい》を皇帝に指名した例もある。

すべては絶対的権限を持つ皇帝の心積もりひとつ。

現に先帝が次の皇帝にと決めたのは太子ではなく、地方に追いやられていた九番目の皇子だった。長子は宮女の子で愚直な人柄だったため、二番目の皇子が太子の位を得ていた。太子の母は貴妃《きひ》であり、本人は聡明《そうめい》と誉れ高い。順当にいけば彼が皇帝になるものと思われていたので、先帝の決定に、太子の派閥の者たちは不服を唱えたが、彼らは地方へ左遷させられた。

そういった経緯で即位したのが、耀嗣帝だ。

皇帝は即位して二年の間に、周辺諸国との和平を結び、橋や街路を整備して、賄賂を要求する悪徳な官吏を左遷し、権力の地盤を固めた。

慧眼《けいがん》と名高い耀嗣帝だが、一方で跡継ぎには恵まれていなかった。皇后は未《いま》だにおらず、子もいない。そのため、娘を寵妃《ちょうひ》にしようと目論《もくろ》む貴族たちが多いようで、後宮へ向かう華美な馬車が連なっていた。

「陛下はどんな方なのでしょう……」

馬車の物見窓から外をうかがった雪花は、溜息をつく。

鴻国の首都である黎安《れいあん》は活気に満ちていた。辺りはたくさんの人が往来し、露店が建ち並んでいる。地方で、しかも閉じ込められていた雪花には見るものすべてが新鮮だ。

けれど、雪花の心は重く沈んでいる。

これから雪花は、皇帝の居城である金城へ向かう。

妃嬪《ひひん》として入宮すれば、もう二度と街へ戻ることはないだろう。

籠の鳥の運命は、実家の小屋で暮らした日常となんら変わりないかもしれない。

しかも皇帝暗殺の密命を受けているのだ。

そんな恐ろしいことが、本当に自分にできるのだろうか。

覚悟ができていない雪花は紅い唇を震わせる。

やがて馬車は壮麗な門前へ辿《たど》り着いた。

ここが皇帝の住まう金城だ。

見上げると、堅牢な門の向こうに見える黄金色の甍《いらか》が、ずらりと最果てまで続いている。

麗しい馬車から顔を出した娘たちは豪奢な衣装をまとっている。美しさや家柄に自信があるようで、娘たちは誰もが堂々としていた。

質素な貸馬車で、継母が若い頃に着ていた古い服なのは雪花くらいだ。雪花は目立たないよう、窓から顔を出さずに隠れる。貸馬車は最後尾に並んだ。

門前は混雑しており、行列ができている。入城するために、検門を受ける必要があるからだ。

兵士の検門を済ませた娘たちの馬車が、巨大な門をくぐり抜けていく。

やがて、雪花の番になった。

御者台を下りた御者は携えた書類を兵士に手渡す。

そこには雪花が皇帝の妃嬪であるという旨が、役人の印とともに書かれているはずだ。

だが兵士は書類を見て首をかしげた。

「随分と地方だな。あんな田舎から、妃嬪に推挙される者がいるのか？」

上官らしきその男は、隣にいた部下に顎をしゃくる。ただちに部下は馬車に声をかけた。

「馬車の中にいる者、降りなさい」

「は、はい」

指示された雪花は馬車にかけられていた布を捲《めく》り、姿を現した。

馬車から降りた雪花を見た兵士たちは眉をひそめる。

雪花が着ている色褪《あ》せた襦裙《じゅくん》は飾りがなく、すり切れている。髪もぼさぼさで、結っていなかった。とても良家の令嬢には見えない。

皇帝の妃嬪になる女性は有力貴族の娘がほとんどで、お金持ちらしい豪奢な服を着ているものだ。娘の入宮のために、豪華な衣服を実家が用意するのは当然のこと。馬車も家柄の格を示すために飾り立てる。

だが急ごしらえのため、新品が用意できなかったのだ。

入宮するからにはそれなりの格好をさせなければならないと、父が言うのを聞いていたが、継母は断固として反対していた。結局は両親の無茶な贅沢により、家にお金が残っていないので、古着で充分という結論に至ったようだ。

雪花の格好が異様なのは、ほかの娘と比べるとよくわかる。しかも不気味な桃色の髪と赤い目で、異常に痩せ細っているのだ。

おどおどと視線をさまよわせる雪花に、兵士は一喝した。

「なんだ、おまえは！　おまえのようなみすぼらしい娘が妃嬪のわけないだろう。さっさと消えろ」

「ほ、本当です。私は後宮に入るために参ったのです」

「嘘《うそ》をつくな！　後宮には陛下が認めた令嬢しか入れないのだ。この下民め、鞭《むち》打つぞ！」

兵士は腰に差している鞭に手をかけた。

雪花は恐怖に震えてしまい、身動きができない。

諦めて帰るわけにはいかない。雪花には密命がある。両親の命令に背いたら、浩然がどうなるかわからないのだ。

額《ぬか》ずいた雪花は必死に頼み込んだ。

「お願いです、信じてください。私は蘭家の娘なのです。皇帝の妃嬪になるようにという父の命を受けて、ここへやってきたのです」

鞭を振り上げた兵士は、『蘭家』の名を聞いて、ぴたりと手を止めた。

「なんだと？　蘭家とは、まさか……」

現在では貴族でもない蘭家だが、前王朝の皇族が蘭家だったことは歴史書に記されているため誰でも知っている。かつて皇族だった血筋ならば、現王朝の妃嬪にと望まれるのもありえないことではない。

鞭を下ろした上官に、部下は小声で囁《ささや》いた。

「書類が本物か、念のため確認いたします」

「う、うむ。どうせ偽造だろうがな。確認してこい」

書類を手にした部下は門内へ駆けていった。上官は苛々《いらいら》と靴先で地を叩《たた》いている。

平伏した雪花は、じっとして待っていたが、もし書類が通らなかったらどうしようという不安でいっぱいだった。

ここからは門内がよく見えるが、どうやらこの門は金城のもっとも手前にある入り口のようだ。

広場のさらに向こうにはまた大きな門があり、官吏が出入りしている姿が見て取れる。御用聞きの商人は奥までは行けないのだろう。後宮は奥に鎮座する宮廷の、さらにその先だ。金城はとてつもなく広大な居城である。

ややあって、先ほどの部下が戻ってきた。彼は慌てた様子の宦官《かんがん》を連れている。

宦官は男性器を切り落とし、皇帝、そして後宮の妃嬪に仕える官職である。

駆けつけた部下は上官に報告した。

「間違いありませんでした。蘭答応《とうおう》だそうです」

「な、なんだ。最下級の答応じゃないか。——もういいぞ、通れ」

上官は気まずそうに視線をさまよわせ、雪花を追い払うように手を振った。

入ってもよいのだとわかり、ほっとする。

痺《しび》れた足で立ち上がった雪花は門を通り抜ける。

貸馬車はここまでになるので、馬首を巡らせて帰っていった。

部下の兵士とともにやってきた宦官は、雪花に拱手《きょうしゅ》する。

拱手は胸の前で両手を組み合わせてお辞儀をする敬礼である。

「お待ちしておりました、蘭答応。後宮へご案内いたします」

「はい。よろしくお願いいたします」

雪花は宦官に頭を下げた。

答応とは、妃嬪の位のひとつである。

瑞王朝の後宮制度は皇后のほか、皇貴妃《こうきひ》、貴妃、妃《ひ》、嬪《ひん》、貴人《きじん》、常在《じょうざい》、答応と八つの位階に分類されている。定員は皇后と皇貴妃が一名ずつ、貴妃二名、妃は四名、嬪は六名が基本だ。それ以下の位は定員がない。正妻は皇后のみであり、あとはすべて妾《めかけ》である。だが耀嗣帝には皇后がいないので、現在はもっとも高位の栄《えい》貴妃が後宮を取り仕切っている。

それらのことを後宮へ向かう道すがら、案内する宦官が話してくれた。

「答応はもっとも下位ですから、上位の妃嬪にはもちろんのこと、高位の宦官にもお辞儀をしなければなりません。後宮は礼節を大事にする場所です。位階による礼節を守らないと懲罰がありますので気をつけてくださいね」

「はい、わかりました」

「わたしは蘇周文《そしゅうぶん》と申します。見てのとおり雑役係ですので、お辞儀はいりませんよ」

「わかりました」

彼流の冗談だったらしいが、雪花は生真面目に返す。蘇周文は物言いたげだったが気を取り直し、懐から書類を出して眺めた。

「ええと……蘭答応の位が書き換えられていますね。ですが尚宮局からいただいたものですから、間違いはないでしょう」

独りごちた蘇周文は、雪花の服装を見て眉を下げる。

家柄の格が低いことを服装が表しているので、哀れに思われたようだ。

こんなにみすぼらしい格好の雪花が、答応より上位のわけがなかった。もっとも、下位の答応でも今の雪花には不相応かもしれない。

いくつもの門をくぐり抜けると、やがて狭い通りに面した棟の前に辿り着く。

「こちらが答応の住まいになります。蘭答応の部屋は……ここですね」

ひとつの棟に、ずらりと同じ意匠の扉と窓がついている。長屋のようなそこに、すべての答応がひとり一室ずつを与えられるのだ。

蘇周文はその中のひとつである空き部屋に案内した。

玄関や前室などはなく、敷居を跨《また》ぐとすぐに簡素な卓と椅子が置いてある。部屋が狭いので、その家具だけでいっぱいだった。隣の寝室も寝台が置いてあるだけで、ほかに身の置き場がないようだ。ひとつの棟を割っている居室なので、当然かもしれない。

室内の広さは雪花がこれまで暮らしていた小屋と同じくらいである。だが二部屋を使えるので、雪花にとっては広々していると感じた。

「実家から大荷物を持参してきた答応に、置き場所がないと怒られますけどね。位階ごとに部屋の広さは決められていますので、広いところに住みたいなら昇格していただくしかありません。……ところで、蘭答応のお荷物はどちらに？」

「ありません」

少し恥ずかしいが、雪花は正直に答えた。

実家から持ってきた荷物などない。雪花は身ひとつだった。

またしても眉を下げた蘇周文は、丁寧に説明する。

「後宮の妃嬪は望みの品を手に入れられるという噂《うわさ》が市井《しせい》にはありますが、それは歴代の皇帝陛下の寵愛を賜った妃嬪の話です。大部分の妃嬪は実家から持参したものを使用しております。……まあ、蘭答応には身の回りの品を用意させましょう」

「ありがとうございます」

腰を両手に添えて膝を曲げる万福礼をしようとすると、手を掲げて遮られる。

「礼はいりませんよ」

「あ……そうでしたね。失礼いたしました」

多少は儀礼についての書物を読んで覚えてきたが、位階を重視する後宮では覚えることが多そうだ。

蘇周文が簡素な椅子を引くと、ギッと軋んだ音が鳴る。

「どうぞ、おかけください。……侍女がいないな。ちょっと呼んできますね」

「お願いします」

侍女を付けてもらえるようだ。椅子に腰を下ろした雪花は、一息つく。

扉には鍵がついておらず、窓にも格子などない。

閉じ込められることがないという僥倖《ぎょうこう》に安堵した。

ただ、出立する直前に父から念を押された言葉が気になってはいるが――

脳裏を掠《かす》めたそのとき、声をかけられて、ぎくりとする。

「ねえ、あんた。蘭答応ってことはもしかして、前王朝の末裔なの？」

「え、あの……」

顔を上げると、若い女性が窓から顔を出していた。目がぱっちりとしていて、溌剌《はつらつ》とした印象の美人だ。

隣室はとても近いので、蘇周文との会話は丸聞こえだったろう。

女性は窓から移動して、雪花の部屋の前までやってきた。窓と戸口は、わずか二歩の距離である。隣室も数歩ほどしか離れていない。

髪を両把頭に結い、品のよい襦裙を着た女性は、きっと良家の子女なのだろう。

だが女友達がいたこともない雪花はなにを話せばよいのか、わからなかった。

「あたしは良《りょう》答応よ。よろしくね」

「よろしくお願いします、良答応。私は蘭雪花と申します」

「あはは。ここでは家名と位で呼ばれるから、今日からあんたは蘭答応よ。それにしてもあんた、すごい格好ね。下女みたいな服で、髪や目も変わった色だし。もしかすると、妙な格好で陛下の気を引こうだとか、そういう作戦なの？」

「いえ、そんなことはありません」

好奇心が旺盛らしい良答応は、雪花の姿を見て目を輝かせた。あけすけに語る彼女に悪気はないらしく、ころころと笑っている。

「でもね、陛下の夜伽《よとぎ》を期待しても無駄よ。この後宮の誰も、龍床に侍ったことがないんだもの」

「えっ……誰も、ですか？」

「そうよ。大貴族の娘である栄貴妃でさえも、一度も夜伽に呼ばれたことがないの。市井では皇帝が女嫌いと有名だけどね。それじゃあ男色なのかって思った臣下は、陛下を誘惑しようとして降格させられたってさ」

なんと、耀嗣帝は女嫌いらしい。

後宮には数多《あまた》の妃嬪がいるというのに、誰とも閨をともにしたことがないのは驚きだ。しかも耀嗣帝は二十四歳という若さである。

手布を取り出した良答応は、蝶《ちょう》のようにひらひらと振った。彼女の腕輪が陽《ひ》の光に輝く。

「あたしたち、なんのためにここにいるのかわからないわよね。もちろん陛下が答応の住まいを訪れたことなんか一度もないしね。あたしはけっこういいところのお嬢様なんだけどさ、まさか答応の住まいがこんなに狭くて質素だなんて思いもしなかったわ。食事も少ないしさ」

話し相手がほかにいないのか、良答応はお喋《しゃべ》りを続けた。

皇帝は答応はおろか、妃嬪のすべてに見向きもしないようだ。

そうすると、上位の妃嬪たちは皇帝の気を引くために懸命になって様々な手を試していると思われる。子を授かるのは妃嬪としての役目だからだ。寵妃になれれば実家も恩恵が得られるし、もし皇子が生まれたなら、次の皇帝の生母になれる可能性もある。

雪花は溜息をついた。

それは絶望であり、微量の安堵も含まれていた。

良答応の話を聞く限り、雪花が夜伽をできる機会はないだろう。つまりそれは、父の計画が頓挫することを意味する。そうなったなら、雪花は人殺しにならずに済む。

だが、蘭家の再興を渇望する父母がそれで納得するだろうか。

雪花が家を出立する直前に、父はこう言った。

『手はずは整っていて、後宮には内通者もいる。おまえをいつでも見ているぞ』

内通者とは、何者なのだろう。父の部下と考えるなら、蘭家につながりのある人物と思われるが……

雪花はずっと話し続けている良答応を見やった。

彼女は蘭家とのつながりはないだろうが、出身がどこか聞いてもよいだろうか。

「――それでね、そのとき栄貴妃に口答えした答応が棒叩きの刑になったのよ。栄貴妃には逆らわないほうがいいわよ。父親が太尉《たいい》だから……っと、それじゃあね」

出身地を訊《たず》ねないうちに、良答応は話をやめて素早く自室に戻った。

見ると、蘇周文と侍女が連れ立ってこちらへやってくる。

「お待たせしました、蘭答応！　こちらがあなたの侍女の……」

「侍女の鈴明《りんめい》です。よろしくお願いします、蘭答応」

鈴明と名乗る侍女は雪花より年上に見える、優しそうな女性だった。

侍女を連れてきた蘇周文は「それでは」と言い置いて、踵《きびす》を返しかけたが、ふと告げる。

「またお会いできることを祈ってますよ。この間も答応がひとり減ったばかりなので」

雪花は、ひやりとした。

それは良答応が話した、栄貴妃に懲罰を食らったという妃嬪のことだろうか。

後宮の妃嬪は、役人と同じで功績を上げたなら昇格し、皇帝の不興を買ったら降格する。大罪を犯した妃嬪は冷宮《れいきゅう》送りになることもあるという。

雪花はこれから皇帝暗殺という大罪に手を染めなくてはならない。いずれ自分も冷宮送りになるかもしれないのだ。

　寒々しい思いで蘇周文の背を見送っていると、鈴明が手にしていた籠を下ろした。そこには宮廷から支給されたと思《おぼ》しき襦裙が入っていた。

「さあ、お着替えになってください。……あら、はだしじゃありませんか！　布で足裏を拭いてから、靴を履きましょう」

　これまでの癖で、つい靴を脱いでしまっていた。

　地味な古着から、清潔な桃色の襦裙に着替える。飾りはなく簡素だが、新品なので生地がふわりとしている。さらに濡《ぬ》れた布で足裏を拭いてもらい、綺麗になった足に靴を履かせてもらう。髪を梳《す》かされ、垂桂髻に結い上げた。垂桂髻は長い髪の一部を束ねて輪にし、耳の横に垂らす髪型である。

　鈴明は器用に髪を結いながら、穏やかな声で話す。

「後宮では位階が上になるほど、髪を結う高さも上がるのです。ですので、答応は両把頭や垂桂髻ですね。嬪以上になれば飛仙髻などもできますよ」

「そうなのですね」

　髪型も位階により厳格に決められているようだ。そういえば鈴明は宮女なので、束ねた髪を頭の横でお団子にまとめた丱髪である。服は薄い緑色の襦裙だ。これが宮女の正装らしい。

　こんなにたくさんの人と話すのは久しぶりだし、誰かに触れられることも十年ぶりなので緊張する。

　だけど鈴明は目尻が下がった優しい顔立ちをしていて、穏やかに接してくれるので、雪花は怯えずに済んだ。

　しかも鈴明は、雪花の異様な色の髪に触れても、嫌な顔ひとつしなかった。

「あの……私の髪に触れても大丈夫ですか？　奇妙な色でしょう……？」

「奇妙なんてことはありません。まるで桃のように美しい髪です。陛下が見たら一目惚《ぼ》れしますね」

「……そんなことはないです……」

　実家では、妖怪のごとく醜いと、散々継母に詰《なじ》られていた。それなのに鈴明は、雪花の髪を褒めてくれた。誰かに褒められるのも、こうして世話を焼いてもらうのも、閉ざされたこれまでの暮らしではありえなかった。雪花は亡くなった母を思い出した。鈴明の優しさは母に似ている。

　綺麗に結い上げられた髪に、小花の飾りを挿す。

　整えられた姿を銅鏡に映した雪花の顔に、薄い笑みが浮かぶ。

「ありがとう、鈴明。私のことは名前で呼んでください」

「それでは、雪花様とお呼びいたします。それから、わたしは雪花様の侍女ですから、わたしに対して丁寧な口調で話さなくてよろしいのですよ？」

「これは……私の癖のようなものなのです。このままにさせてください」

位階によって口調を変えるという器用なことを雪花はできそうにない。まともに人と接するのさえ久しぶりなのだ。

「心得ました。わたしは蘭家の遠縁にあたりますから、姉妹と思ってなんでも申しつけてくださいませ」

「そうなのですね。頼りにしています」

入宮する際、令嬢は実家から侍女を連れてくるものなのだが、雪花はひとりだった。

それゆえ鈴明が蘭答応付きの侍女として配属されたらしい。蘭家の遠縁に宮女がいるということは知らなかったが、瑞王朝に限らず、古代から国では一族のつながりが強固に保たれている。

侍女の鈴明がいてくれて、隣には気さくな良答応がいる。不安だらけだった後宮での暮らしも、どうにかやっていけるかもしれないと雪花は思った。

まもなく食事の時間になり、食事係の宦官が取っ手のついた食盆を持ってくる。鈴明は宦官から盆を受け取った。椀の蓋を開けると、そこには美味《おい》しそうな粥《かゆ》がよそってある。それから小さな蒸籠《せいろ》には点心と、皿に盛られた蒸し鶏《どり》もあった。

隣室からは良答応の「これだけじゃ、お腹《なか》いっぱいにならないわ！」という声が聞こえた。答応の食事はみな同じ献立のようだ。確かに少量ではあるが、これくらいが雪花にはちょうどいい。

「さあ、雪花様。お召し上がりください」

しかも鈴明が、卓に料理を並べて箸まで差し出してくれた。

もう扉から無造作に盆を出されることはないのだ。

複数の料理を箸を使って食べられる幸せに、雪花は胸がいっぱいになる。

「ありがとうございます。いただきます」

感謝した雪花は、ぎこちなく箸を操り、蒸し鶏を口に含む。実家では毒入りの粥ばかりだったので、形のあるものを食べるのは久しぶりだ。

鶏の旨味に感動しつつ箸を置き、代わりにさじを手にする。

しっかり噛《か》んで呑み込んだつもりだが、慣れないせいか喉に痞《つか》えているような感覚がする。

粥で流し込もう。

雪花は、さじに掬った粥を一口含んだ。

「うっ」

ざらりと舌を擦るような感覚に息を呑む。

無味無臭だが、雪花にはわかる。

——鴆毒だ。

伝説の毒鳥である鴆の羽毛に含まれているという鴆毒は、常人が服したら、たちまち命を奪われてしまう劇物である。

「どうしました、雪花様？」

「こ、この食事は……どこで作っているのですか……？」

「答応の食事はみんな同じ献立ですから、すべて膳房で作っています。個人の宮を与えられる嬪以上になりますと、専属の膳房がありますので、そこで作ります。……もしかして、お口に合いませんでしたか？」

「い、いいえ。そういうわけではないけれど……」

はっとした雪花は席を立ち、隣の良答応の部屋に駆け込んだ。

「良答応！」

血相を変えた雪花の目に飛び込んだのは、ちょうど良答応が粥を呑み込んでいるところだった。

「いけない、吐き出してください！」

「ちょっと、なによ。どうしたのよ？」

慌てて吐き出させようとしたが、椀の中の粥はすでに半分ほどまで減っている。

「そんな……なんともないのですか!?」

雪花に肩を揺さぶられた良答応は苦笑をこぼす。

彼女の体調に変化はないようだ。雪花は特異体質の上に長年の服毒で体が慣れているが、あれほどの量の鴆毒を服用したら、ふつうの人は平気ではいられないはずなのに。

「変な娘ねえ。足りないからって、あたしのまで食べようって魂胆なんでしょ？　だめよ、自分の部屋に戻ってちょうだい」

姉のように諭した彼女は、笑って椀を掲げた。

やはり、毒は効いていないようだ。

良答応の侍女が迷惑そうに眉をひそめているのに気づき、雪花は身を引いた。敷居の外で様子をうかがっていた鈴明が、雪花の腕をそっと引きつつ謝罪する。

「申し訳ございませんでした、良答応。雪花様はまだ後宮に不慣れなのです。何卒《なにとぞ》、ご容赦ください」

「いいわよ、気にしないわ」

さらりと言った良答応は食事を続けた。

妃嬪の食事中に乱入して迷惑をかけてしまった。

雪花は「ごめんなさい」と謝って、鈴明とともに自分の部屋へ戻る。

そういえば、どこの部屋からも騒ぎは起こっていない。答応たちは黙々と食事しているようだ。

ということは——

雪花はぞっとした。

私の椀にだけ、鴆毒が混入されている……？

実家では、雪花の食事には必ず毒が入っていた。父と継母の命令で、下女が粥に混ぜていたのだ。

けれど、後宮ではそのようなことはもうないと思い込んでいた。

でも違った。

後宮でも、閉じ込められていたときと変わらず、毒を与え続けられるのだ。

皇帝を暗殺するために。雪花の毒の唇が、色褪せないように。

やはり両親の支配から逃れられていないことを思い知り、雪花は身震いする。

『内通者は、いつでもおまえを見ている――』

いったい、誰が内通者なのか。

雪花の食事のみに毒を盛った者が内通者であり、すなわち父の息のかかった部下である。内通者は雪花の近くにいるはずだ。

まさか、鈴明が？

彼女は蘭家の遠縁だ。父が鈴明に命じて雪花を見張らせているということは充分に考えられる。

椅子に腰を下ろした雪花は、そっと鈴明に目を向ける。

すると彼女は毒入りの椀を手にし、さじで掬った粥をじっくりと眺めていた。

「まさか、変な味がしたのですか？　すえていたのなら膳房に文句を言わなくては」

鈴明はさじを鼻先に近づけて匂いを嗅いでいる。今にも口に運んで味見しそうな気配に、雪花は肝を冷やす。

「お、お願いです。さわらないで。決して食べないでください！」

猛毒入りの粥なのだ。少量でも口に含んだら死んでしまう。

必死に頼み込む雪花を、鈴明は微笑を浮かべて見やった。

「ご心配なさらないでください。わたしは主の食事を奪ったりしませんよ。とてもお腹を空かせていたのですね……」

しみじみとそう言った鈴明は慈愛に満ちた顔をして、確認した椀をそっと卓に戻した。

雪花は内心で首をかしげる。

毒入りであることを鈴明は知っているはずなのに、迂《う》闊《かつ》に触れようとするのはなぜだろう。

それに鈴明が毒を入れたのなら、そういったことを匂わせる言動があってもいいはず。

それなのに、彼女はこれまで不遇だった雪花を心から哀れんでいるように見えた。始めの雪花の身なりを見れば、実家で粗末な扱いを受けていたことは明らかである。

「え、ええ……そうなのです。これまではあまり……食べられなかったので。こんなに美味しい食事は初めてで……」

「そうですか。雪花様のお父様は厳しい方と聞き及んでおります。なにしろ蘭王朝の末裔ですからね。雪花様も尊いご身分です。今後はわたしが精一杯お世話いたしますから、安心してお過ごしください」

「……ええ、信頼しています、鈴明」

ぼうっとしてそう返事をすると、鈴明は微笑《ほほえ》んだ。雪花は違和感を抱えながら毒入りの粥を胃の腑に流し込む。

鈴明の話しぶりは、内通者であることを暗にほのめかしたとも取れるし、そうでないとも受け取れる。

だが、鈴明が正体を明かさない限りは、そうと訊ねるわけにもいかない。もし違った場合は命取りになる。隣室の良答応とその侍女に、こちらの会話は筒抜けだ。壁一枚を隔てただけなので、隣の話し声も耳に届く。

鈴明が内通者ならば、先ほど雪花が動揺した理由を彼女はよくわかっているはずである。いずれにせよ、毒を含んでうろたえることは避けなければならない。

鈴明の前で怪しいことはしないようにしなくては……

雪花はこれからも、毒入りの食事を取り続けるということだけが、はっきりした。

密命を果たすまで——

ただひとつ、それだけは決定しているのに変わりはなかった。

さじを口に運ぶごとに、雪花の唇はいっそう禍々しい真紅に染まるのだった。

雪花が後宮に来てから、数日が経過した。

妃嬪は宮廷の儀礼を学ばなければならないため、雪花はほかの妃嬪と一緒に、高位の宦官から指導を受けていた。

「そこ、もっと腰を落として。目線を下げなさい。万福礼は基本の礼だ。これができていない者は上級妃嬪から不興を買うぞ」

膝を曲げて腰をかがめ、両手をそろえて左の腰に添える。

指導室にずらりと並んだ答応たちは、いっせいに万福礼の姿勢をとった。

答応は最下級の位のため、自分よりも上位の妃嬪に会ったら必ず万福礼をしなければならない。後宮はなによりも位階が重視される世界であると、雪花はここ数日の講義で学んだ。

宦官の張青磁《ちょうせいじ》は厳しい眼差しで、碁盤のようにきっちりと並び、同じ礼をとっている答応たちの間を縫い歩いた。

雪花の隣で完璧な万福礼を見せている良答応は、こっそり囁く。

「上級妃嬪っていうのは栄貴妃のことよ。張青磁が栄貴妃に万福礼すればいいのにね」

その台詞《せりふ》に、雪花の前に並んでいた答応が、ぷっと噴き出す。

万福礼は女性がする礼のため、宦官は拱手か拝礼しかしないからだ。

張青磁がぎろりとこちらを睨《にら》んだので、彼女はうつむいた。

「よろしい。次は拝礼をしなさい。皇帝陛下にお会いするときは必ず拝礼すること。万福礼もそうだが、指図を受けるまで礼を解いてはいけない」

答応たちは跪き、頭を下げた。膝をつくのは最敬礼の形であるので、皇帝、または両親にしかしない礼である。

嘆息した良答応はあけすけに言う。

「あたしたちが陛下に会えるわけないじゃない。上級妃嬪にだって、たまにしか顔を見せないっていう噂なのに……」

「そこ！」

鋭い声が飛び、カツカツと靴底を鳴らした張青磁がこちらにやってきた。

首を竦めた良答応は口を噤《つぐ》む。

「お喋りをしていたのは誰だ？　礼儀知らずの答応には罰を与える」

罰を与えられると聞いて、雪花の周囲にいた者たちは黙り込んだ。

どうしよう。正直に答えるべきだろうか。けれど告げ口をするのはどうかと思う。良答応が自分から名乗り出るべきとは思うが、もし懲罰が重いものだったらと考えると、彼女も言いたくないだろう。

雪花が迷っているうちに、黙っている答応たちの顔を見回した張青磁は冷酷に言い放った。

「では全員で、すべての指導室の掃除を行いなさい。宦官の控室も、厠《かわや》もだ。わたしが許可するまで部屋に戻ることは許さない」

指導室のある棟はとてつもなく広い。普段は当番制で使用した指導室の掃除を行っているのだが、すべてとなると日が暮れてしまいそうだ。

答応たちの間から「ええ～!?」という悲鳴があがる。

すると、雪花の前にいた答応が張青磁に訴えた。

「お喋りをしていたのは良答応です！　わたしたちが罰を与えられるいわれはありません」

良答応は告げ口した答応を睨んだが、彼女はつんとして顔を背けた。

「そうなのか、良答応？」

張青磁に問われた良答応は唇を引き結んでいる。居並ぶ娘たちは険しい目を良答応に向けた。早く認めて、ひとりで掃除をしろ、と彼女たちは言いたげだ。

この棟をひとりで掃除するなんて無茶だ。

雪花はとっさに口を開いた。

「あ、あの、私もお喋りをしていました」

しん、と指導室が静まり返る。

張青磁は怪訝《けげん》な目で雪花を見やった。

「新人の蘭答応か。では、良答応と蘭答応のふたりに掃除を命じる」

「……わかりました」

ほかの答応たちから、ほっとした吐息がこぼれた。良答応は苦虫をかみつぶしたような顔をして、「わかりました」と答えた。


講義のあとの指導室は、がらんとしている。

雪花は布巾で丁寧に卓を拭いていた。幽閉されていたときはなにもできなかったが、後宮へ来てからは指導室の掃除をしているので、新鮮な気持ちで掃除を楽しめていた。

掃除の懲罰をともに受けた良答応は、箒《ほうき》を杖代わりにしてもたれ、一休みした。

「ごめんねぇ。みんなで掃除してくれないかなと思って、正直に言えなかったのよね」

「言えない気持ちはよくわかります。ふたりならすぐに……とはいきませんけど、日が暮れる前には終わりますよ」

「ありがと。あんたは悪くないのに、優しいのね。……ねえ、『雪花様』って侍女が呼んでたけど、あたしも『蘭答応』じゃなく、あんたのこと名前で呼んでもいいかな？」

「ええ、もちろんです。良答応の名も教えてください」

「あたしはいいのよ。古くさい名前だからさ」

軽やかに笑った良答応は雑に箒を往復させる。

彼女ひとりに掃除をさせなくてよかったと雪花は思った。この調子では張青磁の許しはいつまで経っても出なかっただろう。

いくつもの指導室を同じように掃除し、廊下も掃き清める。そのあとはかがんで床を拭き掃除だ。やがて疲労の色を見せた良答応は、汚れた雑巾を桶に放った。

「あーあ。こんなはずじゃなかったのになぁ。後宮のお妃様になったら、美味しいもの食べて昼寝して、宦官や侍女に傅《かしず》かれて贅沢三昧だと思ったのに、実際は宮女と変わりないじゃない」

「答応は一番下の位ですからね……。でも侍女はひとりいますから、傅かれているのでは？」

「傅かれてるうちに入らないわよ。友達みたいだもん」

答応のすぐ下の位は宮女である。

鈴明のような宮女たちは妃嬪ではないが、後宮にいるすべての者は皇帝の所有物とされるので、皇帝のお手つきになるなどの機会があれば、宮女でも封号されて妃嬪になれる。両者は妃嬪と宮女という確固たる隔たりはあるものの、そういった事情ゆえに上位の者から見れば限りなく地位は等しいのだ。

汚れた床を見つめながら、雪花は思いを巡らせた。

後宮では位階がすべてだ。

貴人、常在、答応まではいわゆる下級妃嬪とされ、似たような待遇だが、嬪以上の上級妃嬪になるとがらりと変わる。

その他複数という扱いから脱却し、高貴な身分として大切に扱われるらしい。

もっとも雪花は答応たちが暮らす棟と、この指導室の往復しかしたことがないので、まったく知らない世界だが。

「昼寝だけしていたーい」

あけすけに語る良答応の声で我に返る。彼女を好ましく思った雪花は、くすりと笑った。

雪花は自分の意思を表明することに慣れていない。そのような環境ではなかったし、雪花の意思など必要とされなかったから。

でもこれからは、良答応のそばにいて、彼女のように言いたいことを話せるようになれるだろうか。

――ううん、私にはできない……

皇帝暗殺という密命を負っている限り、自分の意思を声にするなど、許されない。籠の鳥として与えられた自分の役目をこなすだけだ。

でも、密命に関係のないことなら、少しは自分の思いを話してもいいだろうか。

雪花は勇気を出してつぶやいた。

「私も……嬪以上になって、美味しい食事を食べたいです」

毒を食べたくない。

このとき初めて、雪花は暗にそう言った。

だがもちろん良答応に雪花の心中が伝わるはずはない。伝わっても困るのだった。

良答応は楽しそうに笑った。

「あはは！　雪花は食いしん坊だもんね。でもムリよ。陛下の夜伽は、まだ誰も務めたことがないんだから、答応なんてなおさら見初められるわけないわ」

「良答応は陛下に会ったことがあるんですか？」

「ないけどね。儀式とか、園遊会には顔を出すんじゃないかな。大体の下級妃嬪は陛下の顔も知らないわよ」

「妃嬪の朝礼には来ないんですね」

「あたしが来てからはないなぁ。雪花は今度の朝礼が初参加よね」

「そうですね。今から緊張します……」

　すべての妃嬪が集まる朝礼は週に一度だけ行われる。雪花は入宮したばかりなので、まだ朝礼に参加したことはない。数日後の朝礼で初めて、現在の後宮の主である栄貴妃から、雪花が紹介されることになる。

　眉根を寄せた良答応は、思わせぶりに指を一本立ててみせた。

「気をつけたほうがいいわよ。新参者は、栄貴妃から嫌味ったらしい小言を言われるから」

「……栄貴妃は怖い方なんですね」

「怖いっていうか、まあ会えばわかるわよ。女の戦いが見られるからおもしろいんだけどね」

　彼女なりに楽しめる要素があるらしいが、良答応の話を聞く限り、栄貴妃によい印象を持てない。雪花の胸中は不安でいっぱいだ。

どうにかして陛下に会えないでしょうか……

このままでは、雪花に夜伽の番が回ってくることは永久になさそうだ。

ほかに皇帝を暗殺する方法はあるのだろうかと考えた雪花は、自分の思考に驚いた。

私は、人殺しをしたいわけではないのに……

両親の命令は絶対なので逆らえない。しかも浩然の命も懸かっている。だから密命は果たすべきなのだ。

理屈はわかっているのに、雪花の心の深いところでは、罪を犯してはいけないという葛藤が増していた。

第二章　運命の再会

ようやく掃除を終える頃には、陽が西に傾いていた。

昼餉《ひるげ》を食べていないので、ひどく空腹だ。

どうにか張青磁の許しを得て、ふたりは帰途に就く。

良答応は『お腹が減って倒れそうだから先に帰るわね』と言い置き、俊足で部屋へ戻っていった。

雪花はすぐに帰る気になれなくて、川沿いの道をぶらりと散策する。

広大な後宮内には川や林がある。閉じこもった生活を送ってきた雪花は、散歩できるという自由を噛みしめた。

「綺麗……」

黄金の甍に沈む太陽が、世界を朱に染め上げている。

水面はきらきらと光り輝いていた。

後宮に来てからは講義や掃除で毎日が大変だけれど、狭い小屋の壁を見続けるしかない暮らしよりはずっと充実していた。

密命のことが頭をよぎると、憂鬱になるけれど。

そのとき、サァ……と風が吹いた。

川面に流麗な波紋が描かれる。雪花のほつれた髪が風にさらわれた。

そのとき、花の髪飾りが川に落ちてしまう。

「あ……」

髪をかき上げて、川下に流れていく髪飾りを追いかけた。

ゆらりと流れていく造花には手が届きそうにない。

だが、流れが緩やかになったところで造花が川縁に近づく。

すると、大きな手が髪飾りを掬い上げた。

はっとした雪花は、髪飾りを手にした男性の姿に瞠目した。

眉目秀麗な顔立ちは凛々《りり》しく、知性が滲んでいる。すらりとして背が高く頑健な体躯《たいく》を包む藍の上衣下裳《じょういかしょう》が、鮮やかに夕陽《ゆうひ》に映えていた。彼の身につけた長綬《ちょうじゅ》と、漆黒の垂髪《すいはつ》が、悠然と風になびいている。

しかし雪花を驚かせたのは、男性が類い稀《まれ》な美貌の持ち主だったことではない。確かに彼は人目を引く美丈夫ではあるのだが、思い出の中の友人にそっくりだったのだ。

意志の強そうな切れ長の目、すっと通った鼻梁《びりょう》、薄くて整った形の唇までよく似ている。

「……紫蓮？」

思わず、友人だった男の子の名をつぶやく。

すると、川縁から夕陽を受けた男性はこちらを見た。彼は雪花の姿を目にして、驚いている。

はっとした雪花は両手で頭を覆い隠す。

もし本当に紫蓮だとしても、大人になったらこの異形の姿を許容できないだろう。気味の悪い娘だと罵られるのが恐ろしかった。

それに、彼が紫蓮のはずがない。友人とはいえ、もうずっと会っていないのだ。子どもの頃にたまたま知り合い、遊んだことがある仲に過ぎない。

そう思っていたのに、男性は甘さのある掠れた声音で、こう言った。

「雪花なのだな……？　久しぶりだ」

名を呼ばれた雪花は息を呑む。

まさか、本当に。

「紫蓮……？　紫蓮なのですか？」

「ああ。俺だ。十年ぶりになるか。ずっと会いたいと願っていた」

夢にまで見たことが現実になり、雪花の胸が震える。

彼は本当に、子どもの頃に会った紫蓮なのだ。

もう二度と会うことはないと思っていた。それなのに紫蓮は立派な青年の姿になって現れ、しかも雪花に会いたいと願っていたという。

こんなにも素晴らしい僥倖があるだろうか。

雪花の目に涙があふれた。

「紫蓮……私も、会いたいと、思っていました」

優しげに微笑んだ紫蓮はこちらに歩み寄ってくる。大きなてのひらが伸ばされて、彼が手にした造花が、そっと髪に挿された。そのまま紫蓮の手は、雪花の冷たい頬を包み込む。

温かな手の感触に陶然とする。

夢ではない。まぼろしでもない。

紫蓮その人なのだ。

彼と過ごした楽しかった日々が瞼の裏に思い起こされた。

愛《いと》しげに双眸《そうぼう》を細めた紫蓮は、懐かしそうにつぶやいた。

「美しく成長したな。そなたと別れるときは悲しかった。あのあと、雪花にも寂しい思いをさせたのではないか？」

「……寂しかったです。でも紫蓮と再び会えて、寂しさは消えてなくなりました」

彼はあのときのままの、優しく思いやりにあふれた紫蓮なのだ。

大好きだった彼に十年という時を経ても気遣ってもらえたことが、たまらなく嬉《うれ》しい。

だが、頬に添えられた紫蓮の手が、紅い唇のすぐそばにあることに気づき、はっとなる。

いけない。もし唇に指が触れてしまったら、毒が移ってしまうかも。

焦った雪花はとっさに身を引いて、紫蓮から距離をとった。彼の温かいてのひらが頬から離れる。

「雪花？　どうした」

「あ、あの……近づかないでください」

「なぜだ」

紫蓮は硬い表情をして問いかける。

突き放すような言い方をしてしまった。雪花の胸に後悔がよぎる。

だけどまさか、毒が移るからとは言えなかった。

「さっき、厠を掃除したので、臭いが移ってしまいますから……」

嘘ではなかった。

大掃除を行った雪花は衣が薄汚れている。垂桂髻に結い上げた髪も不格好にほつれていた。とても憧れの人に堂々と会えるような姿ではない。

ふっと笑った紫蓮は、今度は雪花の手を取った。

「気にしない。宦官から厠の掃除を言いつけられたのか？」

「ええ……掃除はいつもしているのです。私は答応なので、ほかの答応のみなさんと一緒に毎日講義を受けています」

「そうか。講義はどうだ？　つらくはないか」

「いいえ、ちっともつらくありません。勉学ができて嬉しいです。この間は講義中に、答応たちの間をネズミが走り回って大騒ぎになったんですよ」

紫蓮は楽しげな笑い声をあげた。雪花もつられて笑いをこぼす。

こんなに心が浮き立つのは、子どもの頃に彼と接していたとき以来だ。

けれど、ふと雪花は気がつく。

ここは後宮だ。どうして紫蓮は後宮の中にいるのだろう。皇帝の居城である金城の最深部は、街の者が景色を眺めるためにぶらりと訪れるようなところではなかった。

ということは――

「後宮にいるということは、紫蓮は宦官なのですか？」

「ああ……そんなものだ。雪花と別れてから、いろいろと目まぐるしく環境が変わってな。だが俺のことは、かつての友人の紫蓮と思ってほしい」

「ええ、もちろんです」

雪花と離れてから、彼の人生には様々なことがあったのだ。あまり語りたくない悲しい出来事もあったのかもしれない。雪花だって、実家でのことを語れるはずもない。あれこれと紫蓮の身の上を詮索するのはやめておこうと、雪花は心に刻んだ。

眩《まばゆ》い夕陽が精悍《せいかん》な彼の横顔を照らしている。

その輝きを目にできるだけで、雪花は幸せだった。

紫蓮は雪花と手をつないだまま、川縁の道を歩き出す。

手をつなぐなんて照れてしまうけれど、まるで子どもの頃に戻れたように思えた。あのときも、こうして紫蓮が手を引いてくれたことを思い出して、ふたりが過ごした時間は消えてなくなってしまったのではなく、止まっていただけなのだとわかった。

再会したことで、ふたりの時間はまた動き出したのだ。

「宮へ帰るのだろう？　送っていこう」

「ありがとうございます。実は昼餉を食べていないので、お腹が空いていました」

「はは。それは大変だ。俺が支えるから、いつ倒れてもいいぞ」

「ご冗談を。倒れませんから」

笑い合いながら歩むふたりの姿が夕陽に溶ける。

紫蓮の大きなてのひらはとても温かい。まるで夕陽のように、おおらかに包み込む熱さだった。

やがて川を離れて小道を抜け、西の門をくぐる。答応たちが暮らす、横に長い棟の甍が見えてきた。

すると、雪花の部屋の前に立っていた鈴明が心配そうな顔をして辺りを見回していた。

帰るのが、かなり遅くなってしまった。雪花が戻って来ないので、鈴明は捜しに行こうか迷っているようだ。

それを目にした紫蓮は、つないでいた手をするりと離す。

「では、俺はここで」

「はい。送っていただいて、ありがとうございました」

「……また明日、あの川縁で会えないだろうか。侍女が心配しないよう、もう少し早い時刻でよい」

紫蓮の誘いに、雪花の胸がとくりと甘く鳴る。

また、紫蓮に会えるのだ。なによりも彼が雪花に会うことを望んでくれるのが嬉しい。

妃嬪と宦官という間柄ではあるが、後宮に勤める者同士、少しだけ会って話をしても許されるのではないだろうか。

「はい、ぜひ。私も、紫蓮にまた会いたいです」

花が綻ぶように、ふわりとした笑みを雪花は浮かべる。

その表情を目を細めて見た紫蓮は、ゆっくりと頷《うなず》いた。

「では、また明日。会えるのを楽しみにしている」

「ええ……」

名残惜しいが、また明日会えるという希望があるのだ。

そのとき、雪花の姿を見つけた鈴明が駆け寄ってきた。

「雪花様！　もう夕餉《ゆうげ》のお時間ですよ。どちらに行っていたのですか？」

「ごめんなさい。掃除のあと、少し散歩していたのです」

「今、どなたかがいたようですけど……宦官でしたか？」

ふと後ろを振り向くと、もうそこに紫蓮の姿はなかった。

空を見上げると、夕焼けに染め上げられた橙《だいだい》色の雲が棚引いている。彼は風がさらっていってしまったのだろうか。

不思議な人……

鈴明に促された雪花は部屋へ戻る。

そういえば、子どもの頃から紫蓮は謎めいた人物だった。

雪花は彼に会った十年前を思い出す。


九歳の蘭雪花は、すでに髪が桃色だった。

もっと小さなときは艶めいた黒髪だったはずなのだが、継母に毒を盛られてからというもの、毒入りの食事しか与えられなくなり、やがて髪の色が変わったのだ。

主屋の自室で、銅鏡を覗《のぞ》き込み、自分の姿を眺める。

そこには桃色の髪で紅い瞳をした娘がいた。

これが自分の姿だということを、雪花は悲しい思いで受けとめる。

外に出ると「化物が来た！」と同じ年頃の子たちからいじめられるので、悲しかった。家では継母に「気味が悪い」と詰られ、叩かれる。父はかばってはくれず、そんな家の様子を静観していた。

母が亡くなり、父が再婚して継母が家にやってきてからというもの、雪花には嫌なことばかりだった。唯一、生まれたばかりの弟の浩然が可愛《かわい》らしいので救いはあったが、継母は決して雪花に浩然をさわらせなかった。

化物のような見た目が、みんなから嫌われる原因だった。きっと浩然も物心がついたら、雪花を忌み嫌うのではないか。

このような姿になったのも、毒入りの食事を与えられていることが原因だと気づいてはいるのだが、どうすればよいのか雪花にはわからなかった。

以前、なぜ毒を食べなければならないのか、雪花は父に相談したことがある。

すると「おまえのためなのだ」と父は諭し、険しい顔をした。それから、服毒していることは誰にも話してはならないとも、きつく念を押された。

毒入りの食事は、継母のいじめだと思っていたが、そうではない。

父が雪花のためを思ってしていることなのだ。

だがそれが、どのように雪花のためになるのかは見当もつかない。

雪花には相談する人も、味方になってくれる人もいない。どこにも居場所はなかった。

――毒入りのものを食べるのは嫌だった。

けれど食べないと折檻されるので、仕方なく粗末な粥を喉に流し込んでいた。それに、ほかに食事は与えられない。毒入りの粥しか食べるものがないのだ。

一生両親の支配下に置かれ、毒を喰《く》らい続けるのかと思うと、絶望が胸を占めた。

この環境から抜け出したい。

そう思っても、雪花にはどうすることもできなかった。

「お母様……」

母が生き返ってくれないだろうか。どうして雪花を置いて、死んでしまったのか。井戸に身投げをしたら、母のもとへ行けるかもしれない……

そんなことを思い、涙を浮かべていたとき。

ふいに男の子の声が耳に届いた。

「母上が恋しいのか？」

ひょいと窓から顔を出した男の子は雪花より年上で、知らない子だった。

突然部屋を覗き込んでくる男の子に、驚いた雪花は瞠目する。

「あなたは誰？」

「俺は、紫蓮だ。きみは蘭家の娘だろう？」

「はい。蘭雪花です」

「名前は知っている。珍しい髪と目の色だな」

窓から身を引いた紫蓮という名の男子は、堂々と扉から部屋に入ってきた。

下女でさえ、雪花の外見を恐れて近づこうとしないのに、紫蓮は覗き込むように身をかがめる。

「あ、あの……見ないでください」

雪花は小さな両手で頭を覆い隠した。そうしないと、ほかの子たちは石を投げつけてくるので、怪《け》我《が》をしてしまうから。

だが紫蓮は手に石を持っていなかった。彼は穏やかな眼差しをして、雪花に微笑みを向けている。

「すまない。天女のようだから、つい見てしまったんだ」

「えっ……天女ですか？　私が？」

「ああ、そうだ。雪花の桃色の髪と紅い目は、天女のように美しい」

そう言った紫蓮は、長い髪の一房に触れて、手を滑らせた。

いつも化物と罵倒されるが、天女だなんて誰にも言われたことはない。

紫蓮の感性こそ珍しいのではないかと、雪花は首をかしげた。

不思議な人……でも、悪い人ではないです……

ほっこりと雪花の心が温まる。もっと彼のことを知りたい。

そう思ったとき、荒く廊下を歩く雑音が聞こえた。

不作法に部屋に入ってきた継母は、室内に紫蓮がいるのを見て、甲高い声をあげる。

「まあ、紫蓮様！　勝手に屋敷内を歩き回られては困りますわ！」

咎《とが》める声に、雪花は首を竦めた。

すべてを否定するかのような継母の言葉と、彼女の金切り声が苦手だった。

だが紫蓮は、キッと双眸を鋭くして継母に対峙《たいじ》する。

「俺に指図するのか？　蘭夫人」

ぐっと言葉に詰まった継母は、顔を歪める。彼女はそれ以上なにも言わず、部屋を出ていった。

継母を黙らせる紫蓮は何者だろう。

どこかの良家の子息なのだろうか。そういえば彼の服装は、上等な長衣《ちょうい》だ。

継母が退出するのを見ていた紫蓮だが、再び雪花に顔を向けたときの彼は、先ほどと同じく微笑を浮かべていた。

「部屋にこもっていることが多いようだが、外には出たくないのか？」

「……いえ、そんなことはありませんけど……外に出たらほかの子に石を投げられるから……」

「そんなやつは俺が叩き返してやる」

「え……いけません。私の見た目は生まれつきなので、仕方ないのです」

生まれつきのものだと、嘘をついてしまった。

でもまさか、毒を摂取し続けているせいでこうなったとは、まだ会ったばかりの彼に打ち明けられない。誰にも言ってはいけないと父からきつく命じられているし、なにより毒の娘とわかったら、紫蓮に嫌われてしまう。

雪花に興味を持ったらしい紫蓮に、あまり家の事情を知られたくない。

話題を変えようと、雪花は質問した。

「紫蓮は、どうして蘭家を訪れたのですか？」

「父上の命令だ。いろんな役人の家を視察することが、俺の役目に含まれている」

「お父様の……紫蓮のお父様は、どんな人なのです？」

父の命令で家の様子を見に来るということは、高級役人の子息だろうか。それならば彼の態度や服装に納得がいく。

問いかけると、つと紫蓮は目を逸《そ》らした。

「父上は忙しい人なんだ。いつも召使いや部下に囲まれている。俺はあまり話したことがないよ」

父子の関係はあまりうまくいっていないようだ。雪花の父も、娘を大切にしてくれる父親とは言いがたいので、なんとなくわかる。

遠くを見た紫蓮は言葉を綴《つづ》った。

「母上とは離れて暮らしている。幼い頃から、ほとんど会ったことがないんだ。母上は首都の黎安で生活しているから」

「そうなのですね。では、お母様が恋しいですよね」

彼に共感した雪花がそう言うと、紫蓮は照れくさそうな笑みを見せた。

「雪花もな。お母様、とつぶやいていただろう？」

「はい……私のお母様は病気で亡くなってしまったのです」

「そうらしいな。さっきの蘭夫人は継母だな」

「どうして知っているのですか？」

彼は今日初めてここへ来たのではないだろうか。

不思議に思っていると、紫蓮は聡明そうな顔つきで顎を引いた。

「見ればわかる。雪花とは似ても似つかない。あのような夫人が家にいるのでは、うるさくてかなわないだろう」

雪花はうつむいた。継母が家にやってきた頃は仲良くしようと努力したこともあるのだが、食事に毒を入れられてからは、もはやそんな気もなくなった。憎しみのこもった目を向けられるほど悲しくなるので、継母にはなにを言われても逆らわないようにしている。

　黙り込んだ雪花に、紫蓮は明るい声をかけた。

「庭を散歩しよう。気晴らしになるぞ」

「はい」

　紫蓮に手を引かれた雪花は素直に腰を上げる。ふたりは自然に手をつないでいた。

　部屋を出て、裏庭へ向かったふたりは小道を歩く。

　木漏れ日が優しく降り注ぎ、鳥のさえずりが耳に届いた。

　雪花と手をつないだ紫蓮は空いたほうの手で、次々に樹木を指差す。

「あれはケヤキ、こちらのはイチョウ、それにキンモクセイだ」

「樹木の名前に詳しいのですね」

「講義で教わった。名前を知っているだけで、興味はないんだ」

「興味がないのに、どうして私に教えてくれるのですか？」

「……ん。それはだな……」

　うっすらと頬を染めた紫蓮は黙り込む。

　紫蓮はいろいろなことを知っている。蘭家のことも、彼の父親から聞いたのか、知っていたようだ。

　知っているだけで興味がないのは、雪花に対しても同じだろうか。それとも彼は樹木にだけ興味がないのか。

そんなことを考えていると、てのひらから伝わる紫蓮の体温に、なぜか鼓動がどきどきと高鳴るのを感じた。

考えあぐねていた紫蓮は、ふとひとつの庭木に目を向ける。その木は細い葉を赤く染め、赤い粒をたわわに実らせていた。

「これは興味があるぞ。南天だ」

「この赤い実は可愛らしいですよね。南天というのですね」

「うむ。赤い実の色は、雪花の瞳に似ている」

「えっ……」

思わず紫蓮の顔を見た。

なぜか紫蓮は南天から視線を剥がし、雪花の瞳をじっと見つめていた。

それだけで雪花は恥ずかしくなり、かぁっと顔が赤くなってしまう。

「今までは樹木に興味がなかったが、南天は今、好きになった。雪花の瞳の色だからな」

「そ、そうですか……」

秋の柔らかな陽射《ひざ》しが、幼いふたりを包み込んでいる。

雪花の胸は、とくりとくりと甘く鼓動を刻んだ。

どうしてこんな気持ちになるのだろう。

紫蓮が好きなのは南天だ。それなのに、まるで雪花のことが好きだから、瞳と同じ色の南天を好きになったと受け取ってしまった。

彼が出会ったばかりの雪花を好きになるわけないのに。

それに、雪花は毒の娘なのだ。

両親にも愛されないのに、誰にも愛されるわけがない。

その呪縛は深く雪花の心に根付いていた。

でも、紫蓮にはなにも咎はない。

今だけは、南天が好きだと言って、無邪気に笑う紫蓮を見ていたかった。

雪花は南天を見てから、視線をそっと紫蓮に向ける。彼は相変わらず、雪花から目を離さない。

「私も……南天が、好き……です」

あなたと同じものを好きになりたい。

そんな理由は不実だろうか。

幼い雪花には、それが精一杯の想いの伝え方だった。

にこりと笑った紫蓮は、空いていた雪花のもう片方の手も取る。

向き合ったふたりは両手を取り合った。

「俺はしばらくの間、この地方で暮らすんだ。また会いに来てもいいか？」

「はい。もちろんです」

「じゃあ、雪花は俺の大切な友人だ」

「は、はい……」

大切な友人――

そんなふうに大事に想われたのは初めてで、雪花の胸は微量の戸惑いと、そして喜びがあふれた。


友人になったふたりは、毎日のように会った。

雪花の部屋を紫蓮が訪ね、ふたりで庭を散策したり、勉強をしたりする。ときには近所の露店を訪れて饅頭《まんじゅう》を買い、頬張ることもあった。

露店の饅頭には当然ながら毒が入っていない。毒のない食べ物を久しぶりに食べたので、こんなに美味しいものだったのだと、雪花は感動した。

紫蓮と一緒にいるのは楽しくて、心が躍る。彼といるときは毒や家族への憂鬱を忘れていられた。紫蓮が部屋を訪ねてくるのを、雪花は心待ちにするようになった。

だが、ふたりが頻繁に会っているのを知った父はいい顔をしなかった。

高級役人の子息である紫蓮に、表立って怒鳴りつけることはしないものの、代わりに雪花に対して小言を言うようになった。小言は「なにをやっている」などと具体性のない内容なのだが、どうやら雪花に服毒させていることが外部に漏れるのを父は恐れているらしい。

雪花は紫蓮をかばい、「友人として仲良くしている」と、ありのままを話した。

やがて父は召使いに言いつけて、庭の隅にある小屋を片付けさせた。

そこには農機具などが入っていたのだが、すべてを撤去すると、窓に鉄格子を取りつけ、扉には細工を施している。父の命令で作業する召使いの様子を見て、雪花は眉をひそめた。

「どうしてあんなことをするのでしょう……」

まるで誰かを閉じ込める座敷牢のようだ。

ぞっと背筋を震わせる雪花のもとに、父がやってくる。

「雪花。悪いことをすると、小屋に入れるぞ」

唐突に吐かれた具体的な処遇に、雪花は息を呑む。

あの座敷牢は雪花を閉じ込めるためのものなのだ。

「わ、悪いことなんてしません、お父様」

「紫蓮様と仲良くしているだろう。毒のことを話したのではないか？」

「話していません！　お父様のおっしゃるとおり、誰にも言ってません」

紫蓮を巻き込みたくなくて、必死に言いつけを守っていることを伝えた。服毒のことを知られたら、紫蓮に迷惑がかかると、なんとなく察していたからだ。

険しい目で雪花を睨んでいた父は、視線を横に投げて思案していた。

「紫蓮様はおまえに好意を持っている。ここで気に入られれば、のちにやりやすくなる……だが……」

父は心ここにあらずといった様子で、ぶつぶつと独りごちている。

なにを言っているのだろう。父はなにかを計画しているようだが、詳しいことはわからない。

独り言をつぶやきながら、父は雪花の部屋を出ていった。

父は頭の中で物事を考えるのに忙しく、雪花への興味を失ったようだ。彼が雪花を見るときは、自分の考えに沿っているかどうかを確認するときだけである。

毒と紫蓮と、なにか関係があるのだろうか。

それについてはまるでわからないが、確かなことがひとつある。

父の機嫌を損ねたら、鉄格子のついた小屋に閉じ込められてしまうのだ。

そうしたら、紫蓮と会えなくなる……

紫蓮に会えないなんて、耐えられない。

だが父は紫蓮を疎んでいるのとも少々違う気がした。それに、毒のことを話したら小屋に入れるとも、父は明言しなかった。

『悪いこと』とは、なんなのか。具体的ではないので、どうすればよいのかわからない。

とにかく、紫蓮に服毒されていることだけは言えない。なにがあっても。

雪花はぎゅっと握りしめた拳を、胸に押し当てた。

その日も紫蓮がやってきた。彼は変わらず優しい笑みを雪花に向けてくれたが、ふと庭のほうを見やる。

「庭の隅にある小屋には、罪人を入れるのか？」

「え……えっ⁉」

突然言われた『罪人』という言葉に驚きを隠せない。自分は罪人なのか。雪花は真紅の唇を震わせた。

そんな雪花の怯えた様子を見た紫蓮は、眉をひそめる。

彼は自分の言葉で雪花を怯えさせたと察し、そっと雪花の肩に手を添えた。

「どうした、雪花？　俺が非礼をしたのなら謝る」

「いえ、そういうわけではないのです……」

「では、どうしたのだ。ああいった鉄格子付きの小屋を俺は見たことがあるが、罪を犯した者を入れておくのだと聞いた。あの小屋になにかあるのか？」

紫蓮は疑問に思っている。

雪花が怯える理由に、彼はすぐにも辿り着きそうだ。

雪花はおそるおそる口を開いた。

「あの小屋は……悪いことをしたら、私が入れられるのです」

「悪いこと、とは？　雪花はおとなしい娘だ。なにも悪いことをしないだろう」

「それは……よくわかりません。お父様を怒らせたら、ということだと思います」

毒については伏せておきつつ、雪花は紫蓮に打ち明けた。

口に出してしまうと、小屋に閉じ込められることが現実味を帯びてくる。

父は雪花を誰とも接点を持たせないため、監禁して毒だけを与え続けるつもりではないか――

だが、それがなんになるというのか。雪花を殺したいのなら、召使いに死ぬまで叩かせるなど、簡単な方法があると思える。それなのに父は真綿で首を絞めるかのごとく、雪花が死なない程度の毒を延々と投与し続けるのだ。

私は、いずれ殺される――

そう恐れたとき、紫蓮が強い眼差しを向けた。

「雪花。俺と逃げよう」

「……え？」

なにを言われたのか、一瞬理解できなかった。

雪花は両親のもとから逃れられると思っていなかった。

頼れる人は誰もいないのだ。どこへ行けるというのだろう。手を差し伸べて、かくまってくれる人などいない。

でも今は、紫蓮がいる。

「雪花は父君から虐待されているんだよな？　詳しいことは言いたくないなら言わなくていいが、怯えているきみを見ていたらわかる。どうにかしてやりたいと、俺は考えていたんだ。この家から逃げて、俺の家できみの面倒を見よう」

「紫蓮……本当に？　私、紫蓮と、行けるのですか？」

「ああ、行けるとも。今夜、迎えに来る。俺は家に帰って準備をしてくるから、待っていてくれ」

「わかりました」

約束をすると、ぎゅっと紫蓮は手を握った。

手を振って帰宅する彼の姿を見送った雪花は、しばらく呆然とした。

夢に浮かされたように、体と心がふわふわしている。

本当に、両親のもとから逃れ、彼と一緒に暮らせるのだろうか。

そうなったらどんなに素敵だろう。

もう毒を飲まされることもないし、大好きな紫蓮といつも一緒にいられる。

そのとき雪花は初めて、紫蓮に恋心を抱いていることを自覚した。

これまでは不遇な暮らしゆえに、誰かに恋をするなんていう気持ちは知らずに過ごしてきた。

恋するような相手もいなかった。

けれど紫蓮に会って、雪花は変われた。

誰かを想い、慈しむ気持ちを知ることができた。

そして、現状を打破するという希望も持てた。

今までになく明るい気持ちが胸にあふれる。

その一方で、微量の不安も片隅にあった。

「紫蓮は本当に来てくれるのでしょうか……」

彼は両親とは別居しているそうだが、家には後見人がいるのではないだろうか。十四歳の紫蓮はひとりで生計を立てているというわけではなく、まだ学生のようだ。しかも良家の子息ならなおさら、いずれ親の決めた家柄の釣り合う娘と結婚しなければならないはず。不幸な雪花を養える立場ではないように思える。

彼と結婚したいなんて高望みはしていない。

下女でもよい。ただ、紫蓮のそばにいたかった。

後見人を説得できなかったとき、紫蓮は今夜訪れないかもしれない。

でも、どうしても、来てほしかった。

雪花は紫蓮が約束を果たしてくれることを、一心に願った。

自分が両親の虐待から救われたいがためではない。

彼が約束を果たす誠実な人であってほしかったから。

数刻は永遠のごとく長かった。

幸い、その日の午後は両親が雪花の部屋へ来ることはなく、召使いが粥を持ってくるときのみ、人と会っただけだった。

雪花はひとりで毒の食事を取っている。

家族の団らんなどなかった。母が生きていたときは、家族で食卓を囲んだこともあったのだけれど、今となっては遠い過去となった。

けれど、毒の粥もこれで最後かと思うと、さじが進んだ。

最後の毒の食事を終えた雪花は、窓の外を眺める。

今宵《こよい》は下弦の月だった。

紫蓮は今頃、家を出ただろうか。まさか、忘れているなんて、あるわけないとわかってはいるけれど……

不安と奇妙な昂《たかぶ》りに、どきどきと雪花の胸は早鐘のごとく鳴り響く。

彼を信じているのに、裏切られるのが怖い。

もし紫蓮が来なかったとき、そんな彼に対して気持ちが冷めてしまう自分がいるのが怖いのだ。

溜息をつきかけた、そのとき——

「雪花、こっちだ」

小さな囁きが、耳に届く。

紫蓮の声だ。

顔を上げた雪花は燭台《しょくだい》の灯火《ともしび》を吹き消して、そっと外を覗いた。

すると、身をかがめた紫蓮が庭木の陰にいるのが見えた。

「紫蓮！　来てくれたのですね」

小声だが、雪花の声は震えていた。それは感激と、逃亡が決行されるという恐れの双方を含んでいた。

周囲をうかがいつつ、部屋まで歩み寄ってきた紫蓮は黒の上衣と褌《こ》を身につけていた。人目につかないようにするためだろう。

「もちろんだ。約束しただろう。さあ、行こう」

紫蓮は緊張した顔つきで、手を差し伸べる。

雪花が彼の手を取ると、ほっとした紫蓮は笑みを浮かべた。

――紫蓮も、同じ気持ちだった。

本当に雪花は家を捨てて自分と来てくれるのかと、彼も不安だったのだ。

同じ想いだったのだと知り、雪花は心中をまっすぐに伝える。

「私は、紫蓮とともに行きたいです。どうか連れていってください」

「わかった。俺に任せてくれ」

ふたりは密かに屋敷を出た。

暗い小道を抜け、垣根を越える。屋敷の者は寝静まっている時刻なので、誰にも見咎められなかった。

月光の下を、しっかりと手をつないで駆け抜ける。

紫蓮の黒髪が、眩い月明かりに煌《きら》めいていた。

胸を弾ませた雪花は、ハアハアと息を継ぎながら、硬く強張《こわば》った紫蓮の顔を見やる。時々後ろを振り返ってみたが、誰も追ってこなかった。

大通りは静まり返っており、ひと気はない。

うろついている野犬が走るふたりを眺めていたが、吠《ほ》えられることはなかった。

やがて紫蓮は歩を緩める。

「ここが俺の屋敷だ。裏門から入ろう」

そう言われて見上げた屋敷は、とてつもなく豪華な邸宅だった。甍は月明かりに光り輝き、屋敷の敷地はどこまでも続いている。

良家の子息だとは思っていたが、紫蓮の父親は町で一番偉い役人なのだろうか。

裏門を通り、森のような庭を抜ける。池を回り込むと、現れた棟の一室に案内された。

「ここが俺の部屋だ。さあ、入って」

初めて訪れた紫蓮の自室もとても広く、豪勢な部屋だった。

重厚な机は立派なもので、椅子にも精緻な細工が施されている。勉強部屋の隣は寝室になっており、大きな寝台が置かれていた。

紫蓮は雪花を、長椅子に座らせた。それから暖かそうな膝掛けをかけてくれる。

「寒かったろう。今、明かりを灯《とも》すから」

「はい」

彼の優しい心遣いが嬉しい。

一緒に逃げてきて、よかった。

ふたりは橙色の灯火の中で身を寄せ合う。雪花の不安を拭うためか、紫蓮は様々な話を聞かせてくれた。

老師から教わる勉学のこと。紫蓮には同じ母から生まれた妹がいて、彼女も母とともに首都に住んでいること。それに、この地方には父の命令で最近になって引っ越してきたので、またどこかに移り住むかもしれないこと。

ということは、紫蓮が引っ越したら、離ればなれになるのでしょうか……

屋敷の下女として勤めるのなら、この屋敷でずっと働かなければならないだろう。それか主人がいなくなれば、暇を出されるかもしれない。

雪花の表情に翳《かげ》りが見えたためか、紫蓮は手を握ると、真摯な双眸を向けた。

「たとえ違う地方に行くことになっても、雪花は連れていく」

「……連れていってくれるのですか？」

「もちろんだ。雪花はいずれ俺の妻にする。なにも心配はいらない」

その言葉に、雪花は目を見開く。

下女として置いてもらえないかと思っていたが、まさか紫蓮が妻に迎えたいと思っていてくれたなんて。

「私が、紫蓮の妻に……？」

嬉しい気持ちが胸に広がる一方で、そんなことはありえないのではという思いもあった。

話を聞くほど、紫蓮がとてつもない裕福な家の子息ということがわかる。きっと国の大臣など、重職の役人だろう。対して雪花は蘭王朝の末裔というだけの、下級役人の娘である。しかも家出してきたのだから、両親との縁を切られるかもしれない。そうなると浮浪児に等しい。

紫蓮とは身分が違う。

悲しくなった雪花は、彼に告げた。

「私は紫蓮との結婚なんて望みません。ただ、あなたのそばにいたいのです。それだけが私の望みです」

自分は何者でもないし、なににもならなくていい。ただ好きな人のそばにいられたら幸せだ。

瞠目した紫蓮は、きつく雪花の体を抱きしめた。

「俺が必ず、きみを幸せにする」

魂から迸《ほとばし》ったような彼の言葉が、雪花の身に染み渡る。

紫蓮は雪花の幸せについて、真剣に考えてくれている。それだけで充分だった。

「……はい。私は紫蓮に、ついていきます」

紫蓮の胸の中は温かくて、安堵をもたらす。

ふたりは寝台に移動した。広い寝台に並んで体を横たえる。

だけど手はつないだまま、互いに離さなかった。

紫蓮の体温に安心した雪花は熟睡した。

夢の中で、大人になったふたりがどこかの屋敷の庭で寄り添い、微笑み合っていた。

やがて瞼に陽の光を感じて、目を開ける。ふわふわしていて、まだ夢心地だった。

すると、すでに起きていた紫蓮が笑みを浮かべて、雪花の顔を覗き込んでいた。

「おはよう、雪花。よく眠れたみたいだな」

「お、おはようございます……」

寝顔を見られていたなんて恥ずかしくて、顔を赤くした雪花は布団を目元まで引き上げる。

紫蓮は朝までそばにいてくれた。彼の寝台なのだから当然かもしれないが、閨をともにするということは、夫婦になってもよいと認めることである。

あらためて紫蓮の「妻にする」という言葉が本気なのを実感して、嬉しかった。

そのとき、部屋に近づく大人の足音がした。

現れたのは初老の男性だった。上等な衣をまとっているので、彼が紫蓮の後見人なのかもしれない。

戸口から寝室を見た彼は顔色を変え、後ろに控えている召使いを手で制する。

頭を下げた召使いは廊下で待った。男性ひとりが寝室に入り、寝台にいる雪花に怪訝な目を向ける。

「紫蓮様……その娘はどうしました？」

「昨日、話しただろう。蘭家の娘の、雪花だ」

男性は息を呑んだ。明らかに困惑を浮かべている。

「まさか本当に娘をお連れになるとは思いませんでした。すぐに帰ってもらいましょう」

「なにを言う！　彼女は両親から虐待されているんだぞ。これからは俺と一緒に暮らすんだ」

「いけません。今は大事な時期です。お父上の耳に入ったら悪い結果にしかなりません」

『悪い結果』と聞いた紫蓮は口を噤む。

紫蓮の家庭にも、なんらかの事情がありそうだ。男性は彼の祖父ではなく、やはり後見人か執事のような立場らしい。

それでも紫蓮は寝台を下りると、雪花をかばうように、男性の前に立ち塞がった。

「だめだ。雪花は俺の妻にする」

だが男性は驚くことはなく、代わりに深い溜息を漏らした。

「今の紫蓮様のお立場では、蘭家の娘を妻にすることはできません。おそばに置くことも許されません。ですが、もしどうしてもとおっしゃるなら、紫蓮様がお父上のようになって、その娘をお迎えください」

「父上のように……俺が？」

「さよう。お父上のようなお立場ならばわたくしも、蘭家の者も反対できないでしょう」

紫蓮なら父親のような権威ある立場になれるのだろうと思うが、それは大人になってからの話だ。遠い未来なので、どうなるかはわからない。大人になったら、紫蓮は良家の娘と結婚して、雪花のことなど忘れてしまうかもしれない。

つまり男性は、諦めろと言いたいのだ。

それを悟った雪花はうつむいた。

なんとなくわかってはいたが、やはり紫蓮は後見人を説得できていなかった。雪花をかくまうことを父親に知られたら、彼の立場が悪くなってしまう。紫蓮に迷惑をかけたくなかった。

「おわかりになりましたね。さあ、こちらへおいでください」

そう告げた男性は廊下に控えていた召使いに合図を送る。

男性の召使いは「失礼いたします、紫蓮様」と言うと、紫蓮の体を押さえつけて拘束した。

「なにをする、離せ！」

紫蓮は別の部屋へ連れていかれた。暴れる彼が心配になった雪花は止めに入ろうとして寝台を下りる。あとを追おうとするが、後見人の男性にてのひらで遮られる。

「あなたはこちらへ。蘭家の者に迎えに来てもらいます」

「……はい」

仕方なく、雪花は従った。ほかにどうしようもなかった。

廊下の向こうから、紫蓮の声が聞こえた。

「雪花！　必ず迎えに行く、待っていてくれ！」

その言葉だけで充分だった。彼は将来を約束された身分なのだ。これ以上、不幸な雪花がまとわりついてはいけない。

紫蓮が連れていかれたのとは反対方向の廊下を歩きながら、前を行く男性に雪花は頼み込んだ。

「あの……私が無理を言って連れてきてもらったのです。紫蓮はなにも悪くありません。どうか彼に罰を与えないでください」

「もう紫蓮様に近づかないでください。紫蓮様が蘭家を訪れるのも、終わりにします。それから、紫蓮様とあなたが同衾《どうきん》したなどという事実はありませんので、そのことは誰にも言わないように。よろしいですね」

「……はい。わかりました」

高貴な身分であろう紫蓮と、下級役人の娘が同衾したなどという醜聞は伏せなければならないのだ。彼とはなにもなかったことにされるのだと雪花は察した。

もう、紫蓮に会えない。

逃亡が失敗したことよりなにより、そのことが、もっとも悲しかった。

そして父が迎えに来て、家に連れ戻された雪花は小屋に閉じ込められた。

父の宣告した『悪いこと』とは、これを暗示していたのかもしれない。逃亡した罪として、雪花はその後十年間、監禁生活を送ることになる。

紫蓮はどうなったのか。彼の正体は何者なのか。

ふたりの約束はもう、果たされないまま終わるのか。

雪花はなにひとつ知ることはなかった。

彼への恨みなどない。彼に出会う前から雪花は服毒させられていたのだから、いずれこうなる運命だったのだ。紫蓮のおかげで、せめて最後に両親の思惑から抗《あらが》えたのだった。

ただ、胸が引き裂かれるように悲しかった。紫蓮が罰を与えられませんようにと、壁を見つめながら祈ることしかできなかった。


逃亡は未遂に終わったが、一緒に逃げるという約束を、紫蓮は果たしてくれた。不遇だった雪花に手を差し伸べてくれたのは、彼だけだった。紫蓮が無事でいてくれただけで、雪花は報われたのだ。

当時は悲しい別れになったが、今こうしてまた紫蓮と会うことができて、雪花は安堵していた。

再会した翌日、約束どおりに雪花は川縁を訪れた。紫蓮が来てくれることは疑わなかった。

「雪花。待たせてすまない」

「紫蓮！」

彼はどこからかやってきた。昨日とは違う服だが、上等な長衣をまとっている。

下級宦官はみんな同じ制服なので、上位の宦官なのかもしれない。

視線を合わせて向き合ったふたりは、自然と微笑を浮かべた。

「昨日は再会できた喜びで、雪花に言い忘れたことがあった」

「なんでしょうか？」

「十年前の謝罪だ。俺はそなたを、蘭家から連れ出すことができなかった。あのときの俺の立場では、そなたを守れなかったのだ。それをずっと悔いていた」

そう言った紫蓮は雪花の足元に跪いた。息を呑んだ雪花は、慌てて身をかがめる。

上位の宦官を、答応が跪かせるなど許されない。それに男性が女性に対して膝をつくのは、一般的には求婚するときのみだ。紫蓮のような大人の男性が謝罪のために跪くのは、屈辱を伴う行為であり、通常では考えられないことである。

「お願いです、やめてください。私はあのときのことを恨んではいません」

紫蓮を立たせると、彼は雪花を促して木陰に入った。

木陰の大きな石に、ふたりは並んで腰を下ろす。

ここなら落ち着いて話せそうだ。

紫蓮は精悍な顔に、安堵の笑みを浮かべた。

「雪花の心に恨みがないと知って安心した。もっと早くそなたを迎えに行きたかったのだが、事情があってな。あのあとすぐに父の命令で、首都に戻されたのだ」

「そうなのですね……。どうしているかなと思っていましたが、紫蓮が元気だっただけで私は嬉しいです」

「そなたは俺が何者か知らなかったはずだ。俺の姓を訊ねないのか？」

紫蓮がそんなことを聞くので、雪花はふるりと首を横に振る。

知ったところでどうなるというのだろう。彼の家がどのような高位の家柄だろうと、身分違いを自覚させられるだけだ。

「私は、ありのままの紫蓮を知っているのですから、それだけでいいのです」

雪花の予想だが、彼は雪花と別れたあと、事情を知った父親から、下級の娘と接触しない環境に置かれたのかもしれない。なぜ宦官になったのかはわからないが、なんらかの事情があるのだろう。

いずれにせよ、根掘り葉掘り聞くわけにはいかない。

雪花のほうも、皇帝暗殺の密命のために後宮入りしたなどと打ち明けられないのだから。

紫蓮は、ふっと優しい笑みを浮かべた。

穏やかな微笑は、雪花が大好きだった昔の紫蓮のままだ。

「雪花は優しいのだな」

「そんな……紫蓮こそ優しいです」

私はあなたのことが好きでした、とは言えない。雪花はできる限り、紫蓮の笑顔を目に焼きつけようと彼の顔を見た。またいつ、彼と会えなくなるのかもわからないから。

紫蓮もじっと、雪花の真紅の瞳を見つめている。

心のうちを見透かされてしまいそうで、雪花は目を伏せた。

沈黙するふたりのそばを流れる川が、さらさらと流麗な音色を奏でている。

「明日は、初めての朝礼だろう。それが終わればしきたりにより、妃嬪は皇帝の夜伽を務められるようになる」

「そ、そうなのですね」

雪花はぎくりとした。

どうして紫蓮は夜伽のことを持ち出したのだろう。彼が計画のことを知っているはずがない。

雪花が毒の娘だということも、彼は知らないままのはずだった。

宦官ならなおさら、知られてはならなかった。

焦った雪花は言い訳を口にする。

「でも、私が夜伽に指名されることはありませんよ。陛下は女嫌いで、誰とも閨をともにしたことがないという噂ですし」

「ああ……。噂に尾ひれがついているようだが、皇帝が未だに誰をも夜伽に指名したことがないのは確かだ」

「それに私は答応ですから。後宮の位階が高い貴妃から夜伽を務めるのが順当だそうです。だから私には機会はないと思います」

すると、それを聞いた紫蓮は硬い表情を見せた。

なにか思うところがあったのだろうか。

紫蓮が好きなので、雪花は無意識に、皇帝のお手つきにはならないと言いたかったのかもしれない。だが、それは彼の仕事についての悩みを思い出させることになってしまったようだ。

「それはあくまでも慣習だろう。それに、雪花が答応に封じられたのは尚宮局の間違いだ。蘭家の末裔という身分を考慮して、妃になるはずだった」

「えっ？」

初耳なので、雪花は目を見開く。

そういえば後宮を初めて訪れたとき、蘇周文が「蘭答応の位が書き換えられていますね」と言っていた。まさか本当に位階を間違えたというのか。

だが、前王朝の末裔とはいえ、雪花は下級役人の娘だ。妃として入宮するのは、大臣など高位の貴族の娘というのが通常である。

「間違いだったとしても、私には妃なんて分不相応です」

「最下位の答応では不便が多いだろう。皇帝が答応の部屋へ行くのも、賛同しない側近もいる。だが指名を受けて一度夜伽を務めたなら話は違う。すでに封じられた位階を覆すのは困難だが、夜伽を務めた妃嬪を昇格させるのは容易《たやす》い」

彼の言わんとしているところは、雪花が昇格して優遇されるために、夜伽を務めるべきということなのだろう。

だけど、雪花が皇帝の夜伽を務めるということは、紫蓮ではない男性に抱かれることを意味する。

紫蓮はそれをなんとも思わないのだろうか。それとも、互いの出世のためには当然と捉えているのだろうか。

「……紫蓮は、皇帝陛下の夜伽を担当する部署なのですか？」

「まあ、そんなようなものだ」

「そうですか……」

密命のためには、紫蓮に頼んで夜伽に指名してもらうのが手っ取り早いのかもしれない。

だけど雪花には迷いがあった。

沈黙していると、彼は問いを投げかける。

「もし、雪花が皇帝の夜伽に指名されたら、どうする？」

なぜそんなことをあえて訊ねるのだろう。皇帝の妃嬪として後宮にいるのだから、指名があったなら龍床に侍らなければならないのだ。

そして、毒の接吻により、暗殺する――

覚悟はまだできていなかった。想像すると恐ろしくて、体が震える。

小刻みに震える雪花を見た紫蓮は、落ち着かせるかのように、細い背をさすった。

「すまない。酷な質問だったようだ。雪花にはまだ早いかもしれないな」

「いえ、私は、務めを果たさなければなりませんから……」

「無理をしなくていい。だが、夜伽といっても必ずしもまぐわうわけではないだろう。皇帝と話をするだけなら、できるのではないか？」

「はい。話をするだけならできます。……もしかして紫蓮が、陛下に私を推薦してくださるのですか？」

「そうだな。どの妃嬪が夜伽を務めるかは皇帝の意向のほか、担当する宦官にも選ぶ権限がある。もし夜伽をこなせたなら、雪花を妃に昇格させることができる」

「そんな……私は寵を受けたわけではないのに、紫蓮の口利きで昇格するのは、ずるいのではないでしょうか」

「ずるいなどということはない。妃嬪はみなそうやって、高位の宦官に金銭を渡して口を利いてもらうのだ」

はっとした雪花は懐に手をやった。

もしかして、紫蓮は金銭を要求していたのだろうか。

離れている間に人柄が変わっても当然なのに、彼はあのときのままの優しい紫蓮だと思ったのは浅はかだったのか。だけど、やはり紫蓮を信じたいという思いが胸中でせめぎ合う。

「あ、あの、持ち合わせが……」

渡そうにも、実家から金銭など持たされていない。後宮での食事や衣服などはすべて支給制なので、買い物をするようなことがないから必要ないと思っていたが、見返りを用意しなければならないと初めて知った。

ところが紫蓮は、目を揺らす雪花の手を、がしりと握りしめた。

彼は真摯な双眸で言う。

「すまない。誤解を招いたようだ。俺は金銭をもらおうとしたわけではない。ただ雪花の身を案じているだけなのだ」

ほっとした雪花は、正直に胸のうちを打ち明ける。

「紫蓮の心遣いはとても嬉しいです……。でも、私を推薦してくれなくてけっこうです」

「なぜだ」

「……私には、そんな資格がありませんから」

そうとしか言えなかった。

もし紫蓮に推薦してもらって夜伽に赴き、そこで皇帝に接吻することがあったなら、毒殺の原因を作ったとして、彼も処分を受けてしまうだろう。

紫蓮としては十年前に雪花を救えなかった贖罪《しょくざい》のつもりなのかもしれないが、彼の不利益になることは避けたかった。

暗殺の意思すら固まっておらず、人を殺す覚悟なんてない。

だから今は、夜伽を務めるのは避けたかった。

そうするとやはり、こうして会うこともよくないだろう。

雪花とかかわっても、紫蓮によいことはないのだ。

するりと、雪花は苦渋の思いで紫蓮の手をほどいた。

「それでは、時間なので……さよなら」

「雪花……？」

紫蓮は雪花の心情に気づいたのか、訝《いぶか》しげに眉をひそめた。彼に背を向けて、雪花は逃げるようにその場をあとにする。

頬を伝い落ちる涙が、悲哀の色に染まっていった。

第三章　貴妃の策略

翌日、妃嬪の朝礼に参加するため、雪花は早朝に目覚めた。

涙で枕を濡らしたせいで、瞼は腫れあがっている。

白目まで真っ赤に染めた雪花を見て、鈴明は慌てふためいた。

「まあ、雪花様！　朝礼があるのに大変ですわ。どうなさったのですか？」

「……どうもしません」

そうとしか答えられない。余計な詮索をされて紫蓮に迷惑をかけないためにも、彼と再会したことはいっさい鈴明に話していない。

濡れた手布で目を冷やしてから、雪花は部屋の敷居を跨ぐ。

散歩でもして気分を変えよう。

「風に当たってきますね」

「わかりました。もうすぐ朝餉ですから、遠くへは行かないでくださいね」

鏡台を整えながら伝える鈴明に、「はい」と返事をする。朝礼の支度があるので、どの部屋からも侍女が忙しく準備をしている姿が見えた。

まだ朝餉が来る前なので、答応たちは寝ているようだ。

雪花は棟から離れ、東門をくぐる。

川辺まで行く時間はないので、近くを散策しよう。寝起きの姿だけれど、ひと気がないので問題ないだろうと思えた。

朝の空気を吸い込みながら散歩していると、両側に塀が連なる小道の向こうから、男性のふたり連れがやってくるのが見えた。

ふたりとも、雪花がいつも接している宦官とは違った服装で、堂々としている。高位の人物と察した雪花は、道の端に避けて万福礼をとった。

だが、前を歩いていた若い男性が、つと足を止める。

え……なんでしょう？

彼は戸惑っている雪花に近づくと、すいと頤《おとがい》を掬い上げた。

「物珍しい花だ」

まろやかな声にのせて批評される。

端麗な顔立ちの男性は、茶色がかったくせ毛の垂髪をしていた。琥珀《こはく》色の目には少年のような悪戯《いたずら》めいた色が見える。

彼に付き従っていた年嵩《としかさ》の男性が、険しい声で雪花に訊ねる。

「宮女か？　家名と階級を言いなさい」

「蘭答応です」

質問した男性が、主らしき男性に向き直る。

「最下級の答応ではないですか。しかもこのような格好で外を出歩くとは、礼儀がなっていません」

「おまえは黙っていろ」

彼は雪花の紅い瞳を、じっくりと覗き込みながら命じた。

年嵩の男性は口を噤むと、頭を下げる。

いきなり触れられた上に顔を近づけられて、雪花はおぞましさを覚えた。

彼は美形ではあるものの、どこか異質なものを感じるのだ。

「あ、あの、さわらないでください」

「さわるな？　誰に命令しているんだい？　高貴な身分であるわたしにそんなことを言うなんて、恐《こわ》いもの知らずだな」

「あなたは……？」

訊ねてみたが、彼は口元に弧を描くだけで、答えなかった。

答応に教える必要はないと判断されたのかもしれない。

フッと笑いをこぼした男性は、ようやく雪花の頤から手を離した。

「宝石のように美しいが、禍々しい色だね。不吉だ」

衣の袂《たもと》を翻した彼は、興味を失ったかのように、もとの方向へ歩む。側近の男性もあとに続く。

人に命令し慣れた態度から察するに、もしかして彼は皇帝陛下ではないか。

焦りが湧いた雪花に、男性は振り返ることなく手を上げた。

「また会おう」

呆然とした雪花は、去っていく彼の後ろ姿を見送った。


答応の棟へ戻ると、宦官が食盆を携えてきた。

後宮へ来てから、毎食の食事には、必ずなんらかの毒が混入されている。それは粥にだったり、ほかの料理にだったりする。しかもほかの答応から被害の報告はまったくない。いつも雪花の食事だけに毒が混入されているのだ。

それゆえ、目を離している隙に鈴明が毒を入れているのだろうと雪花は思っている。

さじを手にしたまま、ちらりと彼女の様子をうかがう。

鈴明は頬を綻ばせて、食事をする雪花に付き添っている。彼女の背後には、朝礼で着る襦裙が飾られていた。藤色の襦裙は丁寧に羽根箒《ぼうき》で塵《ちり》が払われている。彼女からは微塵《みじん》も悪意または後ろめたさが感じられなかった。

恐ろしいと思うとともに、不可思議さが、じわりと胸のうちに滲む。

食事に毒を入れて、それをすぐそばで食べられ、あのように平気でいられるものだろうか。

実家の下女は、恐ろしいものに接するような怯えた声で、毒入りの粥を提供していた。自分のしていることも、致死量の毒を食べて生きている雪花の存在も恐ろしいのだ。それがふつうの感覚ではないかと思う。

両親は、雪花を利用して蘭王朝を復活させるという大義に目がくらんでいるので、なんとも思わないのだろう。鈴明も、その目的のためならなんでもやるというのが本音なのだろうか。

聞きたいけれど、聞けない。

雪花は黙々とさじを口に運んだ。

「いよいよ初の朝礼ですね、雪花様。侍女は別室に控えていなければなりませんが、朝礼で雪花様が凛《りん》とご挨拶されるのを楽しみにしていますから」

「凛と挨拶なんて、できないかも……。でも皆様に失礼がないよう頑張ります」

「大丈夫ですって。雪花様の美しい桃色の髪と真紅の瞳に、妃嬪たちはみんな見惚《みと》れてしまいますよ」

「そ、そんなことありませんよ……」

大抵の人からは、気味が悪いと罵倒される。いじめられたらどうしようと心配になるけれど、雪花の心はさほど沈んではいなかった。

泣き腫らしたことで、幾分は気分がすっきりしていたからだ。

紫蓮とはもう昔の友人として話すことができないだろうけれど、後宮にいる限りはどこかで姿が見られるかもしれない。ひっそりと彼が息災であるところを見ていられたら、それだけでよかった。

結ばれたいなんて……願ってはいけない。

密かな望みを、雪花は胸の奥に押し込める。

食事を終えると、ささやかな蔓《つる》模様の刺繍が入った藤色の襦裙に着替える。いつものように髪は垂桂髻に結い上げた。飾りとして、髪に造花を一輪挿す。

「お支度が整いましたわ。完璧です」

片目をつむった鈴明に銅鏡を差し出される。

服が薄い藤色なので、真紅の瞳と真っ赤な唇が、より目立っている気がする。だが緑の服にしても、ちぐはぐになってしまうだろう。

黄色の服は皇帝と皇后しか着用することを許されない。また、黒は不吉なので、女性は着ないことになっている。

そうすると下級妃嬪の服の色は、藤色や桃色、それに水色など薄い色合いが主流になる。刺繍や飾りが多いほど位階の高さを表すので、濃い色のものは控え、装飾も少なく抑えてある。

しかし雪花にとっては服の色など、どうでもよいことだった。

どのような色の服を着たとしても、髪と目の色は変わらないからだ。

銅鏡から顔を上げると、ほかの答応たちが続々と朝礼の行われる宮へ向かっている姿が見えた。彼女たちは雪花と同じように薄い色の襦裙をまとい、髪を垂桂髻に結い上げている。隣には侍女が付き従っている。

良答応が顔を出して、雪花に声をかけた。

「支度はできた、雪花？　遅刻なんてしたら懲罰を食らうわ。さあ、行くわよ」

「は、はい。良答応」

腰を上げた雪花は部屋の敷居を跨ぐ。

鈴明を伴い、ほかの答応たちの列に連なり、東門をくぐった。

先ほど皇帝と思しき男性に会った小道を通りかかったが、彼はもちろんいなかった。

愛嬌《あいきょう》を振りまけば皇帝の眼鏡にかなうのかもしれないが、雪花にはそんな器用な真似《まね》はできない。それに気に入られても困るのだ。雪花が「陛下に会った」などと言ったら事が大きくなりそうなので、誰にも告げずに黙っていた。

朝礼の行われる宮は、貴人、常在、答応の下級妃嬪が住む区域から東へ向かい、上級妃嬪の宮が連なる区域の手前にある。ちょうど妃嬪たちの居住するところに挟まれて、後宮内の儀式などが行われる宮があるといった配置だ。

東が上位と決められているので、位階の低い者は西側というのは常識である。皇帝の住まいとなる永安殿《えいあんでん》は、妃嬪の宮のさらに東だ。よって指名されなければ、下級妃嬪が皇帝の顔を拝める機会などないに等しい。そうなると高位の宦官に袖の下を渡して推してもらうという方法を取るしか、下級妃嬪が夜伽を務められる方法はないのであった。

もっとも雪花には独自の事情があるので、積極的に賄賂を渡そうという気持ちはなかった。そもそも金銭の持ち合わせもない。

列を形成した下級妃嬪たちは、総勢百名はいるだろうか。彼女たちはひとつの宮へ吸い込まれていった。

雪花は良答応に囁く。

「すごい人数ですね」

「そうね。答応だけで五十人くらいかな。でも、これでも少ないわよ。先帝の妃嬪は全部で千人いたそうだから。もちろん生涯で一度も夜伽ができなかった妃嬪もたくさんいるわけだけどね」

上級妃嬪は定員があるので、千人のうちほとんどは下級妃嬪ということになる。後宮の妃嬪が皇帝の寵愛を得るには、大海で宝石を掴むくらいの強運が必要なのだ。

朱の柱が荘厳に並び立つその宮の入り口には『万葉宮《まんようきゅう》』と記された額縁がかけられている。

宮の敷居を跨ぎ、前室を通って奥の広間へ入る。

広大な室内には、上座に豪奢な紫檀《シタン》の椅子がひとつだけ置かれていた。

その椅子を頂点として、左右にずらりと椅子が向かい合わせに並べられている。椅子にはすでに上級妃嬪と思しき女性が数人座っていた。彼女たちは濃い色の襦裙を着ている。飛仙髻に結い上げた髪に飾っているのも、宝石のついたかんざしだった。位階により服装や装飾品の種類も厳しく決められているのだ。

雪花たちは椅子の後方となる部屋の入り口近くにずらりと並んだ。

下級妃嬪には椅子など用意されていない。

直立の姿勢のまま、両手を重ねてそろえる。

そのとき、椅子に座っていた妃嬪がじろりとこちらを睨んだ。

「答応のくせに、嬪より遅く部屋に入るなんて不作法だわ。目上の者に対する礼儀がなっていないわね」

彼女は上級妃嬪の『嬪』のようだ。嬪の定員は六名なので、百人はいる下級妃嬪の雪花たちより遥かに稀少で位階が高い。

良答応が雪花にこっそり囁いた。

「恵《けい》嬪に言い返しちゃダメよ。罰せられるわ」

「はい」

恵嬪の心ない言いぐさに、なにか言いたいような表情の答応もいるが、彼女たちは不満を呑み込んで「申し訳ございません、恵嬪」と言った。雪花もそれにならい、慌てて頭を下げる。

人数が多いので全員が部屋に入るのは時間がかかるのだが、そんな事情を恵嬪は考慮しない。後宮において位階は絶対なのである。

すると、向かいの席に腰かけていた妃嬪が優雅に指輪を煌めかせて、頭のかんざしを弄《いじ》った。

「仕方ありませんわよ、恵嬪。身分の卑しい者は礼節なんて知らないのですわ」

「あら、麗《れい》嬪の実家はそんなに格が高かったかしら？　あなたの父上はもとは商人なのに、金で位階を買ったと有名よね」

「ほほ。わたくしに矛先を向けるのはどうかしらね。恵嬪のお父上は従四品《じゅしほん》、わたくしの父上は正三品《しょうさんぼん》ですわ」

ぎりっと、歯噛《はが》みした恵嬪は向かいの麗嬪を睨みつけた。

後宮では、たとえ同じ位階であっても火花を散らすようだ。

やがてほかの上級妃嬪たちもやってきて、椅子が埋まる。その間、雪花たちはずっと立ったままだ。椅子に腰かけた妃嬪たちはお喋りをしているが、下級妃嬪たちは誰もが口を閉ざしている。それもきまりによるものだろう。

そのとき、宦官が後宮の主の来訪を告げた。

「栄貴妃、おなりにございます」

妃嬪たちはいっせいに膝をつき、拝礼をする。雪花も慌てて周りにならった。椅子に腰かけていた上級妃嬪たちも椅子から下り、下級妃嬪と同じく跪く。

豪奢な朱色の襦裙を翻して現れた栄貴妃は、紫檀の椅子に腰を下ろした。

髪を高く双刀髻に結い上げ、黄金の歩揺《ほよう》をじゃらりとつけている。うりざね顔に収まった目はきつく吊《つ》り上がり、唇は薄く、酷薄そうな印象を受けた。堂々とした態度は貫禄《かんろく》があるが、微塵の瑕疵《かし》も許さないといったふうの厳しさがうかがえる。

栄貴妃が座ったのを合図に、妃嬪たちは声をそろえる。

「栄貴妃にご挨拶いたします」

跪く妃嬪たちを満悦した表情で見回した栄貴妃は、ややあって口を開いた。

「頭を上げよ」

「栄貴妃に感謝いたします」

また声をそろえた妃嬪たちはそう述べると、拝礼を解く。上級妃嬪たちは椅子に腰かけ、雪花たちは立ち上がり、もとの姿勢に戻った。

耀嗣帝が即位して二年なので、当然ながら現在の後宮も生まれてから二年である。栄貴妃の年齢は二十代と思われ、肌は溌剌としている。ほかの妃嬪も年配の者はおらず、みな二十歳前後といったところだった。

皇帝が崩御すると妃嬪たちは尼寺へ引っ越し、そこで生涯を終えるのが掟《おきて》だ。後宮に残れるのは、次の皇帝の生母である皇太后のみとなる。

だが皇太后が後宮の朝礼に顔を出すことはない。

耀嗣帝には皇后がいないので、現在の後宮の主は、もっとも上位の栄貴妃だ。

栄貴妃は肘掛けに腕をもたせかけ、楽な姿勢をとった。ほかの上級妃嬪たちは背筋を伸ばして両手を膝上でそろえ、まっすぐに前を向いている。上位の栄貴妃が許さない限り、姿勢を崩すことも発言することもできないのだ。

もちろん雪花たち下級妃嬪は、一歩たりとも動くことはできない。

嘆息した栄貴妃は、物憂げに黄金の腕飾りを撫《な》でた。

「昨夜も陛下の夜伽はなかったわね。一度もないのでは子が生まれない。瑞王朝の存続にかかわる由々しき事態だと、何度も上奏文を送ったのに返事がないわ。燈《とう》妃、陛下からなにか聞いていないの？」

「陛下はわたくしたちに会ってもくださいません。わたくしも陛下の執務室を訪ねたのですが、多忙を理由に側近から追い返されてしまいました」

栄貴妃のそばの椅子に座っている妃嬪が返答した。名指しされているため発言を許可されたことになり、答える義務があるからだ。上座に次ぐ席なので、おそらく燈妃が第二位にあたる妃嬪なのだろう。

燈妃の言葉に、栄貴妃は再び溜息を漏らす。

「なにか理由があるはず。燈妃はなんとかして陛下が夜伽を拒む理由を探るのよ」

「承知いたしました」

「こなたの父は太尉なのよ。父も世継ぎはまだかと期待しているわ。陛下はこなたを放っておくことなどできないはず」

「そのとおりです、栄貴妃」

穏やかに相づちを打つ燈妃に、栄貴妃は鋭い眼差しを浴びせた。

「いいこと？　初の夜伽はこなたが務めるのよ。寵妃には、こなたこそがふさわしい。燈妃以下、すべての妃嬪が先に龍床を温めることは、こなたが許さない」

その命令に、燈妃は上衣の袖をバッと翻して椅子を下り、床に跪いた。

それを合図として、すべての妃嬪が拝礼する。雪花も慌てて跪いた。

「栄貴妃のご命令に従います」

またいっせいに声をそろえる。

これでは下級妃嬪だからといって、ぼんやりしているわけにはいかない。栄貴妃の話を聞いて、合図があればすぐに拝礼しなければならないのだ。

拝礼が遅れた雪花に、栄貴妃は化粧で塗り固めた顔をつと向ける。

「そこ！　遅いわよ。名乗りなさい」

見咎められてしまい、雪花は冷や汗をかく。

栄貴妃は雪花に向けて、まっすぐに指を差していた。

隣の良答応から「早く」と肘で合図される。これ以上の粗相をしたら、罰せられるかもしれない。

「ら、蘭答応と申します」

素早く立ち上がった雪花は名乗った。

ところが栄貴妃は墨で長く描いた眉を跳ね上げる。

「誰が礼を解いていいと言ったの！」

「あっ……も、申し訳ありません」

許しを得るまで、立ち上がってはいけないのだ。雪花はよろめきながら腰を落とし、拝礼をする。

周囲から、くすくすと笑い声があがった。雪花の頬は羞恥で真っ赤に染まる。

鬼のごとく怒りを漲《みなぎ》らせている栄貴妃に、燈妃がゆったりした声をかける。

「どうか、お静まりください。蘭答応は数日前に入宮したばかりの新人です」

「なるほどね。珍しい髪と瞳の色をした答応が入宮したとは聞いたわ。それが、この蘭答応なのね」

「蘭王朝の末裔である、蘭家の子女だそうです」

「ふん。三百年前に滅びた王朝の娘なんて、いかほどでもないわ。——嬪以上の者は椅子にかけよ」

「栄貴妃に感謝いたします」

燈妃をはじめとした上級妃嬪たちは拝礼を解き、椅子に腰を下ろす。百名ほどの下級妃嬪たちは膝をついたままだ。それは雪花の失態のせいだといわんばかりの咎める眼差しが、下級妃嬪たちから向けられた。

居たたまれない雪花は下げた頭を、さらに下げる。

「ところで蘭答応は、琴は弾けるの？」

栄貴妃の唐突な問いに戸惑うが、答えなければならない。

だが雪花は長年の間、なにもない小屋に閉じ込められていたので、琴など弾けるはずもなかった。

「い、いえ、弾けません」

「まあ。琴も弾けないのに後宮へ来たというの？」

「はい。父の命令ですので……」

「あらそう。それじゃあ、次の園遊会では蘭答応に琴を披露してもらうわ」

ぱちぱちと瞬きをした雪花は、栄貴妃の言葉の意味を考える。まったく弾けないのに、園遊会という大勢の人前で披露するなんてできるはずがない。

燈妃は慎重に栄貴妃へ訊ねた。

「栄貴妃。園遊会で琴を披露するのは毎回、卓越した奏者のみです。蘭答応は弾けないと言っておりますが……」

「本当に弾けないのかしらね。試してみましょう」

栄貴妃はそばに控えていた宦官に手を振る。合図を受けた宦官は退出すると、すぐに琴を持ってきた。

七弦琴《しちげんきん》は子どもの身長ほどの長さで、七本の弦を素手で弾く。

だが琴に触れたこともない雪花に、どのように弾くのかわかるはずもない。

広間の中央に置かれた琴を見て、雪花は青ざめた。

「さあ、弾いてごらんなさい」

栄貴妃の命令なので、断るわけにはいかない。

おそるおそる前へ歩み出ると、雪花は台座に据えられた琴の前に膝をついた。

本当に弾けないと証明されたなら、栄貴妃は満足するだろう。

雪花は弦の一本を弾いてみた。

だが正しい弾き方ではないらしく、音がほとんど出ない。

もう一本の弦を弾いてみると、今度は少し大きな音が出たが、綺麗な音色からはほど遠かった。

妃嬪たちの間から、嘲笑がこぼれる。

恵嬪が声高に笑った。

「良家の子女ならば琴くらい弾けて当たり前なのにね。ひどいものだわ」

雪花は実家での不遇を思い出し、悲しくなった。

そもそも両親から愛されず、虐待されていた境遇の自分は、後宮の妃嬪になるような人間ではなかったのだ。後宮では家よりも羽を伸ばして生活した気になっていたけれど、ここにも居場所はない。

琴をつま弾きながら、深い悲しみに包まれた雪花は涙した。

眉を下げた燈妃は、栄貴妃に進言する。

「本当に弾けないようです。もうよろしいのではありませんか？」

「そうね。もういいわ」

ほっとして弦から手を離した雪花に、栄貴妃は傲岸に告げる。

「でも、園遊会では弾いてもらうわよ。後宮の妃嬪であるからには、琴を弾けないなどと甘えることは許されない。ぜひ陛下に、蘭答応の琴を聴いていただきましょう」

愕然《がくぜん》とした雪花は身を強張らせた。

園遊会は来月である。

弾き方すらわからないのに、今から練習したとしても、皇帝を満足させられるほどの腕前になれるとは思えない。

艶然とした笑みを浮かべた栄貴妃は、朝礼の終わりを告げる。すると妃嬪たちは、いっせいに頭を垂れるのだった。

「まったく意地が悪いんだから！　栄貴妃は雪花に恥を掻《か》かせるために、わざとあんなこと言ったのよ！」

怒った良答応は苛立ちを抑えきれず、手布を床に投げつけた。

朝礼を終えた雪花たちは答応の住まいへ戻ってきていた。

良答応が雪花の代わりに怒ってくれるのは、ありがたかった。雪花は育った環境のせいか、怒りの感情を表すことができない。

今はただ、困るばかりだった。

「園遊会は来月です。今から間に合うかわかりませんけど……せめて練習しないと……」

「ひと月じゃ、どうにもならないわよ。むしろ雪花が弾けなくて陛下の不興を買うことを、栄貴妃は狙ってるのよ」

「どうしてですか？」

「それはね、『後宮に琴を弾けない者がいるのは、こなたの責任です』とか言って、栄貴妃が代わりに弾いて陛下への好印象を植えつけるってわけ。雪花はそのために利用されるのよ」

「そういうことなら、始めから栄貴妃が弾き手になればよいと思うのですが……」

「だーかーら、そこが栄貴妃の性根が歪んでるところなの！　ほかの人に恥を掻かせて、自分の株を上げようってわけ。ほんと、むかつくわ」

ほかにも栄貴妃の底意地の悪さを見ているのか、良答応は怒りが収まらないようで、床に投げ捨てた手布を靴で踏み潰した。それは良答応の持ち物なのだが。

事情を聞いた鈴明は慎重に口を開く。

「良答応の予測は当たっているかもしれません。七夕のとき、栄貴妃に舞を指示された貴人が、本番で転んで叱責されたのです」

「そんなこともあったわね。あの貴人はなにもないところで急に転んだのよ。おかしいと思うわ。栄貴妃が舞台に細工したんじゃないかしら」

「真相はわかりませんが……。お詫《わ》びにと、栄貴妃が代わりに舞を披露しましたね。ただ陛下はご興味を示しませんでしたが」

以前も似たようなことがあったようだ。栄貴妃がわざと舞に慣れていない貴人を指名したのかもしれない。

だが、このままなにもせずに手をこまねいていたくはなかった。

後宮の妃嬪たる者、琴くらい弾けて当然という意見は正しい。

琴を習わせてもらえなかった悲しい過去を取り返すためにも、まともに琴を弾けるようになりたい。

雪花はうつむいていた顔を上げ、毅然《きぜん》として言った。

「私、練習します。みなさんの前で恥ずかしくない自分でいたいんです。卓越した奏者というわけにはいきませんけど、頑張って琴を弾けるようになります」

明確な意思を示した雪花を見て、良答応と鈴明は表情を引きしめた。

「雪花がそう言うなら、練習してみなさいよ。あたしも応援するわ。栄貴妃の思惑どおりになんて、させたくないしね」

「それでは、練習用の琴を借りる手配をいたします。それから講師も頼みましょう」

ふたりに応援してもらい、雪花の顔に笑みが宿る。

「ありがとうございます、ふたりとも」

自分の望んだことができる――

その環境に、雪花は心がふわりと綻ぶのを感じた。

これまでは、やりたいことなどなにもできなかった。ただ与えられる不遇を受け入れるしかなかったのだ。

でもこれからは違う。雪花を疎まず、理解してくれる人たちに出会えたことで、変われるかもしれない。

自分の足で立っていくのだという気概が、雪花の胸中に生まれていた。

精一杯、頑張らなくては。自分が変わるため、なにより応援してくれる人たちのために。

それまで澱《よど》んでいた雪花の目は希望を見出《みいだ》して輝き、頬は薔薇《ばら》色に染まった。

園遊会へ向けて、琴の練習が始まった。

答応の居室は狭いので、琴を置ける場所がない。

そのため雪花は妃嬪が楽器を練習するための宮へ赴き、そこで講師に習うことにした。

ところが講師は基礎を教えただけで、「あとは練習に励むように」と言い残し、いなくなってしまった。

上達するまでとは言わないが、ある程度は指導してくれるものだと思っていたので、雪花は困り果ててしまう。雪花はまるきり初心者なので、音の出し方を習っただけでは心許《こころもと》なかった。

「とにかく、練習しなくてはなりませんね……」

まずは自分で琴を弾いて、慣れるしかない。

ひたすらに雪花は練習した。

毎日、空き時間のすべてを琴の練習に費やした。楽譜を読むのにも、教本を確かめながらひもといていく。

時折、宮の近くを通りかかった女官や妃嬪が、くすくすと笑う声が聞こえてくる。

そのたびに手が止まりかけたが、かまわずに練習を続けた。

やがて音階を丁寧に紡ぐことができるようになった頃、講師が残していった楽譜をあらためて手に取る。

「この曲を弾くのですね」

園遊会のために指定された曲だ。楽譜を見る限り、ゆったりとした曲のようである。これなら弾きこなせるかもしれない。

楽譜を見ながら、七弦をつま弾いて音を確認していく。

それをすべて終えると、また始めから曲を弾いてみた。

だが途中で、音が奇妙に跳ねている箇所に遭遇する。

「あら……？　間違えているのでしょうか」

左指で弦を押さえつつ、右の指で弾いてみる。

やはり、音が違うようだ。

押さえる弦を間違えているのかもしれない。

「ええと……ここは三徽《き》二分だから……」

「ここだ。ひとつ前だぞ」

「あ、はい」

耳に届いた声に従い、手前の弦を弾く。

すると、正しい音が鳴った。

ほっとして顔を上げるが、そこにいたのは講師ではなかったことに雪花は仰天する。

「あっ！　紫蓮……どうしてここに⁉」

「独創的な琴の音色が聴こえてきたので、気になってな。もしかしてとは思ったが、やはり雪花だった」

今日も上等な上衣を着込んだ紫蓮は、爽やかな笑みを見せた。

もう話せないだろうと思っていたけれど、彼は琴の音に導かれたようだ。

ほかの妃嬪も通る場所なのに、彼がいてよいものかと思ったけれど、今は辺りに人の気配はない。

紫蓮に聴かれたことが恥ずかしくなり、雪花は弦から手を離した。

「すみません、拙いですよね……」

「馬鹿にするつもりで言ったのではない。誰でも初めは拙いものだ」

「でも、私はすぐにでもこの曲を上手に弾かなくてはならないのです。園遊会で披露しなければなりませんから」

「ほう。園遊会の弾き手に指名されたのか。だが雪花は初心者だろう」

「琴にさわったこともありませんでした……けれど、せっかく栄貴妃に指名していただいたので、妃嬪として恥ずかしくないよう頑張ります」

紫蓮は楽譜に目を落とした。

そして彼は眉をひそめる。

「この曲を園遊会で披露するのか？」

「はい。指定された曲ですが……どうかしましたか？」

「これは『青月夜《せいげつよ》』だ。いつまで待っても来ない恋人に悲嘆した娘が、月夜に川へ身投げするという、悲恋の曲なのだ」

「そうだったのですね。どうりで、悲しい曲調だと思いました」

楽譜に題名は書かれていない。そういった逸話のある曲だとは知らなかった。

「園遊会で演奏する曲は華やかなものが好まれる。わざわざ『青月夜』を指定するとは、どういうつもりだ」

紫蓮は小首をかしげている。

儀式で使用する曲なので、選曲したのは講師か、尚儀局の官吏ではないだろうか。

「私はこの曲を披露したいです。悲しい曲かもしれませんが、ゆったりしているので和む感じもありますし、なにより弾きやすいですから」

「ふむ。雪花が気に入ったのなら、よいだろう」

今から別の曲に変更しても、時間が足りないだろう。それにやはり好きな曲でなければ、上達は遠いと思える。

紫蓮に認めてもらえたことで、雪花は俄然《がぜん》やる気が湧いてきた。

再び弦に手をかけると、紫蓮はそばの椅子に腰を下ろす。

「俺も、そなたの上達のために協力しよう。弾いてみるがよい」

「……えっ。紫蓮に聴かせるのですか？」

「もちろんだ。俺は名手とはいかないが、七弦琴と琵琶《びわ》は嗜《たしな》んでいる。雪花に手ほどきをしてやろう」

そう言った彼は腕を組み、目を閉じてしまった。

拙いからと断るわけにもいかず、紫蓮に今の腕前を披露するしかないようだ。

「わかりました。それでは、お願いします」

「うむ」

雪花は懸命に琴の音を紡いだ。

室内に優雅な弦の音色が響き渡る。

ひとつひとつの音を丁寧に、間違えないように……

心を込めてつま弾くが、難しいところで、つまずいてしまった。

「あっ……」

「かまわぬ。続けよ」

慌てかけたが、紫蓮が冷静に先を促してくれたので、雪花は落ち着きを取り戻す。

やがて、ようやく曲を弾き終えた。

けれど何度もつまずいてしまったし、音も数箇所を間違えた。

とても人に聴かせられるような腕前ではないと自覚しているけれど、これでは紫蓮をがっかりさせたのではないかと、雪花はうつむいた。

腕組みを解いた紫蓮は目を開ける。

「按音を間違えて覚えている箇所があるな。ここだが――」

席を立った彼は雪花の後ろに回った。抱き込むようにして、雪花の手の甲に大きなてのひらを添える。

「こう押さえるのだ。楽譜では、この音だ」

「は、はい」

男性とこんなにも密着するのは初めてなので、雪花は頬を朱に染める。

なぜか鼓動がどきどきと鳴っている。

こんなに胸が高鳴ってしまうなんて、どうしよう。

昔の恋心が再燃してしまいそうになり、雪花は密かに焦った。

「それから、ここのしるしの押さえ方が甘い。どうしても薬指は動かしづらいが、慣れればほかの指と同じように弾ける」

「わ、わかりました。気をつけます」

紫蓮は真面目に教えてくれているのだから、集中しなければならない。

こっそり息を整えた雪花は雑念を払い、琴を見据えた。

いよいよ園遊会を明日に控えた。

紫蓮が訪れた翌日からは、別の宮に移動して練習を行っていた。宦官とはいえ、紫蓮と毎日のように会っていては咎められるのではないかと、雪花は心配を打ち明けた。そうしたら彼は「問題ない」と言いながらも、妃嬪たちの住む区域から少し離れた宮を使えるよう手配してくれたのだ。

この宮は静かな林に囲まれているので、落ち着いて練習できた。もちろん紫蓮が練習に付き合いつつ指導してくれた。

おかげでつまずくことなく、流れるように綺麗な演奏にまとまってきた。

日が経つにつれて、雪花はみるみるうちに上達した。紫蓮がそばにいてくれたので頑張ることができたからだ。きっとひとりでは、どうしたらよいのかわからず、途方に暮れていたのではないだろうか。

川辺では、紫蓮にかかわらないほうが彼のためと思って別れたものの、彼の厚意に甘えていた。そのことにかすかな葛藤を覚えるが、練習する期間が切迫してきたため雪花は琴に集中した。

最後の音を紡いだ雪花は、そっと弦から手を離す。

聴き入っていた紫蓮は満足げな息を吐くと、笑みを刷いた。

「よく頑張ったな。素晴らしい上達ぶりだ」

「あ……ありがとうございます！」

紫蓮に褒めてもらえた。

それだけで雪花は、華が咲き誇るような明るい笑顔になる。

雪花の笑顔を、紫蓮は眩《まぶ》しそうに目を細めて見た。

「本番では大勢の妃嬪がいるが、自信を持って演奏するといい」

「ええ。陛下の不興を買わないよう、気をつけます」

「皇帝の不興を……？　懸命な演者を罰することなどない。なぜそんなことを言うのだ？」

「噂で聞いたのです。七夕のときに舞を披露した貴人が、転んで叱責されたと」

紫蓮は思い出すように視線を横に投げた。

そうしてから彼はゆっくりと頷く。

「確かに、そのようなことがあったな。だが誤解のないよう言っておくと、叱責したのは皇帝ではない。栄貴妃が貴人を咎めて叱責したのだ」

「そうなのですね。栄貴妃が貴人を指名したそうですから、責任を感じたのでしょう」

「ふむ……そういうことにはなったが……」

紫蓮にはなにやら思うところがあるらしい。

叱責された貴人は気の毒だが、本番で緊張して転んでしまったのかもしれない。

だが、叱責したのは皇帝ではないと聞いて、雪花は幾分安心した。

もしかすると皇帝は厳しい人ではないかと思っていたから。

朝礼の前に会った男性が耀嗣帝だろうけれど、酷薄そうな雰囲気を感じた。

「園遊会には陛下もいらっしゃるんですよね。紫蓮は陛下には何度も会っているのですか？」

「ああ……そうだな。そういうことになる」

つい話の流れで聞いてしまったが、これまでは紫蓮に宮廷内部のことを訊ねなかった。妃嬪である雪花には明かせないことも多いだろうし、紫蓮がこうして雪花に指導してくれるのは、彼の仕事とは関係がないからだ。

後宮にいる者同士とはいえ、ふたりの接点は昔の友人というだけ。

園遊会が終わったら、もう彼に会える機会もなくなってしまうだろう。

雪花はふたりで過ごす穏やかな時間が、まるで永遠に続くかのように錯覚していた。

そんなわけないのに。

明日は園遊会。つまり、紫蓮と会えるのは今日が最後ということに気づいた雪花は、寂寥《せきりょう》感に包まれた。

園遊会が終わっても、私と会ってくれませんか？

そのようなことを言う勇気は、雪花にはとてもなかった。

うつむいて弦を見つめている雪花に、つと紫蓮が声をかける。

「雪花。園遊会が終わったら……」

「あ、あの！　指導していただいて、ありがとうございました」

雪花は頭を下げた。

それと同時に、鼓動は早鐘のごとく鳴り響く。

自分が言いたいと思っていたことを、先に紫蓮に言われそうになったので、とっさに遮ってしまった。

けれど、紫蓮が言いかけたのは、雪花とは別の内容かもしれない。

彼がなにを言おうとしているかを待つ余裕もないほど、雪花は焦ったのだ。

紫蓮を、あらためて好きになりかけている自分がいるから。

こんな想いを抱いてはいけない――

自分は後宮の妃嬪であり、彼は宦官なのだ。

琴を指導してくれた礼を言って、会う約束など交わさないのが、互いのためだ。

紫蓮は黙していたが、やがて嘆息をこぼした。

「頭を上げよ」

「……はい」

ゆっくりと頭を上げるが、紫蓮の顔を見ることは怖かった。この想いを、止められなくなりそうだったから。

「そなたは俺を避けようとするのだな。あえて言うが、川縁で逃げられたときは傷ついたぞ」

「ごめんなさい……。私は紫蓮に会うのが怖かったのです」

「なぜだ？」

「……それは……お互いの立場がありますし……」

好きになりそうだから、とは言えない。

もうこれ以上、彼に会わないほうがよいとわかってはいるのに、紫蓮とともに過ごすのは心が凪《な》いだ。

けれど、嬉しいのに苦しい。

結ばれないとわかっているので、心の奥底がつらかった。

「そなたの言い分はもっともだ。だが俺の話も聞いてほしい」

「はい」

素直に返事をした雪花は、まっすぐに紫蓮を見る。真紅の双眸を、紫蓮は愛しげに目を細めて見つめた。

「園遊会が終わったら、ぜひそなたに頼みたいことがあるのだ。その願いを聞いてはくれないだろうか」

「あ……そうですか。どんなことでしょうか？」

紫蓮が言いたいのは、『また会いたい』などという内容ではなかった。早合点した自分が恥ずかしくなったが、彼がなんらかの依頼があるというのなら聞き届けたい。

紫蓮は首を左右に振った。

「今は言えないのだ。園遊会のあとにしたい」

「わかりました」

もしかすると、園遊会で演奏を成功させたなら、ほかの場所でも弾いてほしいという依頼だろうか。それならば今は言えないと、彼が言うのもわかる。

指導してくれた紫蓮のためにも、園遊会の演奏を成功させようと雪花は心に誓った。


雲が薄く棚引く空に、紅葉が美しく映えている。

園遊会が開催される日は、よく晴れていた。

桃色の襦裙をまとった雪花は、緊張を漲らせている。

雪花の髪を結い上げている鈴明は心配げな声をかけた。

「息を止めないでください、雪花様」

「……はっ……ふう……今から緊張してしまって、いけませんね」

つい肩に力が入ってしまい、呼吸を止めてしまっていた。

緊張してはいけないと思うほど、体は強張ってしまう。雪花は指先を温めるため、手を握っては開くことを繰り返した。

そのとき、雪花の部屋の前へやってきた蘇周文が拱手する。

「おはようございます、蘭答応。お支度はよろしいですか？」

「ええ、大丈夫です」

「実はこちらを……さる御方《おかた》から預かりました」

袖に手を入れた蘇周文は、小さな包み紙を手渡した。薬を入れるような白い包みだが、なんだろう。

受け取った鈴明は、それを雪花に手渡す。

包みは簡素に折られていて、てのひらにのるほどの大きさだ。とても軽い。

開いてみると、そこには一枚のもみじが挟んである。

真紅のもみじは柔らかく、瑞々《みずみず》しさがあった。まだ新しいものだ。

包み紙の内側には『雪花へ』とだけ達筆な文字で記されていた。

「これは……」

紫蓮だ。

雪花を勇気づけるために、彼が贈り物をしてくれたのだ。

名を記さないのは、宦官が妃嬪へ個人的な贈り物をするのはよくないという理由からだろう。

ささやかな贈り物だけれど、そこに紫蓮の真心を感じ取った雪花の心は綻んだ。

「ありがとう、と先方にお伝えください」

「かしこまりました。――それでは、お支度も整ったようですし、庭園へ参りましょう」

「ええ、そうですね」

雪花はもみじを挟んだ包みを、そっと懐にしまった。

蘇周文に先導され、鈴明とともに居室を出て、庭園へ向かう。

ほかの答応たちも続々と園遊会の行われる庭園を目指し、列を成していた。

園遊会にはすべての妃嬪が参加するしきたりなのだ。もちろん皇帝も訪れるので、皇帝の目に留まれば昇格することもありえるとあって、答応たちは気合いを入れて化粧を施している。

雪花の後方にいた答応たちから、くすくすと笑い声が聞こえてきた。

「ほら、園遊会で恥を掻かされるのはあの娘よ。妙な髪の色だから目立つわね」

「栄貴妃のご指名だもの。せいぜい下手な演奏をして、栄貴妃を喜ばせればいいんだわ」

ほかの者も、やはり雪花が恥を掻かされるために指名されたと思っているようだ。

けれど、紫蓮とあんなに練習したのだから、せめて下手と思われない程度には成長していると思いたい。

もしかしたら、紫蓮も園遊会に来るかもしれない。

そうだとしたらなおさら、惨めな姿を見せるわけにはいかない。

気持ちを奮い立たせた雪花の隣に、良答応がやって来た。

彼女は雪花を笑いものにしていた答応たちを、ぎろりと睨む。

「機会すらもらえない下っ端が烏《からす》みたいにうるさいわね」

ぎょっとした雪花は思わず良答応の腕に手を添えた。

「良答応、喧嘩《けんか》をしないでください。私はなにを言われても平気ですから」

「雪花はおっとりしすぎなの！　あんな人たちに勝手なこと言わせておかなくていいわよ」

味方になってくれる良答応が心強い。

悪口を言っていた答応たちは「なによ。自分こそ、ただの答応のくせに……」と、こそこそ文句を言うが、面と向かってくるつもりはないらしい。明確な意思表示をしたいわけではなく、雪花を笑い話の種にしたいだけなのだろう。

良答応は彼女たちを鼻で笑うと、話題を変えた。

「ところで、どうなのよ。琴の腕は上達したの？」

問いかけられ、雪花はゆるゆると頷いた。

「そこそこ……だと思います。たくさん練習しましたし、信頼のおける方に指導してもらいましたから」

良答応や鈴明には、紫蓮に指導してもらっていると、はっきりは話していない。「あたしが教えるわ」と良答応が息巻いていたので、知り合いの講師がいるからと断っていたのだ。

「期待してるわよ。もし雪花が陛下に気に入られたら、妃に昇格するかも。そうしたら宮持ちよ。ねえ、あたしも側付《そばづ》きの友人として嬪にしてよ」

「期待しすぎですよ……。そんなにうまくいくわけありません」

「そうかしら。機会って、思わぬところから舞い込んでくるものよ」

雪花が皇帝の目に留まり、昇格するわけがない。そのような卓越した奏者ではないのだ。むしろ、桃色の髪と真紅の目が不吉だと煙たがられるだろう。

小道で出会ったときに、皇帝は雪花の目の色をそのように言っていた。目を引くかもしれないが、ただ物珍しいだけだ。

そうだとしても、奏者に選ばれたのだから、与えられた役目をしっかりこなそう。

まずは緊張しないように気をつけないと。

雪花は深呼吸を繰り返しながら、庭園への道をほかの妃嬪たちとともに歩いていく。

やがて木々の隙間から、華やかなさざめきが聞こえてきた。

広大な庭園には、紅葉に染め上げられた樹木がいくつも植えられている。庭園の中央に精緻な細工が施された紫檀の椅子がずらりと並べられ、着飾った妃嬪が腰を下ろしている。彼女たちのそばにある卓には白磁の茶器が置かれていた。

椅子に座って茶を飲みながら、紅葉を眺められるという優雅な場所だ。

ただし、椅子に座れるのはやはり上級妃嬪のみである。貴人以下である雪花たちに椅子は用意されていないので、百名ほどの妃嬪たちは椅子の後方に整然と並んだ。

朝礼と異なるのは、上座にふたつの席が設けられていることである。

中央に上等な彫り物が施された卓と黒檀《コクタン》の椅子が置かれている。その隣には、それよりは少し小ぶりな卓と椅子があった。

侍女が上級妃嬪の茶碗《ちゃわん》にお茶を注いでいる。仄かに芳しい香りが流れてきた。

周囲には幾人もの宦官が控えているが、紫蓮の姿はない。彼は高位の宦官だろうから、この場には来ないのかもしれないし、もしかしたら皇帝に付き従っているのかもしれなかった。

ややあって、ひとりの宦官が後宮の主の来訪を告げる。

「栄貴妃の、おなりにございます」

その言葉を合図に、妃嬪たちはいっせいに跪いた。

もちろん椅子に座っている妃嬪も椅子から下りて膝をつく。

妃嬪たちが頭を下げる中、壮麗な姿をした栄貴妃は胸を張って堂々と現れた。

翡翠《ひすい》が縫いつけられた襦裙は上等なものだが濃い緑色なので、紅葉の景色ではちぐはぐに見える。高く結い上げた髪は数々の黄金の歩揺と、眩い宝石で華麗に装飾されていた。

栄貴妃は小さいほうの卓に向かい、椅子に腰かける。付き添っていた二名の侍女が腰をかがめて、栄貴妃の披帛《ひはく》や裾を整えた。

「栄貴妃にご挨拶いたします」

「頭を上げよ」

「栄貴妃に感謝いたします」

朝礼と同じように、後宮の主に挨拶する。

拝礼を解いた雪花たちは立ち上がり、元通りに姿勢を正した。

どうやら中央の席は、皇帝が座る場所らしい。

栄貴妃は皇后ではないが、妃嬪の中ではもっとも格上なので、皇帝の隣に席が設けられているのだ。

隣の良答応が雪花に囁く。

「陛下はまだかしらね。せっかく顔が見られると思ったのに」

「遅れているだけではないでしょうか。それとも、なにかの理由で欠席とか……？」

腰をかがめた宦官が、栄貴妃に何事かを伝えている。

それを聞いた栄貴妃は顎を上げ、椅子にもたれた。後宮の主とはいえ、不遜な態度である。

「みなのもの、お聞きなさい。陛下は少し遅れていらっしゃるそうよ。もしかしたら、おいでにならないかもしれないわ」

栄貴妃の言葉を聞いて、妃嬪たちの間に落胆が広がる。

下級妃嬪たちは、皇帝に見初められる千載一遇《せんざいいちぐう》の機会と思い、期待していたのだ。

妃嬪たちの落胆を見た栄貴妃は、楽しそうに唇に弧を描いた。まるで人の不幸を蜜のごとく貪る女王蜂さながらに。

「落胆するのも、もっともね。そなたたち下級妃嬪は、こなたのようにいつでも陛下にお会いできるわけではないでしょうから……そうだわ。蘭答応の琴の音色を聴いたら、陛下が庭園へ寄っていらっしゃるかもしれないわね」

そう言った栄貴妃は、くるりと妖怪のごとく首を回し、綺麗に作り込んだ顔をこちらに向けた。

「蘭答応、琴を披露しなさい」

「はい、栄貴妃」

ごくりと雪花は唾を呑む。

皇帝はいないが、園遊会の出し物として琴を演奏することに変わりない。

雪花は答応たちが居並ぶ列を抜け、前へ進み出た。

空の皇帝の卓の前に、椅子と台座、そして七弦琴が用意されている。

「それでは、琴を弾かせていただきます」

万福礼をして栄貴妃に挨拶するが、黙殺される。

彼女は意地の悪い猫のような目で、雪花を見据えていた。

ひとりだけ、ぽつんと用意された琴の前に座ると、にわかに緊張が増した。

弦に手をかけようとしたとき、恵嬪が鼻で嗤《わら》う。

「また亡者の呻《うめ》き声のような琴の音を聴かされるのかしら。耳を塞いでお喋りでもしていたほうが楽しいわ。ねえ、麗嬪？」

ところが同意を求められた麗嬪は、すっと袖で口元を隠した。

ふと恵嬪が上座を見やると、栄貴妃は閉じた扇を口元にかざしている。

「こなたが指名した蘭答応の演奏ですもの。みな、しっかりと聴きなさい」

鶴の一声に、恵嬪は口を噤む。

だが、その表情には愉悦が滲んでいた。

彼女は雪花の下手な演奏を、あとで笑おうという心積もりなのかもしれない。

栄貴妃と恵嬪を見ていた上級妃嬪たちは誰もお喋りをしようとはせず、黙して椅子に座っている。そうすると下級妃嬪が会話するわけにはいかず、庭園は奇妙な沈黙に包まれた。

はらりと落ちたもみじが音を立てるかのような静寂である。

どきどきと、雪花の胸の鼓動は緊張に高まった。

妃嬪たちはもちろん、侍女も宦官も姿勢を正し、雪花に注目している。

あくまでも演奏は園遊会の余興のひとつで、みんなが楽しげに話している中での披露だと思っていたから、こんなに注目されるとは予想外だった。

雪花は人前に出ることに慣れていない。

まして注目される中で芸を披露するなんて、これまでの人生で初めてのことだ。

失敗してしまうのではないか。笑われるのではないか。胸のうちに恐れが湧いてくる。

雪花は胸元を、ぎゅっと握りしめた。

ここに、紫蓮からもらったもみじが入っている。

大丈夫です……紫蓮が、ついていてくれます……

彼がそばにいると思うと、幾分恐怖心は和らいだ。
ひとつ深呼吸をして、心を静める。
練習したとおりに、落ち着いて演奏しよう。
雪花は弦に手をかけた。
ビィン……と、厳かな琴の音色が静謐《せいひつ》な庭園に響き渡る。
想いを込めて、雪花は弦をつま弾いた。
紫蓮の魂を包み込むように。
『青月夜』の主人公の娘は、来ない恋人を想って川に身を投げたという。
悲しい結末だけれど、自分の身が滅びても、せめて愛する人の幸せを願いたい。
雪花はそう願った。
紫蓮に想いが通じなくてもいい。たとえ結ばれなくても、紫蓮には幸せでいてほしい。
それだけが雪花の望みだ。
悲しくも優しい旋律が鳴り響き、庭園にいた人々は琴の音色に聴き入った。
だがそのとき、栄貴妃の叱責が飛ぶ。
「おやめなさい！」
びくりとした雪花は演奏の手を止める。
顔を上げると、栄貴妃は眉を吊り上げていた。

「これは『青月夜』だわ！　悲恋の曲だなんて、華やかな園遊会にふさわしくない。蘭答応は、陛下と妃嬪の悲恋を願うとでもいうの!?」

　驚いた雪花は動揺した。

　園遊会でこの曲を演奏することは、あらかじめ提案されたことだ。雪花が選曲したわけではない。講師は始めから『青月夜』の楽譜のみを提示して、課題曲であると言っていた。

「そんなつもりはありません。講師の先生からは、この曲を弾くようにと指示されたのです。ですから、園遊会の課題曲だと思って……」

「おだまりなさい！　講師のせいにして言い訳するなんて、なんという下劣な答応でしょう。おまえには妃嬪たる資格がありません！」

「そんな……」

　本当のことを言っているのに、雪花が嘘をついていると思われてしまった。

　周囲の妃嬪たちの間から、くすくすと嘲笑が耳に届く。

「ほらね。こうなると思った」

「琴の講師って、栄貴妃の手下なんでしょ？　それって……」

「しっ。悪いのは蘭答応なのよ。あの娘、懲罰を受けるわ」

　妃嬪たちの囁きから察した。

　栄貴妃は雪花に懲罰を与えるため、わざと悲恋の曲を弾かせるよう、手下の講師に指示したのだ。

懸命に練習して上達しようとしても、そんなことは無意味だった。

やはり雪花は栄貴妃を満悦させるための道具に過ぎなかった。

けれど、決して皇帝と妃嬪の悲恋を望んだわけではない。それだけは訂正したい。

勇気を出して、雪花は栄貴妃に自分の想いを述べた。

「お待ちください。確かに私はこの曲を好ましいと思い、園遊会で披露したいと望みました。でも決して、陛下と妃嬪の悲恋を願ってのことではなく……」

「うるさい！　この娘を百叩きの刑に処しなさい」

怒った栄貴妃は宦官に雪花の刑罰を命じた。

庭園に驚きの声があがる。

百叩きの刑は罪人のごとく縄で体を石に括《くく》りつけられ、棒で百回打ちつけられる刑罰である。当たり所が悪いと死んでしまうこともある。

驚いた燈妃は腰を上げた。

「お待ちください、栄貴妃。選曲を間違えたことで受ける刑罰としては重すぎます。陛下は慈悲深い御方。陛下のご判断を待ったほうがよろしいのではありませんか？」

「燈妃、おだまりなさい。後宮の主はこなたよ。そなたはただの妃でしょう。こなたに意見しようというの？」

「……いえ、そのようなつもりではございません」

燈妃は引き下がった。後宮の主の命令には誰も逆らえない。それだけの権限を、栄貴妃は有している。

宦官たちに羽交い締めにされた雪花は、椅子から引きずり下ろされてしまう。

「お願いです、栄貴妃、私の話を聞いてください……！」

雪花は必死に懇願した。

けれど栄貴妃は汚いものから目を背けるかのように、広げた扇で視界を遮っている。

宦官に引きずられ、雪花の靴が真紅の落ち葉を乱れさせた。それは血の海のごとく波打っていた。

これから行われる刑罰を想像して気が遠くなりかけたとき——

「手を離せ」

怒りを滲ませた低い声音が庭園を貫く。

はっとした宦官は、慌てて雪花から手を離すと、その場に跪いて低頭した。

呆然とした雪花が顔を上げる。

するとそこには、凛然と佇《たたず》む紫蓮がいた。

「紫蓮……どうして……」

「遅くなってすまない」

紫蓮は雪花の手を取り、ゆっくりと立ち上がらせる。

彼が助けてくれたのだ。

けれど、宦官である紫蓮がなぜかばってくれたのだろうか。いくら高位の宦官とはいえ、栄貴妃には逆らえないと思うのだけれど。

紫蓮を不利な立場に追い込みたくはない。

そう思った雪花は栄貴妃を見やる。

すると、栄貴妃は驚愕《きょうがく》の表情を浮かべていた。

「へ、陛下……」

彼女はもたれていた背を慌てて起こすと、椅子から下りて拝礼した。

それを合図に、妃嬪たちはいっせいに栄貴妃にならって跪く。

「陛下にご挨拶いたします」

え、と雪花は首をかしげる。

みんなは紫蓮に向かって頭を垂れている。

まさか、陛下というのは——

「頭を上げよ」

「陛下に感謝いたします」

妃嬪たちは立ち上がった。どの階級の妃嬪たちでも、一様にしゃんと背を伸ばして、こちらに向かって直立している。

紫蓮は気まずげに視線を横に投げている栄貴妃に向き直った。

「栄貴妃よ。琴の選曲が好みではなかったからといって、刑罰を与えるのは貴妃として正しい判断か？」

「……いいえ、陛下。こなたの判断が行き過ぎていました」

「では刑罰を撤回せよ」

「はい。刑を撤回いたします。ですが『青月夜』は悲恋の曲ですから、園遊会の曲としてはふさわしくないと思ってのことでした」

「ほう。曲は講師からあらかじめ勧められたものだと、蘭答応は言っていたな。琴の講師はそなたの遠縁だ。なにか思い当たることがあるのではないか？」

指摘された栄貴妃は視線をさまよわせる。かろうじて彼女は呻くように言った。

「いいえ、なにも……」

「詳細は講師を呼んで聞く。俺の目を欺けると思うな」

「御意にございます」

栄貴妃は深く頭を垂れた。

ふたりのやり取りではっきりしたが、紫蓮こそが皇帝だったのだ。

宦官だというのは、雪花の思い違いだ。

彼は子どもの頃に会ったときから、皇子なのだ。そして雪花と別れたあと、成人して皇帝に即位した。紫蓮の言動と周囲の態度を鑑みれば、わかることだった。後宮へ入ってからは、紫蓮といるときにほかの人と会わなかったので、気づかずにいた。

なんてこと……紫蓮が耀嗣帝だったなんて……

雪花がまだ信じられない思いでいると、紫蓮はこちらに向き直る。

彼は雪花の手を握ったままだ。

優しい眼差しは、確かに紫蓮だった。

「雪花が『青月夜』を選んだのは、皇帝と妃嬪の悲恋を望んでのことではない……と、先ほど言いかけていたな」

「は、はい。そう申しました」

「では、どのような想いなのか、聞かせてほしい」

周囲の妃嬪たちは固唾を呑んで、紫蓮と雪花を見守っている。

雪花は正直に自分の考えを打ち明けた。

「主人公の娘は、来ない恋人を想って川に身を投げたといいます。それは悲しいことですが、自分の身が滅びても、せめて愛する人の幸せを願ったのではないでしょうか。たとえ結ばれない恋であっても、そのように相手を想うことこそ真実の愛ではないかと私は思いました。それを演奏で表現したかったのです」

言いきると、雪花の胸が昂揚《こうよう》に包まれる。

自分の想いを伝えられたことに、達成感を得られたのだ。そしてこの想いを、紫蓮が受けとめてくれるという信頼があってこそ言えたのだった。

穏やかな笑みを浮かべた紫蓮は、ゆっくりと頷く。

「そなたの想いは健気《けなげ》で心優しいものだ。だからこそ『青月夜』は悲恋というだけでなく、そこに真実の愛を見出して人々の心を打つのだろう。俺も、この曲を好ましく思っている」

「あ……ありがとうございます」

「ともに弾こう。そなたと同じ琴で、同じ動きで、ともに好きな曲を紡ぎたい」

雪花の手を引いた紫蓮は琴の前に導く。

椅子に腰を下ろした紫蓮は、膝に雪花を座らせた。

「あ、あの、この格好は陛下に対して恐れ多いのですが……」

「俺は、そなたに琴を教えた、ただの紫蓮だ。かしこまらずともよい」

そう言われても困ってしまう。

困惑した雪花が顔を赤らめていると、紫蓮は手の甲を重ねた。

練習で、音を直してくれたときと同じだ。

すうっと雪花の心から、焦燥も困惑も消える。

手の甲から、重なった紫蓮の熱が浸透するようだ。鼓動は落ち着きを取り戻し、心が凪いで

いく。

ビィン……と、弦がつま弾かれる。

幽玄な音色が、もみじの舞い落ちる庭園に響き渡った。

紫蓮とふたりで紡ぐ悲恋の曲は趣深く、紅葉に滲んでいった。


園遊会を終えて、答応たちの暮らす棟は喝采に湧いていた。

刑罰に処されるかと思った雪花が皇帝に救われ、しかも膝に座ってともに演奏したのだ。これが寵妃の前触れでなくてなんであろうか。

普段から栄貴妃の所業に反感を抱いていた答応たちは、雪花を稀代《きだい》の英雄のように崇めた。

良答応は飛び上がって手を叩いている。

「栄貴妃の悔しそうな顔、見た!? あははっ、ざまぁみろだわ！」

盛り上がる答応たちの中で、雪花は部屋の椅子に座り、複雑な思いでいた。

演奏が無事に済んだことは嬉しいし、結果としてみんなに喜んでもらえたこともよかったと思う。

けれど、紫蓮が皇帝だったという事実を、まだ受けとめきれないでいた。

演奏のあと、紫蓮は側近に促されて早々に去ってしまったので、込み入った話はできなかった。

まさか、皇帝陛下だったなんて思わなかった。

そうすると幼いときの紫蓮は皇子だったにもかかわらず、下級役人の娘である雪花を妻に迎えると宣言したのだ。反対されて当然だ。さらに川辺で会ったときも、演奏の練習でも、皇帝の紫蓮と友人みたいに話してしまった。ふたりの身分差を考えたら、とてつもない無礼なことである。

未だに衝撃に包まれていたそのとき、雪花を取り囲む妃嬪たちの間から、ふたりの答応がおずおずと顔を出す。園遊会へ赴く前に、雪花に侮蔑を投げた答応たちだ。

「あの……さっきはごめんね。悪気はなかったの」

「そうなのよ。ここは噂話くらいしか楽しみがなくて。このとおりだから許してちょうだい」

頭を下げるふたりに、雪花は微笑を見せた。

「どうか、頭を上げてください。私はなんとも思っていませんから」

殊勝なふたりに、ふん、と鼻を鳴らした良答応が得意気に見下ろした。

「謝っておくのは賢明な判断ね。雪花が昇格したら、あんたたちは跪かなきゃならないのよ」

その言葉に気まずそうな顔をしたふたりは、首を竦めて部屋を出ていった。

はっとした雪花は彼女たちが謝ってくれた理由を知る。

皇帝が特別扱いしたからには、雪花が昇格するのだとみんなは思っている。なによりも位階を重視する後宮では、格上の者は神も同然である。それゆえ、今のうちに非礼を詫びておこうと考えたのだ。

自分の行いを悔いてくれたのとは、少し違ったのですね……

残念ではあるが、それも後宮で生き抜くための術であるといえる。雪花だって、紫蓮と知り合いでなければ、今頃は栄貴妃の命令で百叩きにされていたかもしれないのだ。

得意になる良答応を、雪花は諫《いさ》めた。

「良答応もみなさんも、誤解しないでください。私は昇格するわけではないのです。紫蓮は……陛下は、皇子だったときに知り合ったよしみで助けてくれただけなのです」

「それで終わるわけないじゃない。陛下の膝にのるなんて、雪花は天下を取ったも同然よ！絶対に夜伽に指名されるわ。それで寵妃になったりして」

キャア、と答応たちは華やかな声をあげる。

みんなは自分のことのように盛り上がっているのだが、雪花は気が重い。

皇帝とその妃嬪ならば、なんの障害もなく結ばれて然《しか》るべきと思うかもしれない。

だが雪花には独自の事情があった。

紫蓮が耀嗣帝ということは、雪花が毒のくちづけによって暗殺すべきなのは紫蓮なのである。

まさか、紫蓮が殺す運命の相手だったなんて——

彼が宦官だったなら、どんなに平穏だったろう。

園遊会までは琴のことで頭がいっぱいで、密命をすっかり忘れていた。食事には変わらず毒が混入されているものの、内通者からはなにも接触がないのもある。

だけど進捗がないというだけで、密命がなくなったわけではない。

むしろ確実に皇帝暗殺へ向けて進んでいたのだ。再会した紫蓮が実は皇帝で、彼に見初められた形になったのだから。

それを内通者は知っているのかもしれない。おそらく父親も、把握しているのだろう。

ごくりと唾を呑み込んだ雪花の身に、暗殺の恐ろしさが巨大な氷塊となって伸しかかった。

紫蓮が暗殺の対象だと知った今、たとえ彼が皇帝でなかったとしても、自分には殺人なんてできないという気持ちが大きくなった。殺害するべき人に対面すると、より自分が犯す罪に向き合うことになるのだ。

それが紫蓮ならなおさら、抵抗感が膨らんだ。

どうか、夜伽に指名しないでほしい。

皇帝の閨に行ったなら、そのとき雪花は毒の接吻で紫蓮を殺すことになる。

賑《にぎ》やかな答応たちとは裏腹に、雪花はこのままなにもなく過ぎることを願った。

だがそのとき、部屋の前に蘇周文がやって来る。

「おや、賑やかですね。皆様の期待している伝令を、わたしは持ってきたようです」

はっ……とした雪花は息を止める。

答応たちは期待に目を輝かせた。

一瞬の沈黙のあと、蘇周文は頬を綻ばせて告げる。

「お喜びください。蘭答応は今宵、陛下の夜伽に指名されました」

驚喜の声の中、雪花は意識が遠のくのを感じた。

すべてが暗闇に呑み込まれていく。

ひとり闇の中に、雪花はぽつんと佇んでいるようだった。

皇帝暗殺の密命がある限り、どこまでも孤独なのだと、雪花は知った。

第四章　夜伽の指名

夕陽の残滓《ざんし》は山の稜線《りょうせん》に溶けて消えた。天には藍の幕が下りている。

雪花は今宵、皇帝の夜伽に指名された。

微笑みを浮かべた鈴明が、雪花の長い髪を櫛《くし》で梳いている。

「皇帝陛下の夜伽を初めてお務めになるのは雪花様ですね。とても名誉なことです」

銅鏡に映った雪花の顔は、物憂げに沈んでいた。とても名誉を賜った妃嬪には見えない浮かない顔だ。

それというのも、すべては皇帝暗殺の密命を背負っているからである。

毒に塗れた唇を持つ雪花が紫蓮に接吻したなら、彼はたちまち命を失ってしまうだろう。

蘭家の悲願は果たせるかもしれないが、雪花は人殺しになる。

そして、紫蓮を永久に失ってしまう。

——そんなこと、耐えられるのでしょうか……

未だに覚悟はつかなかった。

「雪花様、なにか気がかりなことでもあるのですか？」

物思いに耽《ふけ》っていた雪花は、びくりと肩を跳ねさせた。

「えっ、いいえ、なにもありません」

「緊張していますよね。答応の部屋では夜伽が行えないきまりになっていますので、いつもとは異なった環境ですが、どうか肩の力を抜いてください」

皇帝の夜伽を務める際、上級妃嬪の場合は宮持ちなので、皇帝は妃嬪の宮へ通うことになっている。だが指名されたのが貴人以下のときは、皇帝は棟へ通わず、妃嬪のほうが永安殿の寝所へ通うきまりだ。

雪花が永安殿へ入ったら最後、そこが紫蓮の死に場所になる。

そして雪花は皇帝を殺した大罪人だ。

これから行う罪を自覚し、ぶるりと体が震える。

どうしよう……私は、紫蓮を殺したくない……

鼻の奥がつんとして、涙があふれそうになる。

紫蓮を殺すくらいなら、いっそ自分が死んだほうがましだ。雪花の脳裏に自死がよぎる。

だけど自分が死んだら、浩然はどうなってしまうのか。密命を投げ出したら、浩然の命が危ぶまれる。あれはあくまでも脅しで、両親が浩然だけは許すと思いたいが……

つと、思い悩んでいた雪花は卓に目を向ける。

そこには裁縫用の鋏《はさみ》が置いてあった。鈴明が夜着《よぎ》のほつれた糸を切るために使ったのだ。

雪花はとっさに言った。

「あの、鈴明。迎えの馬車が来ていないか、見てきてもらえますか？」

「馬車が来たら、宦官が迎えにまいりますが……」

「でも、その、気になって。見てきてほしいのです」

そわそわしている雪花を、夜伽のことが気になっているのだろうと鈴明は思ったに違いなかった。彼女は微笑を浮かべると、手にしていた櫛を鏡台に置く。

「わかりました。門に来ていないか見てまいりますね」

鈴明が部屋を出て、東門へ向かっていく。

答応の暮らす棟は道が狭いので、馬車は東門の前に待機するしかないからだ。

妃嬪は事情がない限り、夜が更けてから部屋を出ることは禁じられているので、棟は静まり返っていた。

つまり、今この場で雪花が自死しても、誰にも止められない。

鈴明の後ろ姿を見送った雪花は、素早く卓の上の鋏に手を伸ばした。

糸切り鋏なので小さなものだが、首を切るための刃物として使えるのではないか。

震える手で雪花は刃を首筋に当てる。

私が死ねばいい……

『青月夜』で、恋人を想って身投げした娘のように。

紫蓮の顔を瞼の裏に思い描きながら、刃を引こうとした、そのとき。

「なにをしているの？」

すっと、柔らかい手が雪花の手の甲に触れた。

まるで音楽のような流麗な声をかけられ、雪花はきつく閉じていた目を開ける。

瞬きをしながらすぐそばに目をやると、美しい女性が笑みを浮かべてこちらを見ていた。

「あ、あの……」

戸惑っていると、彼女は流れるような所作で雪花の手から鋏を取り上げた。

「これは危ないから、侍女に片付けさせましょうね」

にっこりと笑う彼女は、雪花が自死しようとしていたとは思わなかったらしい。それとも、そうとわかっていながらあえて悲壮感を出さないよう努めているのだろうか。

妨害された雪花は、なぜか安堵した。

やはり、死んではいけないのだ。

今、理由もなくいなくなれば、周りの人たちが悲しむだろう。なにより浩然が人質に取られているのだから、少なくとも夜伽はこなして、両親をどうにか納得させなければならない。

そう思い直した雪花は、鋏を手にしている女性に言った。

「あの、髪を、切ろうとしていたのです。……ありがとうございました」

「ふうん、髪をね。あなたが有名な蘭答応なのでしょう？　噂のとおり、桃色の髪と紅い目の色なのね」

彼女は何者だろう。

上等な襦裙は侍女ではないし、下級妃嬪でもない。それに妃嬪は外出が禁じられている時刻なのだ。そんな時間に妃嬪の住まいへ訪れるなんて、上級妃嬪でもありえなかった。

「はい……私が蘭答応ですが……あなたはどなたでしょう？」

「わたしは芙蓉《ふよう》よ。紫蓮兄様――陛下の妹なの。母も同じよ」

紫蓮の妹と聞いた雪花は息を呑む。

先帝の御子《おこ》は男女合わせると二十人いるが、そのうちの男子は九名なので、女子は十一名いる。ほとんどは腹違いだが、母親が同じ兄妹もいるのだ。確かに昔、紫蓮には妹がいて母親と首都に住んでいると聞いていた。

あれは後宮に住んでいるという意味だったのだ。

公主は嫁入りするまで、母親とともに後宮に住まうのがしきたりである。

彼女が紫蓮の妹の芙蓉公主だと知り、雪花は得心した。

まっすぐな漆黒の髪と整った顔立ちが紫蓮によく似ている。

それに公主ならば後宮の妃嬪の規律は適応されないので、ある程度は自由だ。夜に出歩けるのも頷ける。

「芙蓉公主なのですね……。それで、私になにかご用でしょうか……？」

芙蓉公主はじっくりと雪花の顔を覗き込んでいる。

その眼差しには少女のように純粋な好奇心が浮かんでいた。

「変わった容姿の答応が夜伽に指名されたっていうから、どんな人なのかと思って見にきたのよ。唇も真っ赤なのね。まるで毒を喰らったみたい」

どきりとして、雪花は硬直した。

言い当てる芙蓉公主は、真実を知っているかのよう。

雪花はうろうろと視線をさまよわせた。

まさか……という思いが脳裏をよぎる。

芙蓉公主が、内通者なのだろうか。

今は部屋にふたりきりだ。しかも、良答応やほかの妃嬪たちは寝ているだろうから、この会話は誰にも聞かれていない。

今宵が皇帝暗殺を決行するときだと、内通者が雪花にけしかけるのは当然だろうと思えた。

意を決して、雪花は訊ねる。

「もしかして、芙蓉公主が……」

言いかけたそのとき、棟に向かってくる複数の足音が耳に届く。

とっさに雪花は口を噤んだ。

戸口に現れた宦官の張青磁は、室内に雪花と芙蓉公主のふたりがいるのを見咎めるかのように眉をひそめる。彼は丁寧に拱手をする。

張青磁は下級妃嬪の講師も務めている上位の宦官であるが、雪花が夜伽に指名されたとあって、講義とは違い、慇懃《いんぎん》な態度だ。

「芙蓉公主。ここでなにをなさっているのですか？」

「蘭答応に挨拶していたのよ。――はい、これ」

芙蓉公主は手にしていた鋏を、まるで空いた茶器を渡すかのような気軽さで差し出した。

受け取った張青磁は鋏を眺めると、後ろについていた鈴明に手渡す。

「この鋏がどうかしましたか」

「蘭答応がそれで髪を切ろうとしていたのよ。危ないから取り上げたの。しまっておいてちょうだい」

張青磁が息を呑む。

彼は背後にいる鈴明を叱責した。

「夜伽を務める妃嬪に怪我でもあったらなんとする！　持ち場を離れるな！」

「申し訳ございませんでした。以後、気をつけます」

深々と頭を下げる鈴明を目にして、雪花は事の重大さに気づいた。

雪花が自死などしていたら、鈴明はその責任を取らされて幽閉されていたかもしれない。

それは本意ではなかった。

「鈴明を叱らないでください。私が馬車が来たか見てきてほしいと頼んだのです」

「今回は不問にしましょう。――芙蓉公主は宮へお戻りください。あなた様の侍女が東門で困っているのを見かけましたよ」

首を竦めた芙蓉公主だが、悪びれた様子はない。

彼女はひらりと披帛を翻した。

「それじゃあね、蘭答応。わたしはあなたが気に入ったわ。また会いましょう」

また――という言葉に既視感を覚える。

皇帝だと思った男性も、「また会おう」と言っていた。

彼が何者なのかは未だにわからないが、芙蓉公主といい、思わせぶりな言動に困惑する。

芙蓉公主が部屋を出ていくと、張青磁は棟の外に控えた。代わりに鈴明が入ってきて、櫛を手に取る。鋏はすでに袂へしまったようだ。

「お待たせしました、雪花様。最後の仕上げをしましょう。今後はおそばを離れないよう、気をつけますね」

「いえ、私がわがままを言ったのがいけなかったのです」

今後――。鈴明はまるで未来があるかのように語っている。

もしも今夜、雪花が暗殺を決行したら、今後などというものは訪れない。

内通者は鈴明ではないかと、これまで雪花は思っていた。

毎回の食事に毒を入れられるのは、鈴明以外に考えられないからだ。毒を入れるところを見たわけではないが、答応の食事はみな同じものなので、膳房で毒を混入するのは難しいのではないだろうか。

数刻後にはすべて終わるはずだと鈴明は知っているのに、なぜ今後の話をするのか。それとも、張青磁がいるので、彼に聞こえるように言ったのだろうか。

だけど、もしかしたら先ほどの芙蓉公主が内通者かもしれないとも思う。

雪花に毒のことを指摘したのは故意ではないか。

雪花が自死したら、計画はすべて水の泡になる。そうならないよう、見張りに来たのではないか。

いずれにせよ、父の内通者は雪花のそばにいて、状況を事細かく観察しているのだ。内通者が誰なのかわからないが、もし密命に失敗したなら、雪花を殺害しろと命じられていてもおかしくはない。あの非情な父が、雪花に温情をかけるなど考えられない。内通者の正体を雪花に知らせないことからも、父は雪花を信用しておらず、単なる駒としてしか見ていないのだとわかる。

決して、逃げられない――

どうにか表情を保っていると、仕上げが整った。鈴明が純白の肩掛けを外す。

艶やかな桃色の髪は下ろし、薄化粧を施している。伝説の霊獣である猩猩《しょうじょう》の血で染め上げたと謳《うた》われる、猩猩緋《ひ》の長衣に裸身を包んでいた。

「お支度は整いましたでしょうか？」

「は、はい」

雪花が返事をすると、控えていた張青磁が入室してきた。彼は再び丁寧に拱手をする。

「永安殿までは、わたしが付き添います。わたしは陛下の側近でもありますのでご安心を」

「よろしくお願いします」

夜伽の場になる永安殿へは、侍女は連れていけないきまりなので、宦官に付き添われて赴くのだ。

雪花は椅子から立ち上がった。

明かりの入った灯籠を携えた張青磁に、足元を照らされる。

敷居を跨ぐと、煌々《こうこう》とした満月の明かりが降り注いだ。

月明かりの下で雪花の髪は、満開になった桃の花のごとく光り輝く。霊獣の血で染めた着物の色に劣らず、唇は毒々しい真紅に彩られていた。

見送る鈴明は頭を下げる。

彼女はなにも言わない。あらゆる意味で雪花が役目を果たすのを、信じて疑っていないのだろう。

そう思い、雪花は東門の前に待機していた馬車に乗り込む。張青磁は御者台に腰を下ろした。

普段は上級妃嬪などは宦官の担ぐ輿《こし》で移動するのだが、夜伽をする妃嬪の姿を見るのは不敬にあたるため、馬車での移動と決められている。

御者が手綱を取ると、ゆっくりと車輪が回り出した。

どきどきと雪花の胸は不穏に高鳴る。

紫蓮がくちづけを求めてきたら、応えなければならない。

でも、それは――

「ああ……どうしたら……」

彼を殺したくない。

すべてを打ち明けようか。紫蓮なら、どうにかしてくれるかもしれない。

だけど雪花がすべて吐露したら、蘭家の者だけでなく、両親に与《くみ》している人々までが処罰を受けてしまう。両親と雪花が処刑されるのは仕方ないとしても、浩然まで死をもって償わされるなんてことになったら、これまで雪花が耐えてきたのはいったいなんだったのか。それに鈴明にまで罪が及ぶことは避けたい。彼女は毒を混入しているかもしれないが、献身的に尽くしてくれた。良答応にも嫌疑がかかるかもしれない。

紫蓮は厳罰を与えるような人柄ではないが、皇帝という立場ゆえに、蘭家のゆかりの者を生かしてはおけないだろう。

懊悩しているうちに、馬車は東の区画へ入った。

永安殿はもうすぐである。この辺りは上級妃嬪の住む宮が建ち並んでいる。どの宮も豪奢な甍を、月明かりに撥《は》ねさせていた。

そのとき、馬車の外から大声で訴える人の声が届いた。

何事だろう。

雪花は窓から顔を出す。

すると、ひとりの宦官が慌てた様子で手を振り、行く手を塞いでいた。

御者が手綱を引いたので、馬車は急停止する。

がくんと揺れた雪花は必死に手すりにしがみついた。

怒った張青磁は馬車を止めた宦官を怒鳴りつける。

「なにをする！　陛下の夜伽を務める蘭答応の馬車だぞ。退《ど》け！」

「ここから先は行けません！　火事でございます。お戻りになってください！」

「なんだと……」

呆然とした張青磁が首を巡らすと、藍の天に黒煙が上がっていた。どうやら妃嬪の宮から火災が発生したようである。

橙色に染め上げられた黒煙が不気味に広がるのが、雪花からもはっきり見えた。

ふたりの宦官は通す通さないと、しばらく押し問答を続けている。

そうしているうちに、逃げ出してきた侍女や火を消そうとする宦官たちで、瞬く間に道は人であふれた。

「ええい、おまえたち退かぬか。今宵は大事な夜伽なのだぞ！」

張青磁は人を蹴散らそうと怒号を上げるが、右往左往する人々は指示を聞くどころではない。

馬はたたらを踏み、進めずに立ち往生した。

やがて雪花の乗る馬車の近くにも、風に煽《あお》られた黒煙が流れてくる。

「いけません、戻りましょう！」

雪花が叫ぶと、御者は手綱を操り、馬首を巡らせる。

歯噛みした張青磁は御者台から下りた。

「わたしは火事の様子を見てきます。蘭答応はひとまず宮へお戻りください！」

「わかりました。お気をつけて」

雪花は永安殿へ辿り着けず、戻ることになった。

図らずも今夜の夜伽は避けられたことになる。

偶然でしょうか……？

内心で首をかしげつつも、雪花は心のどこかで安堵していた。

炎が鎮火される様子を、紫蓮は永安殿の露台から眺めていた。

夜空に瞬く星は燦爛《さんらん》と煌めき、後宮は静けさを取り戻したようだ。

「火は消し止められたようだな」

今夜は雪花を夜伽に迎えるはずだったが、それどころではなくなってしまった。

彼女を迎えるための馬車に同乗していた張青磁は、火災現場をかけずり回ったのか煤《すす》だらけの姿で報告する。

「はい。洛明宮《らくめいきゅう》から出た火事は鎮火いたしました。怪我人はおりません」

「それはなにより。……だが洛明宮は無人の宮だ。なぜ火災が発生した？」

「原因は不明です。ただいま調査しております」

妃嬪が千人いた先代の皇帝とは違い、紫蓮の後宮は上級妃嬪の定員すら満たしていないので、空いている宮がいくつもある。

無人の宮から火が出るとは不思議なことだった。

紫蓮は思慮深い双眸を鋭くさせる。

「放火か？」

「わかりません。ですがその可能性も濃厚かと思われます。周辺の宮の妃嬪や侍女に聞き込みを行っております」

「洛明宮の隣は栄貴妃の宮だったな。念入りに調査せよ」

「は……」

眉をひそめた張青磁は、小首をかしげる。

紫蓮はそのわずかな仕草をも見落とさなかった。

「なにか気になることでもあるのか？」

「いえ……そういえば、馬車を止めた宦官は栄貴妃の泰和宮《たいわきゅう》の者でした。主の妃嬪を助けもせず、真っ先に夜伽の馬車を止めるとは、あやつはいったいなにをやっているのか……」

「ふむ。その宦官をここへ連れてこい」

「御意にございます」

張青磁は去ろうとしたが、ふと足を止めて再び拝礼した。

「今宵は大切な夜伽でしたのに、不祥事があり申し訳ございませんでした。今から蘭答応をお呼びになりますか？」

「いや……雪花は無事に答応の宮へ戻ったのだな？」

「はっ。蘇周文に確認させました。落ち着いている様子だそうです。侍女もそばにおります」

「ならば、よい。今夜は休ませてやれ」

低頭した張青磁は下がった。

火事の後始末に追われて夜伽どころではない。雪花は衝撃を受けただろうし、今から夜伽をさせるなど酷なことだ。

それにしても、初の夜伽に火事が起こるとはなんとも不吉である。

しかし、これが故意ならば……

紫蓮は露台から室内に入った。豪奢な寝台に目を向けたが、そこに雪花はいない。寂寥感を押し込めて黒檀の椅子に深く腰かけ、思考の海に沈む。

何者かが故意に火事を起こした可能性は充分にある。

張青磁が目にした、栄貴妃の部下という宦官が気になった。

栄貴妃は虚栄心が強く、慎みに欠ける。初めての夜伽をするのは自分だと豪語して憚《はばか》らない、という報告を受けている。

非常に不敬だ。

誰を夜伽に呼ぶか決めるのは、皇帝の紫蓮である。

大貴族の栄氏は宮廷で権勢を振るっていた。無視できない存在ゆえに、栄氏の娘に貴妃の位を与えたのだが、栄貴妃には後宮の主たる資質が欠けている。

度重なる妃嬪への行き過ぎた刑罰も以前から諫めていたが、栄貴妃には反省の色が見られない。

さらには雪花に刑罰を言いつけ、紫蓮の怒りは頂点に達した。

雪花は、紫蓮の愛する唯一の人だ。

彼女を傷つける者は誰であっても許さない。

園遊会には会議が長引き遅れたものの、危ういところで雪花を救うことができた。

だが今後も彼女が同じような目に遭わないとも限らない。ぜひとも雪花を夜伽に指名し、位階を昇格させて彼女の身を守る必要がある。高位の妃嬪になれば、栄貴妃だとて軽はずみに刑罰に処すことはできないからだ。

「……それは俺への言い訳だな」

独りごちたつぶやきは、宮殿の天井に吸い込まれて消えた。

雪花の身を守りたいのも本心だが、それ以上に、紫蓮は雪花を自分のものにしたいと望んでいるのだった。

皇帝と妃嬪は、一般的な家庭の夫婦とは異なる。

紫蓮自身は望んでいなかったが、慣例として後宮を開かざるを得なかった。皇帝であっても、三百年続いた歴代皇帝たちが築き上げた慣習を容易には覆せない。

後宮の妃嬪以下、宮女や宦官でさえもすべて皇帝の所有物であるとされているが、それはあくまでも部下という扱いである。彼女らに役職を与え、後宮での身分を保証しているに過ぎない。つまり官吏と同じだ。

夜伽に呼んで男女の関係を結ばなければ、夫婦とは言えない。

紫蓮は雪花しか、閨に呼ぶつもりはなかった。

それは子どもの頃に、彼女を実家から連れ出し、妻にすると言いながら叶《かな》わなかった過去を払拭したいためだけではない。

雪花は白兎《しろうさぎ》のごとく愛らしく、心優しい女性だ。

出会ったときから紫蓮はすぐに雪花を好きになってしまった。

好きでもなければ、父の命令で蘭家の様子を監視しろと言われたからといって、足繁《あししげ》く通ったりしない。

当時の紫蓮は九男の皇子で、太子でもなかった。次の皇帝になるとは誰も思っていなかったに違いない。雪花の件で首都に呼び戻されたときは、処罰されるのかとも思った。

だが、官吏から報告を受けた父は、紫蓮を罰しなかった。

それどころか、次の皇帝の候補に加えたのだ。

どうやら父は、紫蓮の行動に気概があると判断したらしい。

父は官吏と同じように、「皇帝になれば蘭家の娘を妃嬪に迎えられるぞ」と言った。それに続き、悪名高かった蘭家を討ち滅ぼして初代皇帝に即位した先祖の逸話を持ち出した。いかにして初代皇帝が民のために戦い、行動を起こしたか。愚鈍な臆病者に国を手に入れることなど叶わないと。最後に「皇子に生まれたからといって安穏と暮らす者に、鴻国の皇帝は務まらぬ」

という言葉を聞いて紫蓮は察した。

欲しいものは自分の力で手に入れなければならないのだ。

紫蓮は恵まれた環境ゆえに、なんでも自分の望みどおりになるはずだと思い違いをしていた。

だがそうではなかった。自分に力がないから、雪花を守れなかったのだ。

もし皇帝になれたなら、雪花を妻にできる。

それから紫蓮は必死に勉学や剣の稽古に励み、民のためによい皇帝であろうと努力を積み重ねた。

やがて病床に就いた父は、次の皇帝に紫蓮を指名した。

そうして紫蓮は、耀嗣帝として即位したのである。

さっそく後宮が編成され、紫蓮は蘭家に打診を送った。もちろん、雪花を後宮の妃嬪として迎え入れたいという内容である。

だが蘭家からは、娘の体調がよくないので、後宮入りはもう少し待ってほしいという返答だった。

見舞いに行きたいが皇帝となった身では、早々遠出するわけにもいかない。

部下を送り出して様子を見に行かせたが、蘭家に娘はいないようだという要領を得ない報告だった。

気を揉《も》んでいるうちに二年が経過し、後宮には名だたる名家から令嬢が続々と入宮してきた。

皇帝たる者、後宮を持ち、妃嬪を迎えるのは義務である。

だが紫蓮は雪花にしか興味がなかった。ほかのどの女性とも閨をともにする気はない。いずれ雪花を妻に迎えたら、彼女と子をもうける。ほかの妃嬪は実家に戻って結婚してもよい、と勅令を出そうと考えていた。

そうしてようやく雪花を後宮に迎えられたのである。

だが、妃の位階を与えたはずが、なぜか雪花は答応として入宮していた。

尚宮局の官吏を呼び出して話を聞くと、彼は気まずそうに視線をさまよわせながら、手違いがあったことを認めた。一度封号された者を間違いとするのは、後宮の威信にかかわる。いまさら雪花を妃に変更するのは難しかった。

紫蓮は、この一件が手違いではなく、何者かによる作為だと予想している。

確かに、下級役人の家柄である雪花を入宮から妃に封じるのは異例だ。高位の宦官や大臣の中には反対する者もいた。ほかの高貴な身分の妃たちとは釣り合いがとれないというのである。

そういった者たちが改ざんさせたのではないかと思ったが、すぐには証拠が出ず、尚宮局の官吏は不問にして帰していた。

妃嬪の位階は永久ではないため、答応であっても昇格させれば済むが、理由もなく雪花を昇格させては反対する大臣たちが納得しないだろう。雪花に会いに行こうにも、最下級の答応の棟を皇帝が訪ねるのは儀礼に反するのでよくないと側近に諭される。

どうにかして雪花に会えないかと思っていたさなか、川縁で再会したときは、運命が導いたのだと思った。

とはいえ、様子を見るために講義棟にあえて近づいたのは確かなのだが。

まずは、宦官と誤解させたことを彼女に謝りたい。

嘘をつくつもりはなかったのだが、いきなり皇帝と名乗ったら、雪花は怯えてしまうと考えたので話を合わせたのだった。それに紫蓮は『俺は皇帝だ』などと発言したことは一度もないので、あえて身分を明かすのは非常に滑稽だと思ったのだ。

「許してくれるだろうか……。いや、今宵はもう来ないのだな」

再会した雪花は昔と変わらず、天女のような美しい桃色の髪と真紅の瞳を持つ心優しい女性だった。見た目の珍しさに惹《ひ》かれているのではない。彼女の瞳の奥底にある、穢《けが》れなき魂が好きなのだ。

紫蓮は、人の目を見ると心根を見透かせるという天賦の才があった。

性根の悪い者は目の奥が濁っている。そして心の美しい者は目の奥底まで澄みきっているのだ。

生きていれば人は誰でも、ある程度は汚れる。

だが雪花は今も冴え冴えと澄み渡る目をしているのだ。あそこまで綺麗な人間を、紫蓮は見たことがない。

だからこそ、周囲の穢れた人間たちに囲まれて怯えているのだろう。雪花は実家で虐待されていたせいもあるかと思うが、昔から異常に怯えていた。

だが、もう安心だ。

俺が守ってやれるのだから――

そう考え、紫蓮が頬を緩めたとき、側近が宦官の来訪を告げた。

現れた栄貴妃付きの宦官は、龍の雷を食らうことがわかっているかのように、床に這《は》いつくばる。

「お、お呼びでしょうか、陛下……」

「そなたに聞きたいことがある。火事が起こったとき、そなたは夜伽の馬車を止めたそうだが、まことか？」

「はい。火が燃え広がっていましたので、危ないと思いまして、慌てて泰和宮から向かったのです」

「栄貴妃の泰和宮の隣が火災のあった洛明宮、そして馬車の通った道は洛明宮に面している。そなたの証言によると、火が燃え広がっているのを見て、わざわざ洛明宮を越えて馬車を止めに行ったことになる。ほかにすべきことがあると思うが？」

「……あのときは気が動転していまして……よく覚えておりません」

「そなたが火を点《つ》けたのか？」

うっ、と宦官は小さく呻いた。彼は伏したまま、ぶるぶると体を震わせる。

「そ、それは……あの……」

「そなたの主は栄貴妃ではない。後宮にいる者すべての主は耀嗣帝である、この俺だ。そうであろう？」

はっとした宦官は顔を上げた。彼の目には涙が浮かんでいる。

「お許しください！　栄貴妃のご指示なのです。命令どおりにしなければ、家族の命はないと脅されてやったのです！」

「よく正直に言った。そなたには最大限の恩赦を与える。また、栄貴妃の宮付きからは外す」

宦官は床に額を擦りつけた。

――やはり、栄貴妃の仕業か。

宦官を下がらせた紫蓮は深い溜息を吐く。

雪花が夜伽を務めるのを阻止するために、放火を指示して騒ぎを起こさせるとは。その短慮と心根の貧しさには心の底から落胆する。

貴妃から降ろすのは簡単だ。

だが、ほかに貴妃はおらず、栄貴妃を降格させるなら代わりに誰かを貴妃にする必要がある。

紫蓮としてはそれは雪花しかいないのだが、夜伽が中止になったのに、突然答応を一足飛びで貴妃に昇格させるわけにもいかない。

物事には順序というものがある。後宮とは規律に縛られた場所であり、人もまた規律に縛られて生きているのだ。

「うまくいかないものだ。だが、いずれ必ず成し遂げてみせよう」

明瞭に言いきると、紫蓮は張青磁を呼び、洛明宮へ向かった。


洛明宮の炎は鎮火し、辺りは落ち着きを取り戻していた。

紫蓮は消火活動にあたった宦官たちをねぎらい、見張りの兵士から話を聞いた。

「火は建物全体には回らず、玄関が焼け焦げました。外部から侵入した何者かが火を点けたものと思われます」

「なるほど。引き続き、警備にあたれ」

やはり、先ほどの宦官の証言に間違いはないようだ。

紫蓮は星明かりのもとに佇む洛明宮を見上げる。

後宮の妃嬪が住まう宮はどれも歴史ある大切な建造物だが、洛明宮が無事でよかったと心から思う。これなら、玄関のみを改修すれば済むだろう。

洛明宮は、紫蓮の母である殷《いん》貴妃が住んでいたところなのだ。幼い紫蓮もこの宮で過ごした。記憶はおぼろだが、大事な思い出である。

「犯人に釘《くぎ》を刺しておかねばならんな」

踵を返した紫蓮は隣の宮へ足を向ける。

栄貴妃の住む泰和宮は突然の皇帝の訪問に沸いた。

侍女は歓喜の声をあげて、主を呼びに奥へ向かう。

喜色を浮かべて現れた栄貴妃は、夜更けにもかかわらず寝巻ではなく、豪奢な襦裙を着ている。

「陛下、ようこそいらっしゃいました。こなたを心配して来てくださったのですね」

まだなにも言っていないが、己の主張が正しいものだと据える彼女の言動には窮屈さを覚える。

「聞きたいことがあって来訪した。そなたの宮付きの宦官が、栄貴妃の指示で洛明宮に火を点けたと自白したのだ。それに相違ないか？」

栄貴妃は一瞬無表情になったが、すぐにぎこちない笑みをのせた。

「まあ……なんのことやら。こなたはなにも存じませんわ。宦官は突然いなくなったのですから」

「突然か。それは、洛明宮から火が上がる前か？」

「……さあ、どうでしょう。わかりません」

視線を横に投げる栄貴妃は居心地が悪そうで、そわそわと体を揺らしている。だが思い立ったように必死な形相をして、紫蓮の袖に縋《すが》りついてきた。

「陛下はこなたをお疑いになるのですか!?　こなたは由緒ある栄氏一族の姫でございます！

どうしてこなたが陛下のお育ちになった洛明宮に火を点けよなどと命じるのでございましょ

う。理由がありませんわ！」

「宦官は洛明宮に火を点けたあと、夜伽の馬車を止めさせた。そなたは『夜伽を一番目にするのは自分だ』と言って、ほかの妃嬪が夜伽をしないよう指示していた。そうだな？」

袖を払うと、気まずそうな顔をした栄貴妃は手を離した。

皇帝の袖に縋りつくなど、礼節に欠ける行いである。

彼女は誤魔化そうとしているが、栄貴妃が宦官に放火を指示したのは明らかだ。

それにもかかわらず罪を認めようとせず、図々しい言動の数々には落胆しかない。栄貴妃の頭には保身しかないのだ。

　紫蓮は言葉を継いだ。

「夜伽を止めさせる目的で火事を起こさせたのだろう。そなたは雪花に園遊会での奏者を命じた。それらの朝礼での発言が宦官により記録されている。七夕で失態を犯した貴人と同じ目に遭わせようとでも思ったのだろうが、予想に反して雪花の演奏が成功し、夜伽を命じられたから嫉妬したのか？」

「……そんなことはありませんわ。すべて陛下の想像でございます。こなたがなにをしたというのですか？」

「では、宦官の自白はどうする。そなたを審議にかけてもよい」

「こなたは潔白です！　正一品《しょういっぽん》の太尉である父の名誉にかけて！」

栄貴妃は叫び声をあげた。

ここで大貴族の後ろ盾があることを持ち出すあたり、小賢《こざか》しい。栄貴妃は己の罪を認めたも同然だ。

だが現時点では、宦官の自白のみで栄貴妃を降格させるのは難しい。もし降格させたら、栄貴妃の父親が黙っていない。栄氏は権力を振るい、宦官が偽っているのだと、どこまでも貫こうとするだろう。そうなると宮廷にも権力争いが勃発するかもしれない。

それには時期尚早だと判断した。

紫蓮はこの場で栄貴妃を断罪することは諦めた。

「なるほど。では審議については持ち越そう」

ほっと胸を撫で下ろした栄貴妃は、勝ち誇ったかのような笑みを見せた。

「ありがとうございます。こなたを信じてくださるのですね」

「そうは言っていない。決定的な証拠に欠けるので、今回は審議を持ち越すと俺は言っている。そなたを疑っていることに変わりはない」

はっきり言うと、栄貴妃はまた無表情になる。

自分の期待どおりに紫蓮が動かないので、おもしろくないようだ。

洛明宮が紫蓮にとって大切な宮だと知りながら放火を命じるなど、許しがたい行いだが、それとは別に彼女を許せないのは雪花のことがあるからだった。

紫蓮は話題を変えた。

「園遊会のことだが、蘭答応の琴の講師に『悲恋の曲を指定せよ』と命令したそうだな。すでに講師は口を割っている。そなたの命令でしたことだと」

ぽかんとした栄貴妃だったが、やがて思い出したらしく顔を歪めた。

紫蓮が講師を呼んで問いただしたところ、彼は保身のため、あっさりと栄貴妃の命令だと告白したのだ。

「こなたは知りませんわ。宦官も講師も、こなたを罠《わな》に嵌めようとしているのです。なんとこなたは哀れなのでしょう。陛下はこなたを信じてくれませんの？」

栄貴妃はさめざめと泣き出した。

袖で目元を覆っているが、泣き真似である。

紫蓮は明確に宣告した。

「雪花を傷つける者は、誰であろうと許さぬ」

ぴたりと、栄貴妃は泣き真似をやめた。

彼女が袖の向こうで、ぎりっと歯噛みしている様子が伝わってくる。

「なにをしても許される価値が自分にあると思わぬことだ。そなたの言動が目に余るようなら、栄氏ごと切り捨てるのも俺は厭《いと》わない」

「そんなことできるわけありませんわ。皇后になるのはこなたしかいません。蘭答応なぞ、下級役人の娘ではありませんか」

栄貴妃は本性を表した。執念のこもった声には、つい先ほどのしおらしさはどこにも見られない。演技は白々しく、本音は嫉妬や保身だらけなので相手をしていてうんざりする。

この女に、後宮の主たる資格はない。

紫蓮はひとまずの処置を申し渡した。

「正式な審議は先送りにするが、諸々の事由を鑑みて、そなたにひと月の謹慎を科す。また、そなたから『後宮の主』の称号を一時的に剥奪《はくだつ》する。謹慎中は燈妃が主代行とする」

栄貴妃は息を呑んだ。

思わず彼女が袖を下ろすと、そこに涙の痕は微塵もなく、目は鬼のごとく吊り上がっている。

「なんてことをおっしゃるのですか⁉　後宮の主はこなたにしか務まりません！　燈妃になんてこなせるわけが……」

延々と続きそうな恨み言を聞く気はない。

嘆息をこぼした紫蓮は踵を返した。

追い縋ろうとする栄貴妃を、張青磁が止めに入る声が聞こえた。

洛明宮の火事騒ぎから一夜が明けた。

昨夜の雪花は馬車で戻ってきてから、そのまま部屋で待機していた。

だが蘇周文がやってきて、洛明宮の火災は落ち着いたこと、今夜の夜伽は中止になったことを告げられ、ようやく床に入った。

とはいえ、眠りに就いたのは朝方である。

図らずも夜伽がなくなり、雪花は紫蓮を殺さずに済んだ。

これは偶然だろうか。それとも何者かの策略なのだろうか。

考えても答えは出ないのだが、皇帝暗殺の密命が延期されたのは確かだった。

雪花は心のどこかで、ほっと安堵していた。

それに反し、がっかりしたのは鈴明だ。

彼女は落胆して、朝から肩を落としている。

「昨夜は残念でしたね……。雪花様が初の夜伽をする妃嬪になれるはずでしたのに。火事が起こったのが不吉だとでも思われたらどうしましょう。陛下が心変わりしないといいのですけど……またあらためて夜伽に指名されますよね？」

暗殺が未遂に終わってしまったことを残念がっているようには……見えないこともない。

鈴明が内通者なのか、雪花には確証がなかった。

それに芙蓉公主のことも気にかかる。

「でも、火事に巻き込まれなくてよかったです。ねえ、雪花様」

びくりとした雪花は肩を揺らす。

「えっ、ええ……そうですね。洛明宮の火災もさほどではなかったと聞きましたし……」

鈴明か芙蓉公主か。せめて内通者が誰なのかわかれば、雪花にもやりようがあると思うのだが。

内通者がどのような気持ちでいるのか確認し、説得して味方につけられたら、両親の国家転覆などという大罪を思い留《とど》まらせることができるのではないか。

もしも内通者が鈴明だとしたら、私の味方になってくれないでしょうか……

優しい鈴明はいかなるときでも柔和で、鋭い気配を出すことがない。彼女の気持ちを知りたい。だけどもし直裁に訊ねて、内通者でなかったとしたら大変なことになる。

考えた雪花は、たとえ話を持ち出してみた。

「あの……鈴明、もしも、大切な人を殺すことになったら、あなたはどうしますか？」

「はあ。火事で失うという話ですか？」

突然の質問に、鈴明は目を瞬かせた。

「ええ、まあ……どうにもならない状況で好きな人を殺すことになったらどうするかという、もしもの話です」

「そうですねえ。その『どうにもならない状況』というのがピンときませんけど、好きな人を殺すだなんて悲恋の主人公みたいで、格好良くて憧れますね。わたしはものすごく好きになった殿方なんていませんから、そんな大恋愛をこれから経験してみたい気もしますけどね」

肩を竦めた鈴明は笑っている。

彼女は本心を話しているように見えた。

皇帝暗殺についての話なのだが、鈴明にはそうとわかっていなさそうだ。

夜伽がなかったこともまるで自分のことのように口惜しんでくれた。鈴明には自分が内通者であると匂わせる言動がなかったと言えるのではないだろうか。

雪花が曖昧に頷いていると、戸口に蘇周文が現れた。彼は頬を綻ばせて拱手する。

「おはようございます、蘭答応。昨夜は大変でしたね。お怪我がなく、なによりでした」

「ありがとう、蘇周文。私は平気です」

「そうはおっしゃいましても、夜伽が中止になりましたので、さぞかし落胆されていることかと存じます。でもご安心ください。吉報を持ってきましたから」

「吉報……ですか？」

首をかしげていると、部屋の外から咳《せき》払いが聞こえた。

「話が長いぞ、蘇周文」

「これは失礼いたしました、陛下」

下裳の裾を捌《さば》いて入ってきたのは、紫蓮だ。

息を呑んだ雪花は素早く椅子から下りて、鈴明とともに拝礼する。

「陛下にご挨拶いたします」

「礼はよい。昨夜はすまなかったな」

紫蓮は雪花のそばに立つと、手を差し伸べた。雪花は白い手を、紫蓮の大きなてのひらにそっとのせる。

手を握り、雪花を立たせた紫蓮は黒曜石のように輝く瞳をまっすぐに向けた。曇りのない大海のごとく、深い色をした目に、雪花は吸い込まれそうになる。

「とんでもありません。洛明宮は全焼を免れたと聞きましたし、怪我人もいなかったとか。それを聞いただけで安心しました」

「うむ。怪我をした者がいなかったのは不幸中の幸いと言える。それに洛明宮は俺が幼い頃に母君と過ごしたところなのだ」

「まあ……そうでしたか。思い出のある宮がなくならなくて、よかったです」

「夜伽が中止になったのは残念だった。その代わりと言ってはなんだが、少し話をしてもよいだろうか」

「もちろんです。私も……陛下に会いたかったです」

ふたりは柔らかな微笑みを交わす。

鈴明が椅子をもう一脚持ってくると、紫蓮はそこに腰を下ろした。

「俺のことは今までどおり、紫蓮と名で呼んでくれ。俺も公式の場以外では、雪花と名で呼ぼう」

「わかりました、紫蓮」

名前で呼び合おうと提案するなんて、彼は雪花を大切に思ってくれているのだとわかった。

妃嬪は妻とはいえ、通常は主である皇帝を名前で呼ばないものである。

紫蓮は座りながら、つないだ雪花の手を引く。

まるでひとときも離れたくない恋人同士のようで、雪花は微苦笑をこぼす。彼の隣の自分の椅子に、雪花は座った。

それを見届けた鈴明と蘇周文は音もなく部屋を退出する。もちろん彼らは持ち場を離れることなく、すぐ外に控えるのだが。

部屋の外から注ぎ込む木漏れ日が優しい光を湛《たた》えていた。

紫蓮と過ごす時間はなんて穏やかなのだろうと、雪花は心を和ませる。

そうしてふたりはしばし無言で、部屋から覗く通路の石畳を眺めていた。

ややあって、紫蓮がふいに口を開く。

「そなたは咎めないのだな。俺が正体を偽っていたことに対して」

「あれは、私が勝手に宦官なのだと思い違いをしたのです。紫蓮が偽ったわけではありませんから、気にしないでください」

「だが、驚いただろう?」

「そうですね……。まさか、皇帝陛下だったなんて思いませんでした。……ということは、私は皇子様である紫蓮と会ったときからこれまで、数々の非礼を働いていたのですね」

「それは気にするな。雪花を怖がらせてはいけないと思い、正体を明かさなかった俺がよくなかった。先帝の九男に生まれた俺は親王として、地方に住みながら勉学に励んでいた。蘭家を訪問したのも、前王朝の末裔たちの動向を探れという父の命令に従って行ったことだった。そなたを救えなかったことといい、これまでの過ちを許してほしい」

神妙な顔をした彼は頭を下げた。

紫蓮に咎はないのに、謝罪なんてしてほしくない。

雪花は慌てて空いているほうの手で、紫蓮の腕に触れた。

「謝らないでください。私にとって紫蓮は何者であってもよかったのです。どれだけ高位の家系であってもそうでなくても、あなたが紫蓮であることに変わりはないですから。私を救おうとしてくれたあなたの勇気を、私は忘れたことはありませんでした」

「そうか……優しいのだな。そなたは年月が経っても、やはり優しい雪花のままだ」

その言葉に、居たたまれなくなった雪花は唇を引き結んでうつむいた。

紫蓮が『優しい』と言ってくれるのはとても嬉しい。

だが彼から好意を向けられると、自分がこれから行おうとしている恐ろしい計画を思い出してしまい、震えが止まらなくなる。

私は、あなたを殺そうとしているのに……

いけない。そのことを考えては、態度に滲んでしまいかねない。そうしたら紫蓮に不審に思われてしまう。

それに、皇帝暗殺の密命のことを考えたくもなかった。

雪花は無理やり笑みをのせて、話題を変えた。

「そういえば、園遊会の前に、もみじの贈り物をいただいたのです。あれは紫蓮なのでしょう？」

「ああ。少しでも励みになればと思ってな。よく贈り主が俺だとわかったな」

「わかりますよ。紫蓮の字が手紙に書いてありましたから」

彼の文字は、子どもの頃に勉強を教えてもらったことがあるので知っていた。

雪花はそばの鏡台についている引き出しから、包み紙を取り出す。

それを開くと、雪花への宛名とともに、一枚のもみじが入っている。園遊会が終わっても大切に保管しているのだ。

もみじを見た紫蓮は驚きに目を見開いた。

「まだ持っていたのか」

「紫蓮が選んでくれたのだと思うと、捨てるなんてできません。ずっと大切にとっておいても、いいですか？」

ぎこちなかった雪花の表情は、自然な笑顔に戻っていた。

うかがうと、紫蓮は穏やかな双眸で頷いた。

「もちろんだ。慎ましいそなたには、もっと大きな贈り物をしたい。それも受け取ってくれるだろうか？」

「もっと大きな……大きなもみじですか？」

とても大きなもみじがあるのだろうか。もみじはどれも同じくらいの大きさだと思うのだけれど。

雪花が目をぱちぱちさせていると、紫蓮は朗らかな笑い声をあげた。

「ははっ。いや、これは、なんと可愛らしいのだ」

勘違いに気づいた雪花は顔を赤らめる。

紫蓮が指したのは、別の贈り物のことだ。

「あっ……いえ、あの、私はほかの贈り物はいりません。このもみじと手紙だけで充分です」

ささやかな贈り物で充分と言う雪花を、紫蓮は真摯な眼差しで、じっと見つめた。

表情を引きしめた彼は、重々しく述べる。

「俺は、そなたに封号を贈りたい。いずれ皇后にする」

「……えっ？」

一瞬、なにを言われたのか理解できなかった。

雪花が皇后になれるわけがない。彼の隣に並び立てるような身分ではないのだ。密命のことがなくても、蘭家の格では答応が精一杯だ。

それなのに、紫蓮はどうしてそんなことを言うのだろう。

動揺した雪花が視線をさまよわせると、紫蓮は薄い笑みを浮かべた。

「いずれ、という話だ。園遊会では演奏を成功させたのだから、そなたを昇格させるのは当然だ。雪花はまず、なにになりたい。貴妃か？」

悪戯めいた目で問いかける紫蓮に、雪花は胸を撫で下ろす。

皇后にしたいだとか、貴妃だとか、昇格の話は紫蓮の冗談なのだと理解した。

きっと、後宮のことでなにか問題が起こり、彼は疲れているのではないかと雪花は思った。

それでなくとも、母君と過ごした思い出のある宮が火事に遭ったばかりなのだ。

雪花は紫蓮の手を煩わせないよう、けれど彼の思いを損なわないよう、返事をした。

「なりたいものになれるのなら、私は、あなたの鳥になりたいです」

「鳥だと……？」

「はい。いつも紫蓮の肩にとまり、あなたのそばにいて、寄り添っていたいのです」

「ほう……それはまた、難題だな」

紫蓮は難しい顔をして考え込んでしまった。

あくまでもたとえなのだが、本気にされてしまったようだ。

けれどそれは、雪花の本音だった。

密命を負った妃嬪などではなく、ただの鳥として、紫蓮のそばにいられたなら、どんなによいだろう。

眉を寄せる紫蓮に、くすりと微笑む。

「たとえですよ。生まれ変わったら、という話ですね」

「それはわかっているがな。俺はそなたの願いはなんでも聞き届けてやりたい。どうしたらその願いが叶うか、考えていたのだ」

「簡単です。私が死んで生まれ変わったら、鳥になって紫蓮のそばに行きます」

「そなただけを失うわけにはいかぬ。ふたりで心中でもするか？　そうしたら、鳥のつがいになれるだろう」

戯言《ざれごと》なのだが、雪花は瞠目する。

紫蓮があまりにも澄みきった双眸でそんなことを言うものだから。

彼の表情は真摯さを帯びている。

たとえ冗談であっても、皇帝が死を望むようなことを言っていいはずがない。

「紫蓮ったら……冗談が過ぎます。私は紫蓮に、もしものことがあっては困りますから」

死んでほしくない、とは言えなかった。

皇帝暗殺の密命を負っているというのに、どの口がそんなことを言えるというのか。

紫蓮は高らかに笑った。

彼の笑い声が部屋に響くのを聞いた雪花は、からかわれたのだと知る。

そして心から、ほっとしたのだった。

そのとき、戸口に蘇周文が姿を見せた。

「陛下、そろそろ会議のお時間でございます」

「わかっている。少し待て」

紫蓮は軽く手を上げ、蘇周文を待たせた。

忙しい身なのに、時間を縫って雪花に会いに来てくれたのだ。皇帝である紫蓮が答応の棟を訪れること自体が初めてなのである。

雪花が腰を上げようとすると、苦笑した紫蓮に手を引かれた。

「待たぬか。そなたは俺を帰らせようというのか？」

「そうです。お時間を割いていただいて、ありがとうございました。どうぞお仕事に戻ってください」

面食らった紫蓮は額に手を当てる。

「そなたは本当に鳥にならないと、俺のそばにいてくれないようだな……」

雪花だって、もっと紫蓮と一緒にいたいのだが、彼には皇帝としての務めがある。雪花が無理を言って引き留めるなど、できるわけがない。

諦めたのか、紫蓮は腰を上げた。

「わかった。今日は帰ろう。だが、まだ話したいことがある。明日も来てもよいか？」

「もちろんです。お待ちしています」

そう返答すると、紫蓮は満足げに頷いた。

彼はずっとつないでいた雪花の手を、するりと離す。

だがその大きな手は、すぐに雪花の髪を撫でた。

その際に、紫蓮の指が耳たぶを掠める。

ずきん、と雪花の胸が熱く脈打った。

「ではな」

「はい。では、また明日……」

別れはいつでも名残惜しい。

背を向けた紫蓮が、蘇周文を伴って石畳の道を歩き、宮廷へ向かっていく。

彼の後ろ姿が見えなくなっても、雪花は戸口に佇んでいた。紫蓮と交わした言葉のひとつひとつを反芻《はんすう》しながら。


翌日、紫蓮は昼過ぎにまた雪花の部屋を訪問した。

もしかすると、彼は訪れないのでは、と気を揉んでいた雪花は杞憂だったと知る。

「陛下にご挨拶いたします」

「礼はよい。いちいち跪いては疲れてしまう。さあ、立つのだ」

そう言って、紫蓮は昨日と同じように手を取り、雪花を立たせた。

彼に大切にされているのだとわかり、雪花の心がほわりと温まる。

「でも、礼をするのは妃嬪としての礼儀です」

「雪花はただの妃嬪ではない。俺の大切な人だ。それを今から証明しよう」

「今から……ですか？」

どういうことだろう。

首をかしげる雪花に、紫蓮は濃い笑みを見せた。

「歩きながら話そう。昨日の続きを」

「はい。お供します」

紫蓮に手を取られ、雪花は部屋の戸口を跨ぐ。答応たちの住まう棟を横に見つつ、石畳の道を歩いた。ちらりと視界の端に、良答応が小さく手を振っている姿が見えた。彼女は紫蓮との仲を応援してくれているのだ。

少し離れて、後ろから鈴明と蘇周文が付き従ってくる。

区画を分けている小さな門を通り、道を折れて東へ向かう。

紫蓮はゆるりとした口調で話し出す。

「昨日はそなたとの話が楽しくて、言いそびれたことがあったのだが……そなたは俺との約束を忘れただろうな。園遊会の前日に言ったことだ」

「ちゃんと覚えていますよ。園遊会が終わってから、私になにか頼みたいことがあったのですよね？」

雪花はそれを、別の場所での演奏だと予想していた。

園遊会での演奏を成功させたら、紫蓮に認められる奏者になれると思ったのだ。

けれど実際には、紫蓮の手を借りて演奏を成功させた形になった。やはり人前で披露するには、雪花はまだまだ未熟なのだと実感したばかりである。

それなのに、彼が雪花に頼みたいこととは、いったいなんだろう。

紫蓮は双眸を細め、顎を引いた。

「そなたに頼みたいこととは……夜伽だ」

「そ、そうなのですね。私はてっきり、別の場所での演奏かと思っていました」

紫蓮はゆるりと首を横に振る。

彼は園遊会の前から、雪花を夜伽に指名すると決めていたのだ。

「火事騒ぎにより中止されてしまったが、それを不吉だと捉える意見が重臣から出ている。位の低い答応が龍床への道を通ろうとしたから、祟《たた》りがあったなどとな。栄氏は非常に馬鹿げた話を展開した」

洛明宮の火事が起こったのは、夜伽に指名された雪花のせいだとする意見があるのだ。栄氏とは大貴族の太尉で、栄貴妃の父親のことだろう。太尉は国の防衛を司る重鎮である。栄貴妃は位がもっとも高い妃嬪であり、一番に夜伽に指名されるのは自分だと本人も言っていたから、栄氏が雪花の夜伽を快く思わないのは当然だ。

雪花がうつむくと、紫蓮は話を継ぐ。

「だがそれは、俺にとって幸いとも言える」

「えっ……幸い、なのですか？」

驚いた雪花は紫蓮の顔を見た。

陽射しを受ける彼の横顔は堂々と前を見据えている。頑健な、一国の帝王の顔だった。

「うむ。答応が龍床への道を通るから問題なのであろう？　きまりにより、宮を持たない貴人以下の妃嬪は永安殿へ赴くことになっているからな。だが上級妃嬪ならば自分の宮を持っており、そこで夜伽を行う。まさか龍が通る道を阻む者はこの世にいまい」

「ということは……紫蓮が、上級妃嬪の方のみを、夜伽に指名するということなのですね？」

慎重に聞き返すと、紫蓮は真顔になった。

栄氏が雪花の夜伽を反対していることからも、紫蓮が栄貴妃を夜伽に指名すれば、宮廷の権力関係としてもなんの問題も起きないと思われる。

だが紫蓮が深く嘆息したことにより、彼はそういうつもりではないのだとわかった。

「雪花……そなたはまさか、俺がそなたを放って、上級妃嬪を夜伽に指名するのだと思ってはいないか？」

「そうではないのですか？」

紫蓮はまた嘆息をこぼす。

彼を落胆させてしまったと雪花は内心焦るものの、ほかの可能性が思いつかない。

つないだ雪花の手を、紫蓮は陽に捧《ささ》げるかのように高く掲げた。

その遥か上空を、一羽の鳥が横切っていく。

陽の光の眩しさに、雪花は目を眇《すが》めた。

「俺は皇帝だ。万人が俺の足元に跪く。あの鳥を今すぐ捕らえて、忠節を誓わせよと命じることも容易い」

「はい。そのとおりです」

「それなのに唯一、そなたの心だけは手に入らない。俺が本当に欲しいものだけは、この手からは遠いのだ」

ふたりの手はしっかりとつながれているというのに、紫蓮は遠いと言う。

彼の心のうちを、雪花は察した。

雪花が暗殺の密命を隠しながら紫蓮に接しているので、それに不審なものを感じた彼が、心が遠いと表したのだ。

雪花は紫蓮のことが好きなのに、それを伝えることができない。

伝えてはいけない。本心を打ち明ける資格など、雪花にはないのだから。

せめてもと思い、雪花は紫蓮の苦しみを宥めようとした。

「私は陛下に忠誠を誓っています」

「急に〝陛下〟か。そういうところに距離を感じるぞ。そなたは俺のことが嫌いなのか？」

「まさか！　陛下……紫蓮のことを嫌いな妃嬪なんていません」

「ほかの妃嬪のことなぞ、どうでもよい。俺はそなたの心がどこにあるのかを聞いている」

「それは……嫌いではないですから……」

雪花は困ってしまった。

正直に『好きです』と言ったら、なにかが変わるのだろうか。雪花には悪い方向へ転がっていくようにしか思えなかった。

表情を曇らせる雪花を見て、紫蓮は微苦笑をこぼす。

「悩まないでくれ。俺が悪かった。無理に言わせるなど、意味のないことだ」

「あの……ごめんなさい。私の心の準備ができていないのです」

「謝らなくともよい。わかっている。俺が言いたいのは、そなたを上級妃嬪に昇格させれば、夜伽の邪魔が入らないということなのだ」

「……えっ!?　私を、上級妃嬪に……？」

ふたりは東の区域にやって来た。この辺りには、上級妃嬪の宮が建ち並んでいる。定員に達していない耀嗣帝の後宮は、無人の宮も多かった。

火災のあった洛明宮とは、道の反対側にある宮のひとつへ、紫蓮に導かれる。

門をくぐると、広い庭園に迎えられる。水盆には蓮の花が活《い》けられていた。

豪壮な玄関には『清華宮《せいかきゅう》』という額縁が掲げられている。雪花がここを訪れるのはもちろん初めてだ。

「さあ、中へ入ってみよ。今日からここが、そなたの住まいだ」

「ここが……」

朱塗りの柱に支えられた広大な宮殿は、前室から入ると応接室がいくつもある。そして寝室に浴室、衣装部屋や侍女の控室まであった。どの部屋も綺麗で明るく、精緻な意匠の家具が設置されている。まさに上級妃嬪のための豪勢な宮だ。

「雪花を迎えるために用意させたのだ。清華宮は由緒ある宮のひとつで、寵妃のための住まいとして使用される」

「あの……このような豪華な宮を、夜伽のために使うのですか？」

疑問を述べた雪花の両手を、紫蓮は取った。

ぎゅっと握りしめて、彼は真摯な双眸をまっすぐに向ける。

「雪花を、妃に封じる。今日からそなたは蘭妃だ」

息を呑んだ雪花の横で、付き従っていた蘇周文が聖旨《せいし》を取り出した。

「皇帝陛下の勅令でございます。蘭答応は昇格し、妃に封号されました」

聖旨には確かにその旨と、耀嗣帝の署名、そして玉璽《ぎょくじ》が押されている。

雪花は青ざめた。

紫蓮が雪花に心を砕いてくれるのはありがたい。

けれど、それは夜伽を務めるためなのだ。つまり紫蓮は雪花を優遇するほど死へ向かっていくことになる。

なにより、雪花には昇格する理由がなかった。大貴族でもない上、火災が起きた原因は雪花にあるとされる声も出ている。

「紫蓮……私はなにも功績を立てたわけではありません。しかも妃だなんて、四等級もの昇格ではありませんか」

「そなたは園遊会で演奏を成功させた。昇格させるのは当然だと、俺はそう言ったはずだ」

「あれは……紫蓮に手伝ってもらえたから成功したのです。私ひとりでは到底無理でした」

「そうだとも。雪花はひとりではない。俺がいる。今後も俺を頼るがよい」

どう言っても、妃への昇格は避けられないようだ。

後宮の妃嬪で、昇格したくない者などいないだろう。

どの妃嬪も、誰よりも偉くなって、豪華な宮に住みたいと願うに違いないのだから。

視線をさまよわせる雪花を、紫蓮は訝しげに見た。

「妃になるのは不満か？」

「……そういうわけではないのです。ただ、どうしたらよいのか戸惑ってしまって、不安なのです」

それは本心だった。

紫蓮は安堵したように、微笑みを浮かべた。

「そうであろうな。そなたが心細さを感じないよう、侍女の鈴明には引き続き、妃の侍女として務めてもらおう。それから宮付きの宦官として、蘇周文を側近につける。そなたと仲のよい良答応も、嬪に昇格させよう。彼女の人柄は聞き及んでいる。もちろん妃の専属として工人《こうじん》やほかの召使いを幾人もつける。雪花に不自由な思いはなにもさせない」

その言葉に、鈴明と蘇周文は同時に跪いた。

「陛下に感謝いたします」

「頭を上げよ」

雪花が昇格するということは、彼らもまた昇格し、新たな肩書を得たのだ。雪花ひとりの都合で昇格を断るわけにもいかないのだと知る。

こうなっては、妃への昇格を受け入れるしかないだろう。夜伽の件はまたのちほど考えよう。

そう思い、雪花は膝をつこうとして、紫蓮とつないでいた手をほどいた。

「陛下に感謝いたし……」

「そなたはよい。俺の手をほどこうなどと、けしからんな。罰として、ずっと俺の腕の中にいろ」

笑って言う紫蓮は、あくまでも冗談のつもりなのだろう。

密命がなかったら、雪花はなんの心配もなく好きな人に愛されて幸せだったに違いない。

だが紫蓮の紡ぐ言葉の裏の意味を考えて、背筋を震わせてしまう。

彼が言った『罰』とは、まるで雪花のこれからの行いに絡めているような気がしたから。

愛する人の腕に抱きしめられて、雪花は頬を引きつらせた。

第五章　栄華の極み

雪花を妃に封じてから、数日が経過した。

紫蓮は新たな雪花の住まいとなった清華宮に、黒檀の椅子や金箔《きんぱく》で飾った箪笥《たんす》など、一級品の家具を運び込ませた。さらに数々の襦裙や宝玉のついたかんざしなど、妃として遜色ない品物を贈っている。

紫蓮がこれほどの贈り物をするのは、雪花だけだった。彼女を寵愛しているのはもちろんだが、雪花は実家からなにも荷物を持たされなかったので、より不自由させたくないという思いがあるからだ。

政務を行っていた紫蓮は一息ついて、筆を置く。

大河の治水や地方からの上奏文など、政務は山積していた。広大な鴻国を統治するのは並大抵の気力ではもたない。

だが、九兄弟のうちの末弟にもかかわらず、紫蓮を後継者として指名した先帝の遺志に応えるためにも、よりよい為政者となるべく志を高く持っていた。

　そのとき、侍従が来客を告げる。

「夏郡《かぐん》王のお越しにございます」

「通せ」

　郡王は皇族に与えられる爵位のひとつである。鴻国において、もっとも広域の夏州を治めている領主ゆえ、彼は夏郡王と呼ばれていた。

　皇帝である紫蓮が応対を告げるやいなや、不遜な来客は長衣の裾を華麗に捌いて執務室に入ってきた。

「やあ、紫蓮。元気そうでなにより」

「ここでは、『陛下』と呼んでくれ。夏郡王」

　ふわりとはねた明るい色の髪に、端麗な顔立ちをした彼は蠱惑《こわく》的な微笑を返す。金糸を縫いつけた長綬を、邪魔そうに手で払い上げた。

「固いことを言うな。儀式の場でもあるまいし。わたしたちは兄弟なのだから、名で呼び合おうではないか。――紫蓮」

　彼が頑《かたく》なに『陛下』と呼ばず、礼を尽くすこともしないのは、彼の自由奔放な気質によるものだけではなかった。

　兄はまだ、玉座に未練があるのだ。

紫蓮はこだわるところでもないと思い、鷹揚《おうよう》に頷く。

「わかった。――琉聖《りゅうせい》」

琉聖は薄い笑みを浮かべた。

執務室には皇帝が政務を執るために置かれた机と椅子しかない。皇帝を訪ねてくる者は執務机の前で、立ったまま用件を述べることになる。それが皇帝に対する臣下の当然の礼節である。

だが、皇族の夏郡王となると話は別だ。

紫蓮は控えている侍従に命じた。

「夏郡王に椅子をもて」

侍従はただちに精緻な意匠を凝らした椅子を、窓際に置く。

琉聖は始めから立ったまま話をする気がなく、紫蓮もそれをわかっている。

彼はひらりと身を翻すと、椅子に腰かけた。

「夏州は田舎だから退屈で仕方ない。だけど宮廷はそれ以上に退屈で、閉鎖的なところだ」

気怠《けだる》げにつぶやくと、琉聖は優美な所作で椅子にもたれた。

彼は部下に仕事を任せ、度々宮廷に顔を出している。鴻国の治世は安定しており、反乱はない。特に南に位置する夏州は気候が穏やかなため豊穣《ほうじょう》なので、収益が多く、財政は潤っている。

諸外国との摩擦もないので、領主としてはなにもすることがないのだろう。

今回は宴に呼んだので首都へやってきたが、いつも琉聖はやる気があるのかないのかといった飄々《ひょうひょう》とした態度だ。

「妻を迎えないのか？　妻子がいれば退屈しないだろう」

琉聖は独身である。

郡王という身分であれば、高貴な家柄の妻を娶《めと》ることは容易であり、実際に彼には数多の縁談が持ち込まれているが、いずれも断っている。

たとえば、好きな娘の身分が低いという事情があったとしても、貴族の養子にして結婚するなどの手段はあるので、琉聖が望みさえすれば誰でも妻に迎えられるのだ。

彼は興味なさげに手を振った。

「わたしに見合う女がいないんだ。どれも同じ顔に見える。つまらない女ばかりだよ」

「夏郡王たる者がいつまでも独身では、周囲へ示しがつかないのではないか」

「おまえは年老いた侍従のようなことを言うのだね。その答えはこうだ。『わたしを皇帝にできる女がいたなら、今すぐに結婚しよう』とね」

まるで笑い話のように話すが、琉聖の目は笑っていない。

琥珀色の目の奥には、刺すような鋭い光がある。

「……おもしろくない冗談だな」

「ふうん」

紫蓮は取り合わない。

こうして琉聖は事あるごとに、皇帝になれなかったことへの恨みや妬みを湾曲してぶつけてくる。

琉聖が心に抱えている闇は深い。

それは先帝が後継者を指名したときから始まっている。

先代の皇帝には九人の子息がおり、公主を含めると二十人の子がいる。琉聖は兄弟のうちの二番目である。長子は現在三十四歳だが、愚直な性格の上、母親が宮女なので後ろ盾がなく、始めから後継者になれる要素が薄かった。対して琉聖の母は皇貴妃であり、実家は由緒ある家柄だった。本人も文武に長《た》けていて聡明ゆえ、もっとも太子に近いと噂されていた。

だが周囲の思惑とは裏腹に、先帝は末弟の紫蓮を後継者に指名した。

地方の屋敷から呼び戻された紫蓮が登城したとき、すでに周りの反応は違っていた。

これまで威張っていた高位の宦官も大臣も、誰もが深く頭を垂れ、紫蓮に礼を尽くす。

そして琉聖に再会するなり、目を吊り上げた彼に罵倒された。

「この簒奪《さんだつ》者め！」

当時の紫蓮にはわけがわからなかったが、あれは紫蓮に玉座を奪われたと、琉聖が示したのだ。雪花とのことがあってから首都に呼び戻されて一年後、父から太子に指名されて、すべて合点がいった。

無論、紫蓮は皇帝になることを望んでいたわけだが、父はなにを思って紫蓮を後継者にしようと決めたのか。

鴻国を統治するという重圧に耐えうる精神力を持っているだとか、為政者としての器があるだとか、そう伝えた父の言葉は胸に染み込んだが、同時に紫蓮は思った。

後継者と名高かった琉聖を、皇帝にしたくなかったのではないか。

ひとことで表せば、琉聖には皇帝になりえる資格がなかったということになる。彼は聡明ではあるが、他人を思いやる心が欠けている。そして気位が高すぎる。尊い自分は、誰よりも優遇されて然るべきと考えているのが言動に出ていた。

先帝は琉聖の自尊心を埋めるべく、紫蓮を太子に指名したのと同時に、彼を夏州の永久総督に封じた。

この特別待遇は異例だった。

永久総督の位は文字どおり永劫《えいごう》のものなので、父が崩御し、紫蓮が皇帝に即位してからも覆されないことを示している。琉聖が年老いて死んだのち、子孫が夏州を引き継いでからも、永久総督の位は琉聖だけのものとなる。

広大な夏州の領民と領地、そして郡王という爵位が琉聖には保証されている。

永久に――

つまり裏を返せば、永久に皇帝になれないと通告されたも同義だった。

父は残酷だと紫蓮は思った。

荘厳な宮殿で行われた任命式で、紫蓮は太子に、琉聖は夏州の永久総督に封じられた。大臣たちは「皇帝の采配により丸く収まった」という笑みを浮かべていた。

だが、父の思惑に琉聖が気づかないわけはなかった。

氷の微笑を浮かべた彼は、そつなく任命式をこなすと、最後に紫蓮に耳打ちした。

「おまえの大事なものを奪ってやろう。それが簒奪者にふさわしい罰だ」

呪いの言葉を吐いた琉聖に、紫蓮は双眸を細める。

だが、彼を罰することはしなかった。

紫蓮が即位すると、琉聖は夏郡王として夏州へ向かった。

謀反するのではないかと予想し、しばらく動向を探らせていたが、彼はなにもしない。ただ紫蓮へ礼を尽くすことはしないだけだった。

琉聖がどのように考えているのかわからないが、謀反を企《たくら》む動きはないので、放っておくしかない。そうして今に至った。

侍従が出した茶碗の蓋を、優雅に開けて香りを嗅いだ琉聖は、つと琥珀色の目をこちらに向けた。

「そういえば、あの物珍しい花を昇格させたようだね。蘭妃だったかな」

雪花のことを持ち出され、紫蓮は顔に出さずにうろたえた。

執務机に手をつき、ちらと琉聖の顔を見やる。

「会ったのか？」

「先日、偶然見かけたよ。わたしの正体を知っていても知らずとも、女はみな媚《こ》びを売ってくるものだが、あの花は違う。純粋で世間知らずで、陰を背負っている」

どうやら琉聖は雪花を気に入ったようだった。彼が女性に対して興味を持つのは初めてだ。

とはいえ、雪花はすでに妃嬪なので、琉聖が妻にすることは基本的にはできないが……

彼のことだから、無理やり雪花を奪おうとするのではないかという疑念がくすぶる。

心の中で溜息をついた紫蓮は平淡に問い返した。

「陰とは？」

「おまえには、わからないだろう。わたしも背負っているから理解できる。あの娘も心の底に昏《くら》いものを抱えている」

「ほう……」

琉聖の場合は皇帝になれなかった悔恨だろうが、雪花のそれはなにか。

思い当たるのは、紫蓮との過去の別れのことだった。

あの一件は雪花の心に深い傷をつけたに違いない。

だが、それを払拭するほどこれからは幸せにする。そう決めた紫蓮の心を、雪花もわかってくれるのではないか。否、伝わるように真心を尽くさねばならない。

だが、ふたりの恋路には常に邪魔が入る運命だった。

「蘭妃の入宮を邪魔したのは、そういったわけがあったのか？」

雪花の後宮入りを命じたとき、紫蓮は最高の待遇を用意させたのだが、何者かがその勅令を阻んだ。

そのため後宮からの迎えが出ず、冷遇された雪花は後宮に入れない事態に陥っていた。妃に封じたはずが、尚宮局によって答応に書き換えられていた件もそうだ。のちほど調査したところ、夏郡王が手を回していたとの報告を得た。

長い睫毛を瞬かせ、さらりと琉聖は答える。

「さあ。紫蓮が邪魔したと思うなら、そうなのだろう。——それにしても、たいそうな昇格だ。答応から妃とはね。しかも清華宮は歴代の寵妃が与えられた宮だ。紫蓮がそれほど優遇するとは、あの花はよほどのお気に入りらしい」

とっさに冷淡な皇帝の仮面を貼りつけた紫蓮は、端的に答える。

「園遊会での功績を加味したまでだ」

「ふうん。それだけでね……。だけど、あの花は蘭家の娘だそうじゃないか。前王朝の血筋を妃に取り立てて、皇子でも産んだらどうするんだ？　余計な火種が撒《ま》かれてしまう」

もしも雪花が男子を産んだとしたら、その嫡子を蘭家が担ぎ出して、前王朝を復興させるなどという流れになりかねないと、琉聖は言っている。

その危惧は、雪花を妃に封じる話を出したとき、すでに大臣から訴えられていた。

だが杞憂だと紫蓮は一蹴した。

可能性としてはありえる。

しかし逐一そんなことを持ち出していては、らちがあかない。

それならば大臣が薦める栄貴妃こそ、火種である。嫡子がいたなら栄一族が政治を牛耳ろうとする可能性が高い。つまり、どの妃嬪であっても、男子が生まれたらその一族は増長するものであるし、優遇せざるを得なくなる。

紫蓮が誰をも夜伽に指名しなかったのは、雪花への一途《いちず》な想いがまずあってだが、特定の一族に権力を持たせるのを避ける意味もあった。

「それについては心配無用だ」

それゆえ蘭家については、見張りをつけて動向を注視している。

父親の蘭氏は地方役人だが、前妻を亡くしてからは尊大な態度が見られ、あまりよい噂はなかった。後妻には雪花と腹違いの息子がおり、浩然という名で現在は十歳である。

火種を滅するのなら、蘭家を雪花もろとも処刑すれば済む。

そうして一族を惨殺した皇帝は歴史上に数多くいた。

だが、紫蓮はそうしない。

そのような行為は新たな火種を生むことになる。それに処刑を命じては、人心の不信を招く。

なにより父は暴君ではなかった。

紫蓮を太子に指名するのと同時に、琉聖を永久総督に任じたように、完全な更地にしてしまうよりは、火種を抱えながらも燻《くすぶ》らせておく方法をよしとした。

尊敬する父の意向を継ぎ、鴻国をより繁栄へ導こうと紫蓮は心に誓っている。

煽っても紫蓮がのってこないのを察した琉聖は、茶碗の蓋を閉じる。

彼はまだ一口も茶を飲んでいない。

「気楽なものだ。あの花をわたしが摘もうかな。そうしたほうが、我が王朝のためでもあるだろう」

眉をひそめた紫蓮は、胸に不快感が滲むのを感じた。

紫蓮に嫌がらせをしたいのが本音なのに、瑞王朝のためと綺麗な殻をかぶせる琉聖の底意地の悪さに嫌気が差す。しかも彼はまるで自分の王朝のようなつもりでいる。琉聖にとっては本当は自分こそが皇帝であり、現実は受け入れがたいのだ。

眉目秀麗な顔立ちをしているだけに、なおさら彼の性格の悪さが際立つ。

だがそんな兄を抑えるのも、皇帝となった紫蓮の役目なのだ。

父はすでにそのための布石を置いた。永久総督という華美な鎖として。

皇帝の威厳をもって、紫蓮は言う。

「雪花に手を出したら、ただではおかない」

「どうするんだ？　永久総督の位を剥奪するのか？」

永久職なので皇帝の権限をもってしても剥奪できない。それをわかっているからこそ、琉聖は煽っているのである。

兄が望んでいるようなので、紫蓮は喧嘩に応じた。

「琉聖は死してなお、永久に夏郡王だ。つまり永久に皇帝になれない」

それは琉聖の自尊心を傷つける台詞だと、紫蓮はわかっていて言った。

永久総督の位は剥奪できないが、処刑を命じることは可能なのである。琉聖が手に入れられなかった、皇帝という地位の弟からそれを命じられるとしたら、彼の屈辱は永久を凌駕《りょうが》するほどだろう。

あくまでも仮定の話であり、ただの兄弟喧嘩だった。

だが琉聖の怒りを煽るには充分だった。

彼は凍《い》てついた刃のごとき憤怒《ふんぬ》を、端麗な容貌に浮かべる。

すっと椅子から立ち上がると、手にしていた茶碗を床に投げつけた。

茶碗の割れる音が響く。

破片とともに、真紅の絨毯《じゅうたん》に茶がぶちまけられる。

まっすぐに伸びた茶の染みは長い影のごとく、昏くて、澱んでいた。

「憎い者にかければいいのではないか？　俺が大火傷《おおやけど》を負えば、皇帝になれるかもしれないぞ。なぜ、そうしない」

琉聖には紫蓮を傷つける権利がある。

彼はそう思っていると、紫蓮はかまをかけて問いかけた。

涼しい微笑を浮かべた琉聖は、悠然として答える。

「わたしがそのような馬鹿者だと思うのか。確かにおまえは憎らしい。皇帝だから憎いのではない。わたしを馬鹿者だと思っているから腹が立つのだ」

長衣を捌いた琉聖は絨毯の染みを避けて執務室を出ていく。

入れ替わりにやってきた侍従が腰を低くして、「なにかございましたか」と問いかけてきた。

茶碗が割れた物音は、控えている侍従の耳に入っている。

「夏郡王が手を滑らせたのだ。片付けろ」

侍従が茶碗を片付け、数人の宦官が絨毯の染みを拭いた。

それを窓辺から眺めていた紫蓮は、琉聖が残した台詞を反芻する。

琉聖は皇帝になれないと本人もわかっているはずだ。彼が謀反を起こそうにも大義名分がない。夏郡王の身分は永久であり、それは先帝である父から授かったものなので、覆すほうが損をするからである。

だが、なんらかを企んでいると考えるのは思い過ごしか。

いっそ彼が酒池肉林に溺れるような愚兄だったならば、まだ彼自身も幸せだったかもしれない。聡明ゆえに葛藤が大きく、さらに闇は深くなる。

紫蓮は琉聖だけではないが、ほかの兄妹についても、暮らしていくために充分な俸禄《ほうろく》や地位を与えている。琉聖もいずれ妻を娶り、穏やかに暮らして、夏州の永久総督として輝かしい名を残してほしいと願っている。

だが、雪花だけは渡さない。

雪花は手折ってもよい水辺の花ではない。

すでに妃という上位の妃嬪であり、高貴な身分だ。

もしも琉聖が雪花に手を出すか、もしくは害するようなことがあったら、そのときは容赦しない。

作業を終えた侍従が、のちほど絨毯を交換すると言うので頷きを返す。

侍従と宦官が退出すると、紫蓮は椅子に腰を下ろした。

絨毯の染みなど些細《ささい》である。それよりも、もっと大事なことがある。

双眸を細めた紫蓮は、再び筆を執った。

新たな住まいとなった清華宮で、雪花は羅紗《ラシャ》張りの広い長椅子に座していた。

周囲では鈴明をはじめとした複数の宮付きの侍女が動き回っている。答応の部屋から引っ越したため、荷物もわずかながらあるのだが、それよりも今回贈られた膨大な襦裙や数々のかんざしなどの装飾品を片付けるのに、彼女たちは忙しいのだ。

そのとき下級宦官を連れた蘇周文が、雪花のもとへやって来た。

「ご覧ください、蘭妃。こちらは陛下からの賜り物の、金剛石をあしらった歩揺でございます」

「まあ……素晴らしいですね」

細やかな彫刻が施された朱塗りの盆にのせられた豪奢な歩揺を、下級宦官が捧げた。

歩揺には大粒の金剛石がいくつも使われており、黄金のしゃらりとした垂れ飾りにも、細やかな金剛石があしらわれていた。これひとつで屋敷が買えるほどの値段だろう。

これまでは答応だったので、髪飾りは小さな造花のみだったが、妃になれば歩揺をつけることが許される。しかもこの品はどの妃嬪もつけていないほどの豪華なものだ。

蘇周文はにこやかな笑みを浮かべて、歩揺を説明した。

「こちらは稀《き》州から産出された黄金で作られています。金剛石はどれも安陵《あんりょう》鉱山から採掘された大粒の品を磨き上げた一級品でして、気品にあふれております。貴重な黄金と金剛石を使用するのは、陛下が蘭妃を寵愛されている証《あかし》です」

「素敵ですね……。つけてみます」

そう言うと、すぐに鈴明が盆ごと受け取り、雪花の後ろに回る。彼女は慎重に歩揺を手に取ると、妃の証である飛仙髻に結い上げた雪花の髪に黄金の歩揺をつけた。

陽射しを受けて、金剛石がきらきらと光り輝く。

妃という位階にふさわしい豪華な品である。

歩揺だけではなかった。

襦裙も妃らしく、全面に緻密な刺繍が施された艶やかな朱のものを着ている。さらに上級妃嬪のみが身につけられる披帛は上質な絹で織られていた。靴もこれまでの質素なものではなく、刺繍で花鳥が描かれた絹の靴だ。

すべて紫蓮からの特別な贈り物である。妃に昇格した祝いの品ということらしかった。

高価な服と靴で飾ると、雪花の髪は天女のごとく光り輝き、真紅の唇は咲き誇る薔薇の花弁のように美しく見えた。

ほう、と吐息をこぼした鈴明は微笑みを向ける。

「とてもお美しいですわ。ご寵愛によって、雪花様はますます美しくなられました。まるで桃の精のようです」

そこにいた侍女と宦官たちが、朗らかな笑い声をあげる。雪花も仕方なく微苦笑を見せた。

雪花の胸中は複雑である。

みんなが喜んでくれることは嬉しいが、いつまた夜伽の指名があるかと考えると憂鬱だ。

鈴明に意見を聞きたいが、今は周囲に人がたくさんいるので、それとなく相談するわけにもいかない。

飾り立てられた人形のごとく黙って座していると、そこへひとりの妃嬪が現れた。

「雪花！　……あっ、今はもう蘭妃ね」

良答応だ。

彼女も以前の衣装とは異なり、刺繍の多い襦裙を着て、結い上げた髪を装飾のついた帽子にまとめている。

彼女は雪花の足元に拝礼した。

「ありがとう。雪花のおかげで、あたしも昇格できたの。嬪に封号されたわ！」

紫蓮が良答応を昇格させると言っていたのを実行してくれたのだ。もちろん、彼女の人柄ゆえに嬪になれたのだろう。

嬪に封じられれば宮持ちとなり、良嬪として雪花のそばにいてもらえる。

雪花は慌てて跪く良答応改め、良嬪に手を差し伸べた。

「拝礼はやめてください。これからも変わらず、私と仲良くしてくださいね」

「もちろんよ。雪花は恩人だわ。なんたって、美味しいものを食べて昼寝できる宮持ちにしてもらえたんですもの！」

「私の功績ではありませんよ。良嬪の人格を、陛下が評価してくださったんです」

「またまた。そういう謙虚なところも、陛下は虜《とりこ》になったんでしょうけどね。宮持ちになったら、陛下はいつでも気兼ねなく来られるでしょ？　この間の夜伽は残念だったけど、またすぐにご指名されるわね」

そう言って屈託ない笑みを見せた良嬪は、帽子についた房飾りを揺らした。

「……そうかも……しれませんね」

曖昧に頷いた雪花は、内心でひやりとする。

次の夜伽についての話はない。紫蓮はなにも言っていなかった。

良嬪は控えていた蘇周文に問いかける。

「ねえ、蘇周文。陛下からは夜伽のご指名はないの？」

「良嬪にはございません」

「そんなことわかってるわよ！　火事で中止になった雪花の夜伽は、いつやり直すかって聞いてるの」

怒ったふりをしながらも、良嬪は笑顔だ。これほどの寵愛を受けているからには、いずれすぐに夜伽の指名があるとわかりきっているので彼女は訊ねているのである。

それを受けて朗らかに微笑んだ蘇周文は丁寧に述べる。

「陛下のお心次第です。……が、今は宮廷のことでお忙しいので、少々間を空けるかもしれません」

火事騒ぎの後始末もあるだろうし、雪花を不吉だとする重臣を抑える意味でも、期間を置くらしい。

夜伽が、永遠になければいいのに……

紫蓮との淡い初恋のままの関係が、ずっと続けばいい。

けれど雪花は自分の胸に問いかける。

紫蓮とは結ばれない運命だけれど、それを私は本心から受け入れているのでしょうか……？

そうしたいと雪花が願ったわけではない。しかし皇帝暗殺の密命は、蘭家の悲願なのだ。その蘭家の娘として生まれたからには、両親の願いを叶えなければならない。

皇帝を殺害するなど重罪だが、親に背くこともまた重罪である。

完全に板挟みになった雪花は身動きがとれない。

でも、自分の願いが叶うならば……紫蓮を殺したくない。そして、彼と結ばれたい。

紫蓮のことが、好きだから。

そのような身勝手な願いが紫蓮に届くはずもないし、まして叶うわけがないのだけれど。

紫蓮は雪花をどう思っているのだろうか。

好意を寄せてくれるとは感じるが、果たしてそれは本気で好きだからなのか。それとも宮廷や後宮の権力争いなどにより、雪花を上級妃嬪に据える必要が出ただとか、そういうことなのだろうか。

紫蓮を疑いたくなどないのに、疑念を覚えてしまう自分がいる。相手の気持ちを疑う資格など雪花にはないのに、そんな自分が嫌になった。

恋心は楽しいだけではなかった。紫蓮に会っているときは心が軽やかになるのに、会えないときは、どんどん不安に陥ってしまう。

たとえ紫蓮がどのような想いで雪花に接しているのだとしても、それを批判することなどできはしなかった。

雪花は、あの頃の無垢なままの雪花ではない。毒の娘として、暗殺者になってしまったのだ。そして愛する人を殺そうとしている。

決して結ばれない――

それがこの恋の命運なのだ。

表情を強張らせる雪花を、良嬪は励ました。

「大丈夫だって！　陛下は忙しいだけなんだから、またすぐに夜伽に指名されるわよ」

「え、ええ……そうですね」

どうやら、次の夜伽が未定であることに落ち込んでいると思われたらしい。

蘇周文も腰を低くして、人好きのする笑みを浮かべた。

「陛下は蘭妃を大切にしておられます。良嬪のおっしゃるとおり、すぐにご指名があるでしょう」

励まされるほど、早く密命を果たせと急《せ》かされているような気になる。

雪花の鼓動はどきどきと、嫌なふうに脈打った。

そっと目の端で、鈴明がどうしているかうかがう。

すると彼女はほかの侍女に指示を出しつつ、茶の支度をしていた。

蘭妃付きの侍女長となり、鈴明も昇進した。

穏やかな笑みを頬に刻んだ鈴明が、急須から注ぐお茶が湯気を立てている。

ゆるりとした穏やかな日和だ。

誰もが昇格した喜びに、笑みを見せている。

雪花だけが、この緩やかな平和にひそむ狂気的な気配を感じて、背筋を凍らせていた。


妃に昇格し、清華宮へ引っ越してから数日後——

雪花の身辺に、とある変化があった。

食事に毒が混入されなくなったのである。

答応のときは、膳房で作った食事が一律に運ばれてきたのだが、宮持ちの上級妃嬪になると形式が変わる。

宮の敷地内にある膳房で、その妃嬪のためだけに個々に食事が作られるのだ。

雪花は献立についてなにも注文をつけていないが、上級妃嬪の食事はおかずだけで十品ほどあり、とても豪華なもので驚かされた。

そのどれにも、毒が入っていない。

鈴明の様子は変わりないが、品数が多くなったので彼女だけでは手が回らず、ほかの侍女も食事の用意を手伝っている。そのため、毒を入れる機会を失ったということなのだろうか。

まさか事情を訊ねるわけにもいかないので、雪花は不思議に思いながらも黙っていた。

毒を食べなくなったら、わずか数日で真紅の唇の色が薄れてきた気がする。

ずっと服毒していたので考えもしなかったが、毒をやめれば、効果が薄れるのかもしれない。このままふつうの食事を続けていたら、雪花は毒の娘ではなくなるのだろうか。

銅鏡を覗いた雪花は、奇妙な期待に胸を高鳴らせる。

もしかして、密命は中止にするとか……？

そうだとしたら、雪花は紫蓮を殺さなくて済む。雪花も、ふつうの体に戻れるかもしれない。

わずかに色が薄くなった唇が、希望のしるしのように見えた。

そのとき、清華宮に来訪がある。

水色の披帛を翻してやってきたのは、芙蓉公主だった。

「昇格おめでとう、蘭妃」

「芙蓉公主。ありがとうございます」

芙蓉公主の後ろからついてきた侍女が、大輪の花束を抱えてきた。

艶やかな桃色の花を目にした雪花は、ぎくりとする。

あの花は、確か……

夾竹桃《きょうちくとう》だ。花や葉から根まで、すべてに強い毒性を含む毒の花である。

　雪花は何度も食べたことがあるが、常人ならば葉を数枚ほど食べただけで死に至るほどだ。触れただけで皮膚に毒が移るので、夾竹桃を食事に混ぜた下女は手が爛《ただ》れていた。

　侍女が持っている花束は厚い布に包まれているので、あのくらいならば毒は移らないだろう。

　驚いている雪花を見た芙蓉公主は、唇に弧を描く。

「綺麗な桃色の花でしょう？　蘭妃の髪に似合うと思って」

「え、ええ……そうですね……。でもこれは、夾竹桃です。花や葉に触れただけで毒が移ってしまいますから、とても危険です」

「あら。毒に詳しいのね」

　思わせぶりな芙蓉公主に冷や汗をかく。

　芙蓉公主は侍女に手を振り、「持って帰って処分してちょうだい」と言った。不思議そうな顔をした侍女は宮を出ていく。芙蓉公主はわざと夾竹桃を贈り物にして、雪花を試したのだ。

　真相に触れる気配を感じた雪花は、鈴明たちに声をかける。

「芙蓉公主とふたりきりにしてください」

　侍女たちは礼をすると、部屋を退出した。

　今まで鈴明が食事に毒を混ぜているのではとも思っていたが、考えてみれば、芙蓉公主なら部下に命じさせて、答応の食事を作る膳房で毒を入れることも可能だろう。

それが、清華宮の工人は懐柔できなかったから、接触してきたのではないか。

緊張して固まっていると、雪花を煽るかのように芙蓉公主は指摘した。

「あら……唇の色が薄くなったみたいね。答応のときは真紅だったのに」

「それは……毒を……」

あなたが飲ませられなかったから、と続く言葉を呑み込む。

芙蓉公主にはすべてわかっているはずだった。

彼女は妖艶な笑みを浮かべる。

「やっぱり、蘭妃は毒を飲まされていたのね」

「……えっ？」

言い方が妙な気がして、雪花は目を瞬かせた。

まるでほかの誰かが雪花に毒を飲ませたと、彼女が言ったように受け取れたから。

毒を飲ませるよう指示したのは芙蓉公主ではないのか。

「あなたの髪や目の色を見たときから、薄々気づいていたのよ。薬や毒でも飲まなければ、そんな色にならないだろうってね。それに、唇が『毒を喰らったみたい』って言ったらすごく動揺していたでしょう？」

まさに動揺した雪花は視線をさまよわせる。

いったい芙蓉公主はなにを言っているのだろう。わかりきったことのはずなのに、なぜ発見したかのように得意気に述べるのだろうか。

「まさか自分で毒を飲んでいるわけじゃないのよね。だったら自死しようなんて、思わないだろうし。誰かに飲まされているの？」

自分の間違いに気づいた雪花は呼吸を止めた。

芙蓉公主は内通者ではない。

彼女は雪花が服毒させられているのを察知したのだ。

「あ、あの、そのことは、陛下には……」

「言わないから、安心して。蘭妃は毒を飲んでも平気そうだしね」

「私は特殊な体質なのです。ですから大丈夫です」

紫蓮に伝えられたら、すべてが水泡に帰す。そう思った一方で、密命のことを心配している自分に雪花は愕然とした。

なにを優先させるべきか、とっさに考えがまとまらない。とにかく事を荒立てるのは避けなければならない。雪花は内心は必死なものの、作り笑いをして言った。

「たいしたことはないのです。この姿を維持するために、もう何年も服毒しているのです」

「ふうん。でも、自死しようと思うくらいつらいんでしょ？　それって、毒を飲ませている人をかばっているの？」

「そういうわけではないのですが……いえ、あの、私も誰か知らないので……」

雪花は失言したことを悟った。

芙蓉公主の指摘どおり、服毒させられていることを自分でわかっていると、認めてしまったのだ。

喋るほど隠していることが露呈してしまい、雪花は口を閉ざす。

黙り込んだ雪花の肩を、ぽんと芙蓉公主は叩いた。

「無理に服毒させられているのね。それじゃあ、わたしが毒を飲ませている犯人を見つけてあげるわ」

「……えっ。そんなことをしてもらっては困ります。芙蓉公主の身が危険にさらされてしまいます」

「わたしは大丈夫よ。それに公主のほうが、後宮で動きやすいでしょう？」

「そうかもしれませんけど、でも……」

彼女を止めたいのに、説得する言葉が見つからない。

特殊な体質なのでたいしたことはないと雪花が言ったから、軽く捉えられてしまったのかもしれない。

雪花の服毒の裏には、皇帝暗殺の密命が隠されている。

だけどそのことを打ち明けるわけにはいかなかった。

芙蓉公主は紫蓮の妹なので、瑞王朝の人間である。密命のことを話したら必ず漏らされてしまうだろう。

　楽しそうな顔をした芙蓉公主は声を弾ませた。

「最近、退屈してたのよね。どこから調べようかしら」

　まるで遊戯のように考えている芙蓉公主に、雪花は困惑することしかできない。

　彼女は侍女たちに「なにか変わったことがなかった？」と聞き回ると、今度は宮の敷地内にある膳房や工房へ赴き、工人たちに同じことを聞いていた。雪花は後ろをついて回ったが、収穫はなかったので密かに胸を撫で下ろした。


　翌日、妃嬪の朝礼のため、雪花は朝から支度を整えていた。

　妃に昇格してからは初めての朝礼なので、鈴明をはじめとした侍女たちは飛天髻に結い上げた髪を調整したり、朱色の披帛が綺麗に見えるようにそろえたりと、準備に余念がない。

　紫蓮からの贈り物である金剛石の歩揺を飛天髻に挿すと、しゃらりと垂れ飾りが鳴った。

　麗しい朱の襦裙をまとい、豪奢な髪飾りをつけた姿は妃として凜然としている。

「お支度が整いました。さあ雪花様、参りましょう」

「はい」

　鈴明に手を取られて席を立つ。雪花は紫蓮からの贈り物である絹の靴を滑らせた。

　清華宮を出ると、門前にはすでに輿が待機していた。

雪花が乗る輿の後ろには、自分の輿に乗った良嬪が手を振っている。彼女も嬪に昇格したので、髪を高く結い上げて、露草色の襦裙をまとっていた。

良嬪に軽く手を上げて挨拶し、輿に設置された椅子に雪花が座ると、十数名の宦官が輿棒を担いだ。

人の身長よりも高い輿は、道の遠くまで見渡せる。

後宮の甍がずらりと並んでいる様子は壮麗だった。

東の区域にある上級妃嬪の宮から、朝礼の行われる万葉宮まではほど近いのだが、上級妃嬪になると歩かず、常に輿に乗って移動するのだ。

ややあって、万葉宮の前に辿り着く。宦官たちは慎重に輿棒を下ろした。

再び鈴明に手を取られて、雪花は輿の椅子から下りる。

転ぶのを避けるため、高貴な女性は常に侍女の手を借りる。

雪花が万葉宮へ入ろうとすると、列になっていた下級妃嬪たちがいっせいに立ち止まり、こちらに向かって万福礼をした。

「蘭妃にご挨拶いたします」

「礼はよいです。宮に入ってください」

「蘭妃に感謝いたします」

つい先日までは礼をするほうの立場だったのに、こうしていっせいに傅かれるなんて、なんだか面映《おもは》ゆい。

貴人以下の下級妃嬪は宮の脇にある狭い出入り口を通るので、正面玄関は使えない。雪花は鈴明に手を取られて、万葉宮の壮麗な正面から入った。

後ろに続いた良嬪が、こっそり囁く。

「いい気分ね。偉くなるって、楽なことばかりだわ」

「良嬪ったら……そうでもないと思いますよ」

「楽ちんに決まってるじゃない。だって今日は栄貴妃がいないしね。なんたって、謹慎中だもの」

栄貴妃は皇帝から謹慎を言い渡されたのだと、噂が広まっていた。理由については雪花は知らない。

「なにかあったのでしょうか……？」

「あの態度だもん。日頃の行いが目に余るってことよ！」

良嬪は仇敵《きゅうてき》をやっつけたかのように、嬉しそうな顔をして片目をつむった。

果たしてそれだけだろうか。探るのはよくないが、なんだか気になった。

朝礼では下級妃嬪は後方に立っているが、上級妃嬪には椅子が用意される。

ところが雪花は、向かい合わせに縦に並んだ椅子のもっとも前列に、鈴明に連れてこられた。

「えっ……私の席はここですか？」

「はい。上座は後宮の主を代行なさる燈妃の席ですから、雪花様は第二位の座席になります。

――そうですよね、蘇周文」

鈴明が蘇周文に確認する。朝礼の用意をするため、宦官が幾人も控えているのだ。

「そのとおりでございます。どうぞ、蘭妃。おかけになってください」

「……わかりました」

雪花は椅子に腰を下ろした。嬪は妃よりも位が低いので、良嬪は雪花から少し後ろの席にかけている。

そのとき、良嬪の向かいに座っていた恵嬪が、慌てて雪花に拝礼した。

「蘭妃にご挨拶いたします！　……それから、妃への昇格、お慶《よろこ》び申し上げます」

「あ……ありがとうございます」

以前の朝礼や園遊会では侮蔑を投げていた恵嬪だが、雪花が自分よりも高位になったので、態度を改めたらしい。

このように人の態度を変えさせる位階とは、なんとも恐ろしいものだと、雪花は身震いした。あくまでも恵嬪の慇懃な態度は表面上ではあると思うが。

気まずそうに唇を引き結んで椅子に座った恵嬪を、横目で見た麗嬪が妖艶に微笑んだ。

「ほほ。見下していた妃嬪が己よりも上位の妃になったのですもの。咎められるかと怯えますわね」

ギッと、きつい眼差しを隣に向けた恵嬪だが、なにも言わずにうつむいた。

言い返さない恵嬪に、麗嬪は言葉を継ぐ。

「でも、それが後宮というところ。妃嬪の栄華は夜明けの雫《しずく》のごとく儚《はかな》いものですわ。かの栄貴妃のようにね……ほら、新たな後宮の主がいらしてよ」

達観した見解を述べた麗嬪は、優雅な仕草で椅子から下りる。

現れた燈妃に、すべての妃嬪がいっせいに拝礼した。燈妃はこれまで栄貴妃が座っていた上座に腰かける。

「燈妃にご挨拶いたします」

「頭を上げなさい」

「燈妃に感謝いたします」

どこか沈痛な面持ちを浮かべた燈妃は、神妙に告げた。

「陛下のお達しにより、栄貴妃はひと月の謹慎処分を受けています。その間、後宮の主の代行をわたしが務めます」

その宣言に場がざわめいた。「やっぱり……」「なにがあったの？」など、妃嬪たちが口々に囁く。燈妃は片手を水平に捧げた。

「詮索は無用です。わたしも理由については知らされていません。陛下のご判断に従うのが妃嬪としての務めです」

しん、と室内は水を打ったように静まった。

代行とはいえ、後宮の主の発言は絶対的な権威を持つ。

だが栄貴妃のときとは違い、妃嬪たちの間にはどこか安心感のようなものが漂っていた。自分の感情や利益を優先させる栄貴妃に対し、燈妃は冷静に状況を判断すると、みんなが知っているからだ。それゆえ、先日の雪花のように、園遊会の奏者に指名されるような意地悪を受けないという安堵が生まれているのである。

もっとも、栄貴妃の横暴が転じて雪花は妃に昇格した、と妃嬪たちは思っているのだが。

ふと雪花は、周囲から視線を感じた。まるでなにかを訴えるような、物言いたげな目である。つと良嬪を見ると、彼女は必死にこちらへ目配せを送っている。

なんでしょう……？

睫毛を瞬いた雪花は彼女たちの視線の意味がわからず、心の中で首をかしげた。

燈妃は静かに問いかける。

「蘭妃はどうかしら？　わたしの意見に賛同してくれますか？」

「はい。もちろんです」

答えてから雪花は、はっとした。

みんなは雪花が、燈妃に同意するのを待っていたのだ。

雪花の地位は第二席である。つまり、雪花を差し置いてほかの妃嬪が意見を述べることは許されない。

不慣れさが露呈してしまい、恥ずかしくなった雪花はうつむいた。

そんな雪花を優しい目で見た燈妃は、穏やかに述べる。

「蘭妃は四等級の昇格を果たして、妃に封じられました。それも彼女が素晴らしい功績を上げたがゆえです。みなも蘭妃を見習い、陛下に忠節を尽くすように」

「燈妃のご命令に従います」

妃嬪たちがいっせいに拝礼した。雪花も今度は遅れることなく、素早く拝礼できた。

「蘭妃は拝礼せずともよいのですよ。みなは、あなたを見本にするのですから」

「は、はい」

注意されてしまったが、燈妃は微笑んでいる。ほかの妃嬪も柔らかい笑みを浮かべて雪花を見守ってくれた。

和やかな雰囲気の中で、燈妃が宦官に合図を送る。

「お茶にしましょう。この龍井《ロンジン》茶はわたしの出身である旅燕《りょえん》州で採れた稀少なものなの。ぜひ、みなに味わってもらいたいわ」

精緻な模様が彫られた盆に、いくつもの茶碗をのせて、宦官たちが入室してきた。

上級妃嬪だけではなく、全員へのふるまいである。下級妃嬪たちの間から、華やかな声があがった。

椅子の脇に置かれた雪花の卓にも茶碗が置かれる。

茶碗を手にして蓋を外し、芳しい香りを吸い込む。ふくよかな龍井茶を、雪花は一口飲んだ。

「……うっ」

雪花の舌が、覚えのある味に反応する。

砒素だ。

この龍井茶は、毒入りである。

とっさに雪花は声をあげる。

「ま、待ってください！　みなさん、このお茶を飲んではいけません！」

妃嬪たちは訝しげな顔をした。すでに多くの妃嬪は茶を口に含んでしまっている。

「どうしたの、雪花？」

良嬪は空になった茶碗を持ちながら首をかしげる。一息に飲み干してしまったようだ。

砒素は無味無臭だが、雪花にはわかる。この龍井茶には致死量の砒素が含まれている。

中毒症状が起こればすぐに嘔吐や腹痛が始まるはずだ。

だが良嬪はもちろん、誰も体の異常を訴えた者はいなかった。

妃嬪たちは平然として、茶を飲み続けている。下級妃嬪たちは「燈妃の龍井茶なのに文句をつけたいのかしら」「さすが妃になると偉くなるわよね」など、こそこそ話していた。

燈妃がお喋りをした妃嬪に向かって、すっと糸を引くかのように指で示唆する。

しんと場が静まったので、燈妃は気遣わしげな目を雪花に向けた。

「蘭妃。龍井茶になにかありましたか？」

はっとした雪花は、後宮に来た日に起きたことを思い出す。

あのときも、答応たちは同じ食事を食べたのに、なんともなかった。雪花の食事だけに毒が混入されていたのだ。

まさか、また……？

こんなにたくさんある茶碗のひとつのみに毒を入れるなんて、偶然ではない。

誰かが雪花の茶碗を狙って砒素を入れたのだ。

すなわち、それが内通者である。

だけど動揺してはいけない。このままでは燈妃を責めるような形になってしまう。雪花はとっさに繕った。

「いえ、なんでもありません。私の思い違いでした」

「妙な味がしたのですか？」

「そうではありませんが……」

茶碗を調べられて、毒が入っているとわかったら大ごとになってしまう。

困惑した雪花は視線をさまよわせた。

内通者はどういうつもりなのか。

このような大勢の前で毒入りの茶を出したら、周囲に露見しやすい。

これまでは、密かに食事に毒が混ぜられていたので、茶に混入していたことはなかった。

けれど食事に混ぜられなくなったから、代わりに茶に入れたということなのか。

燈妃は控えていた蘇周文を手招く。

「蘭妃付きの宦官は蘇周文だったわね。あなたが新たに茶を淹《い》れ直しなさい」

「かしこまりました、燈妃」

慇懃な礼をした蘇周文は、雪花が飲みかけた茶碗を回収すると、部屋を出ていった。

茶はすぐに捨てられるだろうけれど、緊張した雪花は椅子に座しながら体を強張らせていた。

すぐに蘇周文が戻ってきて、新しい茶碗を卓に置く。

「どうぞ、蘭妃」

「ありがとうございます」

先ほどの茶碗とは違う模様だ。

おそるおそる蓋を外して口に含む。

砒素は入っていない。

にこやかに微笑んでいる蘇周文に、雪花は小さな声で問いかけた。

「……先ほど私が飲んだ龍井茶は、どなたが淹れたのですか？」

「上級妃嬪の茶碗の分は複数の宦官が担当いたしました。もちろん、わたしも淹れております」

数が多いので、誰が淹れるとは決まっていないようだ。

おそらく茶碗は位階ごとに並んでいただろうから、二番目に位置しているのが蘭妃の茶碗だとわかる。ほかの者の目を盗んで、雪花の茶碗だけに毒を入れることは可能である。

「それでは……先ほどの龍井茶は捨てたのですよね？」

「はい。処分いたしました」

ほっとする雪花を、冷静な目で眺めていた燈妃は声を発する。

「やはり茶の淹れ方に不備があったようね。——蘇周文。上級妃嬪の茶を淹れた宦官全員を、ここへ呼びなさい」

「かしこまりました、燈妃」

雪花は息を呑む。

そんなつもりではなかったが、雪花が先ほどの茶にこだわったため、なにかあると燈妃に見抜かれてしまった。

だけどこれは好機かもしれない。

毒を入れた者が誰か知ることができる。

蘇周文によって呼ばれた宦官たちは、部屋の隅に並んだ。五名いる横に蘇周文が加わる。

「上級妃嬪の茶を淹れた者たちでございます。わたしを含めて六名です」

直立した彼らは一様に目を床に落としている。それが格上の者に対する宦官の礼節だからだ。

燈妃が彼らに問いかける。

「蘭妃の龍井茶に不備があったようよ。あなたたち、どのような茶の淹れ方をしたのか報告なさい」

罰を与えられると思ったのか、彼らは目を揺らす。

まったく動揺を見せない蘇周文が代表して答える。

「わたしどもは急須を手にしまして、ひとつひとつの茶碗に丁寧に龍井茶を注ぎました。そのあとから、張辰《ちょうしん》が茶碗に蓋をしました」

張辰という若い宦官は身を震わせている。

ほかの宦官は妃嬪の宮付きだが、張辰だけは若手のためか、ほかの部署から派遣されているようだ。

「知らない顔ね。新人かしら」

「張青磁の甥です。――張辰、ご挨拶を」

がばっと平伏した張辰は床に額を擦りつけた。燈妃に向かって震える声を絞り出す。

「張辰でございます。陛下の側近である叔父、張青磁のもとで任に就いております」

「頭を上げなさい。蓋をする際に、なにか気づいたことはないかしら？」

「なにもございません」

彼は即答した。砒素は無味無臭なので、すでに茶に入っていても気づかないだろう。

そのとき、恵嬪が鋭い声をあげた。

「蘇周文が間違いを起こしたのですわ！　わたくしの宦官は無関係です」

恵嬪の宮付きの宦官は唇を引き結んだ。

もし、嫌がらせのために蘭妃の茶碗に汚水を入れたなどという容疑をかけられたら、失脚しかねない。それを察したほかの妃嬪も、「わたくしの宦官だって！」と言い出した。

眉をひそめた燈妃は手を水平に掲げる。

妃嬪たちは口を閉ざしたが、納得いかないという顔をしていた。

内通者が誰か知りたかったが、六人もいるのではわからない。しかも鈴明は侍女の控室で待っているので、この件にかかわれないはずだ。

いったい、どうなっているのでしょうか……

六名全員が罰せられるようなことがあってはいけない。事態が大きくなりそうな気配がして、雪花はおずおずと口を開く。

「あの、少し苦みがあると思っただけなのです。私の感じ方の問題でした。彼らに非があると言いたいわけではないのです」

穏やかな笑みを浮かべた燈妃は頷いた。

「飛燕州の龍井茶には独特の苦みがあるものなの。わたしとしても、念のために確認しただけです」

そう言った彼女は宦官たちに向けて、手を振る。

瑕疵はなかったので退出せよという合図だ。

ほっとした彼らは部屋を出ていく。

妃嬪たちも安堵していたが、恵嬪だけは唇を尖らせていた。

「ふん。出自が貧しいから龍井茶の味がわからないんじゃないの？」

小さな声でぼやいた彼女だったが、向かいの席の良嬪に聞き咎められる。

「聞こえたわよ。さっきはすごい勢いで蘭妃に拝礼したくせにね」

「なによ。蘭妃のおまけで昇格したくせに偉そうに……」

応酬が始まるかと思われたが、良嬪が突然椅子から下りて拝礼した。続いてほかの妃嬪たちも拝礼している。恵嬪はつと戸口に目を向けると、息を呑んだ。彼女は椅子から転げ落ちるようにして床に這う。

「陛下にご挨拶いたします！」

はっとした雪花が後ろを振り向くと、紫蓮が入室してきた。

花浅葱《はなあさぎ》の上衣下裳は豪奢な刺繍に彩られ、赤紅の半衿《はんえり》が映えている。垂髪にした頭上には、白銀の髪飾りが輝く。

側近を従えた紫蓮は悠然としていた。一国の皇帝たる威風堂々《いふうどうどう》とした佇まいだ。

雪花も慌てて拝礼しようとするが、裙につまずき、もたついてしまう。

すると微笑を浮かべた紫蓮がこちらに歩み寄り、するりと雪花の手を掬い上げる。

「よい。椅子にかけよ」

「は、はい。陛下にご挨拶いたす……」

挨拶を噛んでしまった雪花の顔が朱に染まる。

そんな雪花に、紫蓮はくすりと笑いをこぼした。

「蘭妃になって初めての朝礼だな。緊張せずともよい。そなたがこなせているのか気になって様子を見に来たのだ」

「ありがとうございます……」

どうにもぎこちなく返答する。

それというのも、紫蓮はふたりきりのときと同じように声をかけるが、ほかの妃嬪たちはずっと拝礼をしているのだ。明らかに皇帝が蘭妃を特別に扱っているとわかる。

雪花が椅子に座ると、宦官が黒檀の椅子を持ってきた。

それを上座にいる燈妃の椅子の隣に置く。

紫蓮は袂を翻すと、黒檀の椅子にかけた。

燈妃をはじめとした妃嬪たちが拝礼している姿を目に収め、彼はひとこと放つ。

「頭を上げよ」

「陛下に感謝いたします」

拝礼を解いた妃嬪たちは立ち上がった。上級妃嬪は椅子に腰かける。

誰もが見本のごとく姿勢を正し、前を見据え、花のような微笑みを浮かべていた。

皇帝が妃嬪の朝礼に姿を現すのは、稀なことである。

儀礼として皇帝を直視せず、視線を落としていた燈妃に紫蓮が話しかけた。

「本日の朝礼はどうだ、燈妃」

「はい、陛下。妃嬪たちは栄貴妃が謹慎していることへの動揺はありませんでした。蘭妃を見習って陛下に忠誠を尽くす所存です」

「そうか。それでよい」

如才なく答える燈妃に、紫蓮は端的に言った。

本当は龍井茶の一件があったのだが、皇帝にいらぬ心配をかけるべきではないと燈妃が判断したのは正しいだろう。もちろん燈妃以下の妃嬪が声をあげることはない。指名されてもいないのに発言するのは不敬である。

栄貴妃の謹慎へはいっさい触れず、紫蓮は問いかけた。

「冬桜《ふゆざくら》の宴《うたげ》については話したか？」

「これからでございます」

「では、俺から話そう。——来週は冬桜の宴が催される。夏郡王やほかの皇族を招いての宮中行事ゆえ、みな準備に万全を期すように」

妃嬪たちはいっせいに頭を垂れる。雪花もそれにならった。

宮中では様々な行事が季節ごとに行われる。冬桜の宴もそのひとつだ。鴻国では寒い季節に咲く冬桜を愛でる風習があるので、宮廷の皇族を招いて宴を催すのだ。雪花は夏郡王に会ったことはないが、確か九兄弟の二番目で、紫蓮の兄である。

「それでは、本日の朝礼はこれまでとする」

みなが頭を垂れる中、立ち上がった紫蓮は出口へ向かわず、雪花のそばにやってきた。

彼は大きなてのひらを差し出す。

「参ろう。雪花」

「は、はい」

思わず手を出すと、紫蓮はそっと雪花の手を握る。

まるで壊れ物を扱うかのように丁重な仕草だった。彼の慈愛のこもった双眸は一心に雪花に向けられている。

ふたりは寄り添って部屋を出た。皇帝が去るまで、誰も頭を上げることはない。

それだけ蘭妃が寵愛されているということを皇帝が自ら示したのだった。

「寒くないようにしなければならぬな。貂《テン》の毛皮を贈ろう」

「そんな……もうたくさん贈り物をいただきました」

「遠慮するな。そなたは妃なのだから、着飾ることも嗜みのうちだ」

紫蓮に連れられて万葉宮を出ると、輿が待機していた。

雪花を輿の椅子に座らせた紫蓮は、もうひとつの皇帝のための輿に乗ると、宦官に命じる。

「清華宮へ向かえ」

宦官たちは一糸乱れぬ動きで輿棒を担ぎ上げる。

輿を連ねて清華宮へ向かったふたりは、茶を飲んで和やかな時間を過ごした。

雪花は紫蓮から贈られた貂の毛皮がついた上衣を着込み、薄い桃色の花を見上げる。

「綺麗ですね……」

勿忘草《わすれなぐさ》色の空に、冬桜が凜とした枝を伸ばしている。

本日は冬桜の宴が催される。

後宮の庭園で行われる宴の席は規模の大きなものだ。雪花が琴を演奏した園遊会とは違う場所で開かれる。

輿が船着き場へ到着したので、鈴明に手を取られた雪花は椅子から下りる。

湖に浮かぶ御殿は艶やかな朱に輝いている。冬桜が湖を囲んでおり、湖面に桜が映っている光景は溜息がこぼれるほどの麗しさだ。

船着き場から妃嬪たちは舟に乗り、御殿へ向かう。位階の順に行くので、待機している下級妃嬪たちは雪花に万福礼をした。

ところが舟に乗り込もうとしたとき、芙蓉公主が駆けつけてくる。

「蘭妃、わかったわよ！」

「どうしたのですか、芙蓉公主？」

芙蓉公主も皇族として宴に参加するわけだが、皇族の舟は妃嬪とは別とされている。

彼女の侍女が慌てて追いかけてきて、「芙蓉公主の舟はあちらです」と言っている。

芙蓉公主は片目をつむり、雪花に耳打ちした。

「あなたにアレを飲ませている犯人がわかったのよ」

「えっ……!?」

瞠目した雪花だったが、芙蓉公主は侍女に手を取られた。隣の舟へ向かった彼女は「あとでね」と言い残す。

雪花の胸が早鐘のごとく鳴り響く。

いったい、誰なのでしょうか……

朝礼のときの龍井茶以来、毒は飲んでいない。

とするとやはり、鈴明ではなく、宮付きの宦官の誰かなのだろうか。まさか蘇周文ではないと思いたいが、これまでを振り返ると、今となっては彼がもっとも毒を入れやすい立場ではある。

蘇周文は宴の支度があるため、現在は雪花のそばにはいない。

ほかの宮付きの宦官も、準備に追われているはずだ。

そうすると今日の宴でも、毒が混入されるのだろうか。芙蓉公主がその現場を暴こうなどと考えているとしたら、厄介なことになる。

だが芙蓉公主に話を聞かないとわからないので、今はどうすることもできない。

困惑しつつ舟に乗り、御殿のある湖の中央の島へ辿り着く。

鈴明に手を取られて舟から降りると、そこには端麗な容貌の男性が待っていた。

「やあ、蘭妃」

「あなたは……私が答応のときに会った方ですね」

茶色の垂髪に濃い紫の上衣下裳をまとった男性は、雪花に微笑みかけた。

尊大な態度から察するに彼が皇帝ではないかと思ったが、そうではなかった。だがここにいるからには皇族なのだろう。

「わたしは琉聖だ。先帝の二番目の息子だよ」

「では……夏郡王だったのですね」

そう言うと、彼は無表情になる。

確か、聡明な夏郡王は先帝から特別に永久総督に封じられたと聞いている。永久職を賜るというのは、鴻国では前代未聞のことで、大変な栄誉だ。

彼の表情が不満げに見えたのは一瞬で、すぐに作り物めいた笑みを取り戻す。

「そうだね。わたしのことは琉聖と名で呼んでくれ」

「どうしてですか？」

友人でもないのに、妃嬪が郡王を名前で呼ぶことはありえない。特に後宮では位階が重要視されるので、高位の者は役職で呼ぶのが慣習となっている。

「蘭妃は変わっているね。わたしに理由を訊ねるなんて不敬だよ」

「それは失礼いたしました……」

雪花は謝罪した。

高貴な身分の人が言うことは絶対なのだ。紫蓮とは自然に会話しているので、気が緩んでしまっていたのかもしれない。

「許そう。わたしの手を取るんだ」

琉聖がてのひらを差し出す。

彼と手をつなぐことを求められて、雪花は戸惑った。

「私は陛下の妃嬪ですから、ほかの殿方の手を取ることはできません」

「わたしがそうしろと命じているんだよ。ほかの女は縋ってでもわたしの手を取ろうとするのに、断られるなんて初めてだ。わたしは蘭妃を気に入ったよ」

まるで気があるような素振りをされて困惑する。

はっきり断っているのに、琉聖は手を引こうとしない。かといって紫蓮の兄である夏郡王に無礼な態度を取るわけにもいかない。

迷った雪花は、ぎゅっと両手を胸の前で握りしめる。

雪花が困っている様子を見た鈴明は、膝をついて頭を垂れた。

「おそれながら、夏郡王に申し上げます――」

「侍女は黙れ」

琉聖は冷徹に言い放った。彼の後ろについている側近の男性が、威圧を込めて鈴明を見やる。

鈴明は続く言葉を呑み込もうとしているが、もし命令に逆らって発言したら罰せられるかもしれない。ここは穏便に済ませるためにも、琉聖の手を取ったほうがよいだろうか。

そう思った雪花が手を出しかけたとき。

すっと、その手を大きなてのひらが掬い上げる。

「俺の雪花にさわるな」

低い声を響かせたのは、紫蓮だ。

明るい黄色に龍の刺繍が施された上衣を翻し、彼は寵妃を引き寄せる。

驚いた雪花だが、紫蓮の手のぬくもりに安堵の息がこぼれる。

冷たい表情を見せた琉聖は自らの手を下ろす。

「さわってなどいない。なにゆえ、わたしから触れなければならないんだ？」

「それならばよい。席に着け。宴を始めようではないか」

琉聖を促した紫蓮は雪花の手を引くと、頭を下げた宦官や侍女たちが並ぶ道を歩む。

彼と手をつないだ雪花の胸は安堵していた。

それは紫蓮が助けてくれたからだが、ほかの男性の手を取ろうとするところを彼に見られたので、わずかな気まずさもある。

「……陛下、申し訳ありませんでした」

「よい。そなたに満開の冬桜を見せたかった。御殿の上からなら、よく見渡せる」

紫蓮が今のことに触れたくないような気配を感じたので、雪花は忘れることにした。

階段を上り、御殿の内部に入ると、そこには上座からぐるりと宴席が設けられている。

欄干の向こうには、華やかな冬桜が咲き誇るのが見渡せた。

「とても綺麗です。陛下とともにこの美しい景色を見られるなんて、私は幸せ者です」

「これからは、毎年見られる。宴を堪能しつつ、ゆるりと見よう」

紫蓮に手を取られて、上座の左隣の席に座る。右隣には燈妃が腰を下ろす。

上座を囲むように設置された卓はひとりずつ用意され、琉聖と芙蓉公主も自分の卓に着いていた。上級妃嬪は皇族の後ろの席で、下級妃嬪は御殿のそばにある庭園に席が用意されている。

みながそろい、各自の卓に着く。宦官や侍女が料理を運んできた。

煌びやかな衣装をまとった妃嬪や皇族たちを、美しい冬桜とともに上座から眺めるのは、皇帝と上位の妃嬪のみに許される特権である。

杯を掲げた紫蓮が挨拶を述べた。

「今年も冬桜が満開になった。この桜たちは始祖の代から鴻国を見守ってきた者たちである。我々は冬桜とともに、さらなる国の繁栄を願おう」

それぞれが杯を掲げ、それを飲み干す。

杯を手にした雪花は、ぶどう酒をじっと見つめた。

もしかして、毒が入っているのではないでしょうか……

朝礼のときも龍井茶に砒素が混入されていたのだから、これも毒入りかもしれない。

そうだとしても、騒いだりしてはいけない。ほかの人の杯にはきっとなにも入っていないのだから。

杯に口をつけて少しだけ飲んでみる。

「え……？」

雪花は薄い桃色の睫毛を瞬かせた。

毒が入っていない。

動揺した雪花は周りを見たが、具合の悪そうな人は誰もいなかった。みんなは笑みを浮かべて食事に箸をつけている。

ということは、雪花の毒入りの杯を、ほかの誰かが飲んだということではない。

卓に並べられたいくつもの皿から、雪花は箸でおかずのひとつを摘まんだ。

口に入れると、美味だった。これにも毒が入っていない。すべての皿の料理を少しずつ食べてみたが、そのどれにも毒はなかった。

首を捻《ひね》っている雪花に、紫蓮が声をかけた。

「どうした、蘭妃」

「……いえ、なんでもありません。上座なので緊張しまして……」

「そなたは燈妃に次ぐ地位なのだ。それゆえ、今後は常に俺の隣だ」

嬉しそうに目元を緩める紫蓮に、曖昧に頷く。

雪花がぎこちないのは、昇格したばかりで慣れていないからと受けとめられた。彼の向こう側の燈妃はふたりのやり取りに微笑みを浮かべた。

「蘭妃の美しさはまるで冬桜の精のようですわ。湖に満開の冬桜が映っておりますでしょう。これは陛下の栄華を何倍にも増しております。冬桜の精たちが陛下の御代《みよ》を祝福しているのです」

冬桜にかけて蘭妃と皇帝を称《たた》えた燈妃の聡明さに、皇族たちは満悦した表情を見せる。

紫蓮は「そのとおりだな」と言って頬を緩めた。

だが、琉聖だけは不満げに眉をひそめていた。

「湖に映る桜はまぼろしだろう」

ぼそりとつぶやいた彼の不遜な発言に、周囲の皇族たちは視線をさまよわせる。

彼の指摘は事実ではあるが、まるで耀嗣帝の御代がまぼろしのごとく儚いと言ったようにも聞こえた。

燈妃が気まずげに唇を引き結んだので、紫蓮は鷹揚に言った。

「冬桜が美しく咲き誇らなければ、湖に映ることもない。すべては真の姿があってこそだ」

紫蓮の言葉に、みんなは深く頷く。

皇帝がうまく収めたため、安堵の空気が漂った。

芙蓉公主は箸を置くと、悪戯めいた目を琉聖に向ける。

「琉聖兄様は毒舌家ですものね。いつものことだわ」

「黙れ、芙蓉」

琉聖が嘆息をこぼした、そのとき。

ぐらりと芙蓉公主の体が傾く。

ガシャン、と卓の皿が落下して割れる音が響いた。

はっとした人々はいっせいにそちらを振り向く。

床に倒れた芙蓉公主は嘔吐していた。

悲鳴が御殿に響き渡る。

「芙蓉、どうしたのだ？」

琉聖が声をかけるが、彼女の意識は混濁しており、起き上がることができない状態だ。

紫蓮はすぐに宦官に指示を出す。

「侍医を呼べ！　芙蓉公主を寝台に運ぶのだ。それからみな、料理に手をつけるな」

宦官が駆けつけて、芙蓉公主を担架に乗せて運んでいく。

心配になった雪花は、運ばれていく芙蓉公主のそばに歩み寄った。

「芙蓉公主……」

「雪花、近づいてはいけない。食中毒にしては嘔吐するのが早すぎる。毒が混入された可能性がある」

紫蓮が制しながら言った言葉に、どきりとする。

芙蓉公主は具合が悪そうには見えなかったのに、急に倒れるなんて確かに妙だ。

だけど雪花の料理や飲み物には毒が入っていなかったのに、なぜ芙蓉公主が毒入りのものを食べさせられるのか。ふつうの人間が服毒したら、死に至る危険があるというのに。

まさか……

雪花は身震いした。

舟に乗る前、芙蓉公主は「あなたにアレを飲ませている犯人がわかったのよ」と言っていた。

もしかして犯人に接触したのだろうか。

雪花が戸惑っているうちに、紫蓮は側近や宦官へ適切に指示を出していた。

「皇族と妃嬪を宮へ戻せ。この現場を片付けてはならぬ。廷尉《ていい》を呼べ。それから膳房にいた者をその場に留まらせるのだ」

和やかだった冬桜の宴は中止された。

雪花は、芙蓉公主が命を取り留めることを祈るしかなかった。


その日から、すべての皇族と妃嬪に宮での待機命令が下された。

芙蓉公主は命に別状はないという報告を受けたので、雪花は胸を撫で下ろした。侍医が診断した結果、芙蓉公主の食べた料理に微量の毛地黄《ジギタリス》が含まれていたとのことだった。

毛地黄は美しい花なので後宮でも観賞用として植えられているが、もちろん料理に混ぜるなどということはしない。服用すれば嘔吐や目眩《めまい》を起こし、最悪の場合は死に至ることもある。

ほかの者に被害はなく、芙蓉公主の皿のみに毛地黄が混入されていた。

刑の担当である廷尉により、膳房で料理を作った工人や給仕した宦官たちが調査されているが、まだ犯人は捕まっていないという。

蘇周文は雪花の給仕を行っていたのだが、彼も調査対象とされているので宮へ戻ってこない。

ずっと清華宮の室内で、雪花は報告を待ち続けた。

卓に置いてある茶はとうに冷めている。

蓋を開けていない茶碗を下げた鈴明は、気遣わしげに声をかけた。

「雪花様……大丈夫ですよ。蘇周文は雪花様の卓にしか料理を運んでいないのですから、彼にお咎めがあるはずございません。すぐに戻ってきます」

「ええ……そうですね」

　蘇周文が心配なのは確かだが、芙蓉公主の容態も気にかかる。妃嬪は宮から外出禁止のため、見舞いに行くことはできない。

　それに、芙蓉公主に毛地黄を入れた者が、すなわち内通者ということになりはしないか。雪花に毒を入れ続けていた者とは別人なのか。

　ふと、雪花は急須から茶を注いでいる鈴明を目にして、とあることに気づいた。

「鈴明……宴のとき、あなたは私の後ろにずっと控えていましたよね？」

「はい。雪花様のおそばを離れていません。芙蓉公主が倒れたときは驚きましたね」

「そうですよね……。それに朝礼では、侍女はみんな控室にいましたよね」

「はい。そのとおりですが……それがどうかしましたか？」

「いいえ、なんでもないのです」

　朝礼でのお茶の準備を鈴明はしていない。ほかの侍女もいるのに、抜け出したら目立ってしまうだろう。それに宴のときは主のそばにいなければならないので、鈴明が芙蓉公主の料理に毛地黄を入れる機会はないと思えた。

　鈴明は、やはり内通者ではないのでしょうか……

　彼女が内通者かと思っていたが、そうではないのかもしれない。

　これまで鈴明を疑って申し訳なかった。

とすると、いったい誰が……

そんなことを考えていたとき、蘇周文が前室を通って戸口に現れた。拱手した彼はいつもと変わらず穏やかな笑みを浮かべている。

驚いた雪花は慌てて立ち上がった。

「蘇周文！　大丈夫でしたか」

「ご心配おかけしました。わたしをはじめとして、事情聴取を受けた者たちはすべて解放されました。お喜びください。芙蓉公主に毒を盛った犯人は捕まりました」

雪花は息を呑む。

蘇周文があまりにもあっさり言うので、戸惑いが胸を占めた。

「捕まったのですか？　それは、誰なのです？」

「誰なのかは、わたしも知らないのです。陛下は内々で済ませるとのことで、公表しないおつもりのようです。おそらく新人の宦官ではないかと思われますが……まあ、後宮にはもういられないでしょう」

紫蓮の恩情により、犯人は内々に処分されるようだ。芙蓉公主の容態が重症ではないことも加味されたのだろう。独身の公主が毒を盛られたなどという話が広まれば、縁談にも影響してしまう。

ほっとした様子の鈴明は、新たに淹れた茶碗を卓に置いた。

「その宦官は追放でしょうね。でも無事に解決してよかったです」

ごくりと唾を呑んだ雪花は、ゆっくり椅子に腰を下ろす。

茶碗を手にして、薫り豊かな茶を少しだけ口に含んでみるが、毒物は混入されていない。

終わったのでしょうか……？

そうすると、捕まった宦官がこれまでの雪花の食事や龍井茶に毒を混ぜていたのか。

誰なのかはわからないが、内通者は追放されるのだ。

胸を撫で下ろした雪花だったが、つと蘇周文が袖から白い手紙のようなものを取り出す。

「そういえば、蘭妃にお手紙が届いております」

「え……どなたでしょう？」

「蘭家の御父上からでございます」

ひゅっと、雪花は息を吸い込んだ。

まるで薄氷を呑み込んだごとく、心が冷たくなり、言葉が出てこない。

微笑んでいる蘇周文は鈴明に手紙を渡した。

「まあ、蘭家から！　昇格のお祝いでしょうか」

「そうでしょうとも。稀にみる四等級の昇格ですからね。御父上も鼻が高いでしょう」

ふたりはこの手紙が、昇格の祝いだと信じて疑っていないようだ。

だが父の人柄を知る雪花には、そのような内容だとは思えない。

鈴明から、震える手で雪花は手紙を受け取る。

彼女と蘇周文は、さりげなく部屋を退出した。

主が手紙を読むのに、それを横から覗くような真似をしないのが侍従としての嗜みだからである。

ごくりと唾を呑んだ雪花は、おそるおそる手紙の封を切る。

開いてみると、そこには達筆な文字でこう書かれていた。

『おまえの使命を果たせ』

それだけだった。

父の示唆する使命とはもちろん、皇帝暗殺のことである。

だが、ほかの者がこの手紙を読んだら『皇帝に仕える妃嬪としての使命』と受け取れるだろう。

つまり父は、もし手紙が露呈されても困らないよう、雪花だけにわかる言葉を使ったのだ。

幼い頃に見たことがあるが、頑健さを表す文字は間違いなく父のものである。

雪花は悟った。

父の野望は潰《つい》えたわけではない。

でも、内通者は追放されたのではないのか。父はまだそのことを知らないだけなのか。

それとも……内通者は変わらず後宮にいるのだろうか。

手を震わせた雪花は、手紙を取り落とす。はらりと床に落ちた手紙は塵ほども軽いのに、その内容はひどく重かった。

芙蓉公主に毒を盛った犯人は皇帝の恩情により、追放処分となったと知れ渡った。

詳細は公表されていないので不明だが、事件は解決したため、皇族と妃嬪の謹慎は解かれた。

芙蓉公主の容態は快方に向かっているという。

だが一方の雪花は熱を出してしまい、しばらく寝込んだ。

紫蓮から熱冷ましの薬草をもらったので、それを煎じて飲み、体を休めていた。

いろいろあって疲れたこともあるのだが、心労が大きいという自覚があった。

寝台から起き上がり、久しぶりに窓の外を眺める。

青い空に、筆で描いたような白練《しろねり》の雲が刷いている。鳥のさえずりが聞こえて、心を和ませた。

薬湯を持って寝室に現れた鈴明が、起きている雪花を見て驚きの声をあげる。

「雪花様！　もう起き上がって大丈夫なのですか？」

「ええ。今日は気分がいいのです」

「陛下からいただいた薬草が効いたのですね」

「そうみたいです。もう熱も下がったみたいですけど、その薬湯もいただきます」

紫蓮が持ってきてくれた薬草は少々苦みがあるが、とても体の回復が早い。雪花はすっかり薬草の虜になってしまった。

微笑んだ鈴明は慎重に、ぬるめの薬湯の入った茶碗を手渡す。

それを少しずつ味わい、喉に流し込んでいると、蘇周文の声が耳に届いた。

「陛下のお越しでございます」

はっとした雪花は慌てて茶碗を置き、寝台から下りる。跪いて拝礼すると、藍の袂を翻した紫蓮が寝室に入ってきた。

「陛下にご挨拶いたします」

「よい。立つのだ。熱があるのに膝をついてはならぬ」

焦った様子の紫蓮に手を差し伸べられる。彼の手を借りて立ち上がると、寝台に導かれた。そこにふたりは並んで腰を下ろす。雪花の腰には、しっかりと紫蓮が手を回していた。

「心配していたぞ。体調はどうだ？」

「もう回復しました。紫蓮が持ってきてくださった薬草のおかげです」

「そうか、よかった」

紫蓮にそっと、額に手を当てられる。彼の大きなてのひらに覆われると、雪花の唇から安堵の息がこぼれた。

「うむ。熱はないようだな。心労が多かったのだろう」

「……そうですね。くだんの犯人は後宮から追放されたと聞きましたが……」

「事件は解決した。芙蓉公主の容態は安定している。今後はいっそう食事についても、後宮内の警備についても取り締まりを強化するゆえ、安心してほしい」

「はい……」

紫蓮は犯人について詳しいことを教えてくれる気はないようだ。公表していないのだから、雪花だけに言うわけにはいかないだろう。

父からの手紙が気になるが、それを紫蓮に相談するわけにもいかない。

内通者が追放されたと父が知ったら、それこそ雪花の体から毒の成分が消えないうちに、一刻も早く密命を果たせと要求するはず。

もはや残された時間は少ないのかもしれない。

考え込む雪花に、紫蓮は眉根を寄せた。

「心配か？　体調が落ち着くまで、そなたは儀式に参加せずともよい」

「あ……いえ、そういうわけではないのです」

「では、なにがそなたの顔を曇らせているのだ？　雪花は俺といるとき、ほかのことを考えている」

「……それは……」

答えられなかった。

雪花の胸中に不安の種があることを、紫蓮には見透かされている。

それは、彼が真実に辿り着くのも時間の問題であることを表していた。

懊悩する雪花をじっと見た紫蓮は、表情を引きしめる。

「雪花。そなたに夜伽を命じる」

突然の夜伽の指名に、雪花はびくりと肩を跳ねさせた。

その衝撃は当然、腰を抱いている紫蓮にも伝わっている。

光栄です、と言わなければならない。

けれど雪花には答えられなかった。喉に澱《おり》のようなものが痞えて、声が出せない。

浅く息を継いだ雪花は、ようやく震える声で言った。

「あの……今夜、ですか？　もう少し体調が回復してからではいけませんか？」

「もちろん、今夜でなくてよい。無理をさせるつもりはない。近いうちに札を選ぶ」

皇帝の夜伽は、妃嬪の名が記された札の中からひとつを選ぶことで指名するきまりがある。

紫蓮は毎日、その札選びを拒否しているということなのだ。

もう逃げられない。

密命を果たすときがやってきたのだ。

雪花は、ある覚悟を決めた。

胸に秘めた想いを叶えるべく、まっすぐに紫蓮を見上げる。

「嬉しいです。私は、紫蓮と、結ばれたかったのです」

それだけは、迷いのない本心だった。

紫蓮は愛しいものを見るように目を細めると、ぎゅっと雪花を抱きしめた。

「俺もだ。俺は、そなた以外の妃嬪を夜伽に呼ばぬ。そなたは最初で最後の、耀嗣帝の寵妃になるのだ」

こんなに愛されて、幸せだった。

だがこの幸せは、薄氷のごとく脆《もろ》く、舞い散る桜の花びらのように儚い。

雪花は体に回された紫蓮の腕に、そっと手を添えた。彼の体温を、死してなお忘れないように、体に刻みつけた。

夜伽の指名があるまでは、時間があった。

体調が回復した雪花は数日後、後宮の薬草園へ足を運んだ。

紫蓮が届けてくれた薬草のことを、もっと知りたかったから。

服毒を続けているにもかかわらず、薬のことはなにも知らないのもどうかと思った。それに、ほかにも気になることがあったのだ。

広大な薬草園の隣には薬局があり、そこでは複数の薬師《くすし》が勤めている。

蘭妃の来訪に、薬師たちは礼をして、丁寧に薬について解説してくれた。

「陛下が蘭妃に贈った薬は、こちらの麻黄湯《マオウトウ》でございます。体を温め発汗を促すことで、寒気や発熱、体の節々が痛む症状を改善します」

乾燥させた焦茶色の葉は、お茶として煎じると薬になる。

薬局には天井まで届くほど高い棚が壁一面に設置されており、小さな引き出しが無数についていた。このひとつひとつに、様々な種類の薬草が保管されているのだ。

「そうですか。麻黄湯は風邪の症状に効く代表的な薬ですものね。……それにしてもここには、たくさんの薬草が保管されているのですね。もしかして、附子などもあるのでしょうか」

「ございますよ。もちろん、修治《しゅうじ》は済んでおります」

「修治……ですか？」

「鳥兜《トリカブト》の塊根である附子は、毒性を薄めるために修治と称される加熱処理を行うのです。ですが、その調整には専門的知識が必要です。附子は麻黄附子《マオウブシ》細辛湯《サイシントウ》の原料ですので、虚弱な人に最適なのです。発散作用を促し、病気を追い出します」

修治の済んでいない附子は毒性が強く、大変危険な毒物だ。

雪花が服用させられている附子は、加熱処理がなされていない状態である。

ほかの草花に関しても、処理の仕方によって毒にも薬にもなる。

もしかして……と雪花は思い当たる。

雪花の食事に混ぜていた附子は、この薬草園から入手したものも含まれているのではないだろうか。砒素など植物でないものについては別だろうけれど、すべての毒を外部から確保するのは難しいだろう。

薬師なら、こっそり附子を懐に入れることはできる。だが、朝礼の膳房に顔を出したり、まして宴の料理を作る膳房に行くのは目立ちすぎるので不可能だろう。

薬師が修治のされていない附子を、密かに誰かに渡していたのでしょうか……？

雪花は一計を講じた。

「気になることがあるのです。薬局を訪れた人の名前を記した帳簿がありますよね。それを見せてください」

「はい。蘭妃のご命令でしたら、すぐに」

薬師は快く帳簿を見せてくれた。

ぱらりと紙を捲ると、そこには雪花の見知った者の名があった。

栄貴妃、夏郡王、張青磁、そして芙蓉公主——

実際に受け取りに訪れたのは侍女や部下かもしれないが、主の名がきちんと書かれている。そういったきまりだからだ。ただ、主人が使用するもののみとは限らない。高位の者はたくさんの部下を抱えているため、部下が使用する薬も含まれている。つまり役職が高い人ほど名前が書かれる回数も多く、支給された薬は無数にあった。

帳面に目を注ぐ雪花に、薬師はつと言った。

「先日は陛下もいらっしゃいまして、蘭妃と同じように帳簿を見せるようにと言われましたよ。なにか調べていらっしゃるのですか？」

「ええ、まあ……陛下もこの帳簿を見たのですね？」

「はい。蘭妃と同じ頁《ページ》で目をとめていました。ちょうど、そこです」

雪花は、ごくりと唾を呑んだ。そこには栄貴妃と張青磁の名が記されている。正確には張青磁の名が複数あり、栄貴妃は直近に一度だ。

紫蓮はなにかに気づいたのだろうか。おそらく彼とは違う目的で雪花は調べているのだが。

嘆息した薬師は肩を竦める。

「薬局にも廷尉が来て調査しました。芙蓉公主が服毒したのは毛地黄だとか。園内では毛地黄は薬として植えられていますが、無断で持ち出すのは許可されていません。わたしどもまで疑われて困りました」

「そうですか……。私は薬師の方々を疑っているわけではないのですが、薬について無知なので、身近に聞ける人がいるのか知りたかったのです」

「それならば、薬に関した書物をお貸ししましょうか？　入門書から専門書まで取りそろえております」

「ぜひ。興味があります」

雪花は帳簿を閉じて、薬師に返した。代わりに、薬についての書物を数冊ほど借りる。

薬局を出ると、温室の薬草園が目に入った。附子や毛地黄が紫色の花を艶やかに咲かせている。冬でも薬草が採れるように、温度を調節しているのだ。

叶うならば、自分が毒で苦しんできた分、雪花は薬師になって誰かを救いたいと心に願った。

薬局を訪れた雪花は、その日から清華宮にこもって薬草の書を読みふけった。

ある晴れた昼下がり、張青磁が宮を訪ねてきた。書物に夢中になっていた雪花は、鈴明から彼の訪問を告げられたのにも意識せず、生返事をしていた。

つと書物から顔を上げると、拱手を解いた張青磁が手紙を差し出している。

「こちらをお預かりしています。蘭家の浩然殿からです」

はっとした雪花は、震える手を伸ばした。

浩然が手紙を送ってくれたのだ。

受け取った手紙に目を通すと、そこには丁寧な文字が綴られている。

『お久しぶりです、姉上。ぼくは元気です。毎日、勉学に励んでいます。姉上は後宮で昇格されたと聞きました。おめでとうございます。ぼくは姉上のお体を心配していましたが、お元気なのだと知って安心しました――』

幽閉されていたとき、彼から短い手紙をもらったことがあるので、本人の書いたものとわかる。手紙の内容は雪花の身を案じるものや、浩然の近況が書かれていた。

弟の優しい心が滲んだ手紙に、涙がこぼれそうになる。

室内に控えていた張青磁は、静かにうかがってきた。

「お返事は、どういたしますか？」

「書きます。少し待っていてください」

鈴明が紙や硯《すずり》を準備する。筆を執り、穂先を墨につけていた雪花は返事をしたためようとして、ふと止まった。

浩然に宛てた手紙を送っても、それは必ず父が確認するだろう。それ以前に、浩然の手紙も、前もって父が読んでいるはずだ。雪花には密命を漏らす気など毛頭ないが、父が気がかりなのは暗殺計画の進捗にほかならない。浩然がこの手紙を送ってくれたこと自体、父の勧めなのかもしれない。

浩然が現在は無事であること、そして彼の命の行方は雪花次第であることを、父はこの手紙をもって伝えたいのだと、雪花は察した。

つまり、浩然のために密命を果たせという脅しだった。

筆を置いた雪花は、ぎこちない笑みを浮かべる。

「……やっぱり、やめておきます。お父様にも返事を出していませんし、なんと書いたらよいのかわからなくなりました」

「そうですか。蘭妃は不義理でいらっしゃる」

残念そうな張青磁の言葉に、ぎくりとする。まるで密命のことを示唆されているような気がした。

そんなわけがないとわかってはいるものの、雪花は返す言葉が出てこない。

張青磁は遠慮なく述べた。

「一族のつながりはなによりも強いもの。たとえ寵妃であっても、大切なのは一族の後ろ盾です。それなのに手紙の返事すらしないとは、陛下の寵愛に胡坐《あぐら》を掻いていると言わざるを得ません」

彼は下級妃嬪の教官でもあるためか、手厳しい。

しかし、叱られたから手紙を書くというのはどうなのか。視線をさまよわせた雪花は、ふと戸口の外に控えている宦官が目に入った。

張青磁の甥の、張辰だ。純朴そうな青年は、じっと床に目を落として佇んでいる。

手紙を持ってくるのは彼の役目だったのだと思うが、新人なので叔父の張青磁が付き添ってきたのだろう。皇帝の側近である叔父の後ろ盾があれば、張辰もいずれは高位の宦官になれる。

ちらと雪花の視線の先を見やった張青磁は、嘆息をこぼす。

「不肖の甥です。わたしの伝手《つて》で宦官になったものの、どうにも不器用で手がかかります。ですが一族の面倒を見るのは、わたしの義務です。張辰に不義理がありましたら、わたしにお知らせください」

雪花は曖昧に頷いた。

彼に言われた『不義理』という言葉が胸に刺さる。

だけど、どうしても筆が進まず、手紙の返事は保留することにした。

そして数日後、ついに、その日は訪れた。

喜色を浮かべて清華宮へ戻ってきた蘇周文が、雪花に拱手する。

「お喜びください、蘭妃。陛下は今宵の夜伽に、蘭妃をご指名されました」

そばにいた鈴明が嬉しそうに微笑んでいる。

雪花は夜伽の指名を、冷静に受けとめた。

「……光栄です。それでは、支度をしましょう」

深く礼をした蘇周文と鈴明は、さっそく準備に取りかかった。

皇帝の夜伽を務めるには沐浴《もくよく》を済ませ、夜伽用の服に着替える必要があるが、侍女たちが準備をするまで雪花にできることはなにもない。

侍女たちが寝具を整えているのを横に見て、覚悟をしたと思っていたものの、雪花の心はわずかに揺らいだ。

だがその隙を突くかのように、誰かが清華宮を訪問してきた。

玄関に出て対応した鈴明は戻ってくると、困惑を浮かべて雪花へ告げる。

「栄貴妃がいらしてます。雪花様に、お話があるとか。……どういたしましょうか？」

なんの用だろう。栄貴妃の謹慎は未だに解かれていないはずである。

大切な夜伽の前でもあるので、鈴明は迷惑そうに眉を寄せていた。

だが栄貴妃が上位の妃嬪であることに変わりはないので、追い返すわけにもいかない。

「お呼びしてください」

「わかりました」

礼をした鈴明が玄関へ戻ると、栄貴妃はすぐに部屋へ入ってきた。

まるで自分が宮の主であるかのように、堂々としている。

「あら、蘭答応。病気で伏せっていたそうだけれど、具合はどうかしら？　そんなに青白い顔で、今夜の夜伽はできるの？」

「蘭妃です。栄貴妃はお耳が早いですね」

雪花が寝込んでいたことも、夜伽のことも知っているというのに、昇格したのを知らないわけがない。彼女はあえて『蘭答応』と、以前の階級で呼んだのだ。

拝礼しない雪花に、栄貴妃は眉を跳ね上げる。

上級妃嬪同士は、たとえ相手が上位であっても、朝礼のときなどを除くと拝礼する義務がない。雪花はもはや答応ではないので当然だ。

「そうね。妃に昇格したのですものね。こなたの耳にはなんでも入るわ」

卓を挟んで、栄貴妃は雪花と並びの長椅子に腰を下ろした。彼女は付き添ってきた侍女に手を振って合図を送る。

侍女は手にしていた盆にかけていた白布を取り去った。

そこには高価そうな茶器が用意されている。

「燈妃は龍井茶で妃嬪をもてなしたそうだけれど、こなたはもっと上質なお茶を用意したわ。蘭妃の昇格を祝って、お茶をふるまいましょう。もちろん、こなたのお茶を飲んでくれるわね？」

「はい。ありがたくいただきます」

そう言われて断るわけにもいかない。雪花は承諾した。

侍女はふたつの茶碗を並べ、急須を手にした。名品なのか、急須には仙人が象《かたど》られている。ごつごつしている形状のためか持ちづらそうだ。侍女は持ち手を入れ替えて、それぞれの茶碗にお茶を注いだ。

ひとつを先に栄貴妃に捧げる。残りのひとつがのった盆を、侍女は雪花に差し出した。

雪花はふと気づいた。

茶の水面が揺れている。

侍女の手が震えているからだ。盆を捧げた彼女は床に目線を落としている。

雪花が手を出さずに見ているので、侍女はさらに震え出した。彼女の肩が、がたがたと揺れる。

栄貴妃が苛立った様子で声をあげた。

「なにをしているの、蘭妃？　さっさとお取りなさい」

「……はい」

雪花が茶碗を持つと、唇を引き結んだ侍女は素早く下がった。

栄貴妃は自らが手にした茶碗を掲げて、妖艶な笑みを見せる。

「さあ、乾杯しましょう」

茶碗を掲げた雪花は、一息に茶を飲み干した。

やはり、毒入りだ。

だが、これまで飲んできたものとは異なる点がある。混入された量が、若干少ないのだ。

けれど多少の量の違いがあるとはいえ、ふつうの人ならば充分な致死量に変わりはない。

雪花と同じように茶を含んだ栄貴妃は、ことりと茶碗を置いた。

栄貴妃も毒を飲んだはずだが、彼女は平然としている。

「——陛下の夜伽を初めに務めるのは、こなただと言ったはずよね？」

唐突な話に、雪花は目を瞬かせる。

雪花も卓に、空になった茶碗を置いた。それを栄貴妃は、ちらりと目にする。

「朝礼で言っていましたね。ですが、栄貴妃はまだ謹慎中の身ではありませんか？　本来なら、この清華宮へ来ることもお咎めがあると思いますが……」

「おだまり！　おまえはこなたを裏切ったのよ。その罪は首を刎《は》ねても許されない。おまえだけではない。こなた以外のどの妃嬪にも、得をさせないわ」

執念を露わにした栄貴妃は、ぎりっと歯を噛みしめ、憎々しげに雪花を睨みつけた。そこに貴妃としての品格はなく、まるで怨念に塗れた幽鬼のようである。

彼女は己のすべてを賭けて、雪花を亡き者にし、自分の望みを叶えようとしている。底知れぬ執着心に敬意を表して、雪花は明らかにする。

「附子ですね」

「……なんですって？」

雪花は空になった茶碗に目を落とした。雪花の茶碗は空だが、栄貴妃のほうはまだ茶が残っている。

同じ毒茶のはずなのに、なぜか栄貴妃の体調に変化はない。なんらかの細工を施して、茶を飲むふりをしたのだと思われる。

「私には、毒は効きません」

すっと腰を上げた雪花は、凜然として栄貴妃の前に立った。

もうとっくに毒の効力が出てもよい頃だが、雪花は平然としている。

毒の娘にはいかなる毒も効かないのである。

嘔吐も転倒もしない雪花を目にした栄貴妃は、目を見開き、ぶるぶると震えた。

雪花は自分の覚悟を、はっきりと口にする。

「今宵の夜伽を務めるのは、私です」

キエエェ――……！

鳥の断末魔のような悲鳴をあげた栄貴妃は、猛然と扇子を振り上げた。

強《したた》かに雪花を打ちつける。何度も、何度も、扇子の骨が折れてぼろぼろになっても、彼女は切れ端で雪花の身を叩いた。

「なぜ死なないの!?　死ね、死ね、この目障りな女め！」

別室にいた鈴明とほかの侍女が騒ぎを聞きつけ、慌てて駆けつけた。紙くずと化した扇子を振り上げる栄貴妃を押さえつける。

「栄貴妃、おやめください！」

「死ね、死ねぇ……離さぬか！　こなたを誰だと思っているの!?　誰か、誰か、こやつを打ちつけよ！」

取り乱した栄貴妃は外へ連れていかれた。待機していた彼女の侍女たちが慌ててあとを追う。

静けさの戻った清華宮で、雪花は再び長椅子に腰を下ろす。そして、そばにあった薬草の書を捲った。

今まで騒ぎがあったとは思えないほどの落ち着きぶりである。

心は凪いでいた。

どうするのか、雪花の心は決まっていたのだ。

もしかしたら、自分の中の毒の致死性は薄くなっているかと思っていた。そのため、わずかながら心が揺らいでいた。

だけど栄貴妃に毒を盛られたことにより、やはり毒から逃れられない運命なのだと悟った。

栄貴妃が内通者なのかは、もはやどうでもよかった。

これで、暗殺者は完成したのだ。

この身を懸けて、紫蓮に向き合おう。それが雪花なりの、彼への想いに答えを出すということだと思うから。

紫蓮は今宵、清華宮へやって来る。

今夜、決着をつけましょう――

どこかを、そして誰かを裏切らなければ、この密命に決着をつけることなどできないから。

栄貴妃の言うとおり、雪花は裏切り者なのである。

もとから逃れられるわけがなかったのだ。

外から帰ってきた鈴明が、書を読んでいる雪花をうかがう。

「栄貴妃はひとまず泰和宮へ戻らせました。陛下には、夜伽の中止を申し入れますか？」

「いいえ、夜伽はします」

雪花は書物に目を落としながら、無表情で答える。

そんな雪花を見た鈴明は心配げな顔をした。

「……わかりました。では雪花様、お怪我の手当てをしましょう」

「怪我というほどではありません。私の言い方が悪かったので、栄貴妃を怒らせたのです」

「ですが……」

鈴明は雪花の身を案じてあれこれと述べていたが、その言葉は耳を素通りした。

雪花はもはや、夜伽のことしか考えていなかった。

それ以外はすべて、些末に思えた。

第六章　寵妃の転落

夜の帳《とばり》が降り、天空を細い月が彩る。

冷たい星の輝きが、身に染みるようだった。

清華宮の窓から天を見上げた雪花は、ふうと淡い吐息をつく。

思い返すと、雪花の人生は今夜のためにあったようなものだった。幼い頃、紫蓮と手を取り合って逃げたときも、このような空の色だったと懐かしく思い出す。

だけど今は、ふたりで逃げ出すわけにはいかない。

雪花は自分の置かれた立場を、よく理解していた。

そして逃げることが許されないのも、充分にわかっている。

雪花の選ぶ道は、ふたつしかない。

紫蓮を裏切るか、親を裏切るか。

しかし、もうひとつの道がある——

雪花はそれを選ぶことを望んだ。

猩猩緋の長衣の裾を翻すと、はらりと桃色の髪が舞う。

髪は結っていない。腰まである長い髪は、窓から射《さ》し込む月明かりにより、光り輝いた。

今宵の唇は、毒々しい真紅に染め上げられている。

昼間に附子を服毒した雪花の唇は、死の色に満ちていた。

つと、紗布《さふ》のかけられた寝台へ目をやる。

広い寝室の壁際に置かれた豪奢な寝台には、枕がふたつ並べられている。それを緻密な細工の格子窓からこぼれる月の光が、紗布越しに浮かび上がらせていた。

部屋には寝台のほか、卓と椅子が置かれている。

すでに覚悟は決まっていた。


「雪花――」

ふわりと、後ろから逞《たくま》しい腕に抱き込まれる。

どきん、と雪花の鼓動が跳ね上がった。

それは好きな男に抱かれるからなのか、それとも、死への誘いが待っているゆえか。

ついに紫蓮は、清華宮へやって来た。

夜伽のとき皇帝が訪れたことを、宦官は告げないのだ。侍女も別室に控えている。

ここにいるのは、雪花と紫蓮のふたりきり。

逃さないとばかりに、しっかり抱き込んだ腕に、雪花は囚《とら》われる。

「陛下……」

「いつものように名を呼んでくれ。紫蓮、と」

「紫蓮、お願いがあります」

雪花を抱きしめた腕を緩めた紫蓮は、頬に手を滑らせた。

再会したばかりの頃は、彼が顔に触れるだけで緊張していたものだと思い出す。

だけど今はもう、紫蓮が触れてくれるのを心待ちにしている自分がいた。

自分は毒の娘であることを、雪花はどこか忘れかけていたのだ。紫蓮といるときだけは、忘れていたかった。自分の気持ちだけでどうにかなるものではないと、わかっていながら。

その虚《むな》しい日々も、もう終わる。

頤を掬い上げ、顔を近づけてくる紫蓮は、微笑みながら問いかけた。

「なんだ？」

「接吻を……しないでください」

ぴたりと、唇を合わせようとしていた紫蓮の動きが止まった。

後宮の妃嬪が、皇帝に対して接吻をするなと願うのは、背信行為も同然である。しかもふたりは想いを通わせたのだ。紫蓮はそう思っているはずだった。

紫蓮の顔は、みるみるうちに険しいものに変わった。

「……それは、どういう意味だ。俺を拒むというのか？」

「そのとおりです」

はっきり言った雪花に、紫蓮は瞠目した。

わけがわからないといったふうに、彼はきつく眉根を寄せる。

「俺たちは想いを通わせたのではなかったのか？　俺は、雪花を愛している。そなた以外を寵愛するつもりはない。その想いは届いていなかったのか？」

紫蓮の愛情を一身に受けていることをあらためて知らされ、雪花は身を震わせた。

けれど、泣いてはいけない。かろうじて、感情を表すのはこらえた。

「紫蓮の気持ちはわかっています。……ですが、私には、想い人がいるのです」

その発言に息を呑んだ紫蓮は、雪花の顔からするりと手を離す。

雪花は、心のうちを正直に打ち明けたのだった。

その上で、紫蓮を生かす道を選んだ。

たとえ彼に誤解を与えようとも、嫌われようとも、紫蓮を殺すことなどできない。

だから夜伽を受け入れても、接吻だけは拒もうと決めていた。

第三の選択肢は、自分の恋心を裏切ることだった。

夜伽はこなすものの、紫蓮を生かし、彼に真実は告げないというものだ。

なんてずるい女なのだろうと、雪花は奈落の底まで落ち込む。

雪花には蘭家の悲願を果たすことはできない。紫蓮に真相を伝えることもできない。それなのに、彼と結ばれようとしている。

それが、歪んだ形であっても。

表情を硬くした紫蓮は問いただす。

「そなたの想い人とは、誰だ。その者とは接吻をしたのか？」

雪花は首を横に振る。

それは否定であり、想い人が誰か口にするつもりはないという意思の表れでもあった。

彼が誤解するのも無理はない。

夜伽を承知しながら、接吻は拒むという言動は、紫蓮のほかに好きな人がいるのだと表明しているのも同然だからだ。

紫蓮の命を守るためなら、架空の『想い人』を作り上げるのは、さも都合がよいように思えた。

「誰なのだ、雪花。言うのだ」

「言えません……」

「その者を守るためにか？」

「そうです」

「夏郡王か？」

彼はどうしても雪花の想い人が誰なのか知りたいようだった。

雪花はなにも答えなかった。誰の名前を挙げられても、黙り込むしかない。

ふたりの間に長い沈黙が下りる。

紫蓮は握りしめた拳を震わせていた。

皇帝である彼にとって、これほどの屈辱を与えられたのは初めてだったに違いない。

彼の権力ならば、今この場で、雪花は死を賜ってもおかしくなかった。

それでもよい。紫蓮を守るための死なら、喜んで受け入れようと雪花は思えた。

真紅の唇を震わせる雪花に、やがて紫蓮は口を開いた。

彼の声音は恐ろしいほどの冷徹さを孕《はら》んでいる。

「わかった。誰なのか聞き出すのはやめておこう。そなたへの接吻も、しないでおこう。雪花がそう望むのならば、それを聞き入れる。そなたを愛しいと思うことへの証明としてな」

「……ありがとうございます」

「だが、そなたが妃嬪であることに変わりはない。夜伽は務めてもらう」

紫蓮の言葉が、雪花の胸をじわりと抉《えぐ》った。その冷たさは凍えた剣のごとく、まっすぐに雪花の身を貫く。

接吻をしなくても、体を重ねることはできる。

つまり紫蓮は、愛情がなくとも妃嬪としての義務を果たせと命じているのだ。

それを雪花が断ることなどできなかった。

「わかりました。……でも、お願いですから、接吻だけはご容赦ください」

念を押され、嫌そうに眉根を寄せた紫蓮だったが、彼は無言で雪花を促す。

乱暴にされたなら、出口のない恋心に諦めがつこうというものなのに、背に添えられた紫蓮の手は優しかった。

純白の褥《しとね》にゆっくり押し倒される。紫蓮のてのひらは雪花の頬につと触れたが、すぐに離れた。

一糸まとわぬ姿になった雪花は、愛する人の楔《くさび》を胎内に受け入れた。

唇を引き結び、声を漏らさなかった。

口を開いたら、接吻を誘ってしまうのではと恐れたから。

この恋心はどこにも行けない。

雪花の心の中で暴れる悲しみごと、ねじ伏せるしかないのだ。

やがて紫蓮は龍種《りょうしゅ》を放つ。それを雪花は身震いをして受けとめた。

深い息を吐いた紫蓮は眉を寄せている。放出したものの、彼に満足した様子は見られなかった。

すると紫蓮の手が伸びて、上気した雪花の頬を包み込む。

いけない。接吻するつもりでは……？

びくりとした雪花は避けようと、顔を背ける。

その瞬間、紫蓮は手を離し、ばさりと上着を翻して寝台を下りた。

まだ夜更けのうちに、皇帝は清華宮を出ていく。

寂しいと思ってはいけない――

ぽっかりと心に空いた穴に気づかないふりをして、雪花は身を起こした。


長い夜が終わり、太陽が昇る。

室内が白々としていくのを、雪花は侘《わび》しい思いでぼんやりと見ていた。

その後、鈴明が食事を持ってきたが、夜伽で疲れていると言って雪花は寝台に伏せていた。

食べ物が喉を通る気がしない。

本当にこれでよかったのだろうか。

夜伽の最中に見た紫蓮は、なにかをこらえるような痛々しい表情をしていた。彼を守れたはずなのに、雪花は好きな人を苦しめたのだ。

「私は紫蓮を、守りたかった……。それなのに、ほかにどうしたらよかったのでしょう……」

苦悩していたそのとき、清華宮に慌ただしく宦官が駆けつけた音がした。

「大変でございます、陛下が……蘭妃はおいでですか!?」

蘇周文の声だ。彼はひどく狼狽《ろうばい》しているようだ。

まさか、紫蓮になにかあったのだろうか。

雪花は寝台から足を下ろし、長衣をまとった。

鈴明が玄関先で蘇周文に応対している声が聞こえてくる。

「お待ちください。雪花様はとてもお疲れです」

「それが、大変な……陛下に大変なことが起きたのです！　すぐに蘭妃にお目通りを」

雪花は袂を翻し、はだしで玄関に駆けつけた。

「紫蓮がどうかしたのですか!?」

彼の身になにかよくないことが起こったのだとしたら、伏せってなどいられない。

裸に長衣をかけただけの雪花の姿に、蘇周文は拝礼して床に目を落とす。鈴明は素早く上着を手にすると、雪花の肩にかけた。

「陛下が、お倒れになりました……！」

蘇周文は苦渋の声で報告した。

紫蓮が、倒れた……？

雪花の視界が、ぐらりと暗転する。

まさか、夜伽をしたことにより、毒が移ってしまったのか。

なぜ接吻を防いだだけで、紫蓮に害はないと思ったのだろう。

身をかしいだ雪花を、息を呑んだ鈴明が支えた。

「雪花様！　どうか、気をしっかり保ってください」

「大丈夫……私は大丈夫です。すぐに陛下のもとに向かいます」

倒れるわけにはいかない。雪花は足を踏ん張った。

すべての元凶は私なのですから、責任を取らなければなりません……

どうか、生きていて。

雪花は紫蓮の無事だけを祈った。

けれど、もし彼が身罷《みまか》るようなことがあれば、雪花も生きてはいられないと覚悟を決めた。


襦裙に着替えた雪花が永安殿を訪れたとき、多数の妃嬪が前室で待機していた。

雪花を見つけた良嬪がそばへ駆けつける。

「来たのね、雪花」

「陛下が倒れたと聞きました。容態はどうなのでしょう？」

「さっき侍医が来て、陛下の容態を説明したわ。命に別状はないけど、絶対安静ですって。なんでも毒の成分が体内にあるんだとか。芙蓉公主が毒を盛られた事件があったばかりなのに、気味が悪いわね」

ひゅっと雪花は息を呑む。

体をつないだので、雪花の体内にある毒の成分が紫蓮に移ってしまったのだ。

答応のとき風呂場を共用していても、なにも起こらなかったから、少量の体液では毒は移らないのだろうと思い込んでいた。接吻で殺してしまった鳥のように、口からの唾液しか効かないはずだと。

父から「くちづけで殺せ」と命じられていたので、より接吻でしか殺せないのだと思ってしまったのもある。

だから紫蓮との接吻を拒んだ。体を重ねただけでは、彼に害はないと思った。

それは確証のない、浅はかな考えだったのだ。

私のせいで、紫蓮に毒を移してしまったのですね……

命に別状はないということで、それだけは安堵した。時間を置いて倒れたことからも、即死するほどの毒物の量ではなかったのだと思える。

けれど油断はできない。

そのとき前室に、硬い表情をした張青磁が、廷尉とともに現れた。

廷尉は宮廷で起こった事件を担当する官吏である。つまり紫蓮が倒れたのは、事件性があると見られているのだ。しかも芙蓉公主が毒物を混入されて倒れるという事件があったばかり。

妃嬪たちを見回した廷尉は声高に言った。

「陛下は何者かに毒物を投与された疑いがあります。ただいま調査中ゆえ、皆様は早急にお戻りになり、ご自分の宮から出ませんように」

泣いていた妃嬪たちは、すっと声を落とした。

再びの謹慎が申しつけられたのだ。疑われていることに、妃嬪たちは眉をひそめた。

そして彼女たちは、雪花へ目を向ける。

昨夜、夜伽をした雪花は皇帝とともに夜を過ごしたはずだ……と。

視線を感じながらも、雪花は張青磁に訴える。

「陛下に面会はできますか？　安静の邪魔はしません。寝顔を見るだけでいいのです」

紫蓮の寝顔だけでも見て、無事であることを確かめたい。雪花はその一心だった。

だが張青磁は首を横に振る。

「今は安静が必要という侍医の判断です。どなたもお会いできません」

すると、ずいと廷尉が前へ出た。

「蘭妃は昨晩、陛下の夜伽をお務めになったとか。詳しくお話をうかがってよろしいですかな？」

「は、はい……」

疑惑の目を向ける廷尉に、雪花はおずおずと頷いた。

当然だが、皇帝に毒を盛ったのは蘭妃ではないかと疑われている。

だが、険しい顔をした張青磁が割って入った。

「待て。高貴な身分の蘭妃を尋問するというのか。後宮のことは、我々宦官に任せてほしい」

「特別扱いをするわけにはいかないのです、張青磁殿。燈妃は尋問に応じました。蘭妃はできないという理由でもありますか？」

「だが――」

張青磁が渋っていた、そのとき。

妃嬪たちの間から、甲高い声が張り上げられた。

「蘭妃よ！　その女が陛下を毒殺しようとした犯人だわ！」

ざわっとした妃嬪たちは、波が割れるかのようにいっせいに道を空ける。

声の主は、栄貴妃だ。

彼女はまっすぐに雪花を指差していた。

廷尉は訝しげに、栄貴妃を見やる。

「それはどういうことですかな？　栄貴妃」

「蘭妃は毒のお茶を飲んでも、なんともなかったわ。きっと体を毒に慣らしているのよ。そうして陛下に毒を盛ったのでしょう！」

栄貴妃は雪花に毒を盛り、それが効かないということを知っている。

けれど、雪花には紫蓮を毒殺しようという意図などなかった。

「ち、違います！　私は陛下を守ろうと……いえ、毒殺しようなんて思っていません。毒に慣れているのは私の体質によるもので……今回のこととは、その……」

雪花は懸命に説明しようとしたが、その声は震えていた。

毒殺の意図はないものの、紫蓮が倒れたのは雪花の体液が移ったせいなのは明白で、つまりは雪花が犯人であることに変わりない。しかし、皇帝暗殺の密命をこの場で明らかにするのは憚られる。

しどろもどろになる雪花を、栄貴妃は勝ち誇った顔で見た。

「ほら、ごらんなさい。こなたの言うとおりでしょう。こなたの権限で、蘭妃を冷宮送りにします」

雪花は息を呑んだ。

冷宮は罪を犯した妃嬪が送られるところだ。それは牢獄も同じである。誰にも会えず、侍女も付けられず、ひとりで囚人に等しい生活を送らなければならない。それは恩赦が出るか、死ぬまで続く。

栄貴妃が部下の宦官に、顎で指図した。

彼らは雪花の身を羽交い締めにする。

そのとき、良嬪が間に入った。

「ちょっと待ちなさいよ！　雪花が陛下を毒殺だなんて、そんなこと企てるわけないでしょ。自分の地位を奪われそうだからって、栄貴妃は雪花を冷宮送りにするつもりなんじゃないの!?」

「こなたを誰と思っているの？　この無礼な女も冷宮に送るのよ！」

目を吊り上げた栄貴妃は良嬪を敵のごとく睨みつける。

いけない。このままでは良嬪まで冷宮送りにされてしまう。

すべては雪花が原因なのであり、なにも知らない彼女まで巻き込むわけにはいかなかった。

宦官に引きずられながら、雪花は必死に嘆願した。

「犯人は私です、陛下に毒を盛ったことを認めます！　良嬪にはなにも関係ありません。ですから彼女には罪はないのです」

「雪花……そんな。どうしてそんな嘘をつくのよ⁉」

良嬪は驚いているが、犯人が雪花であることに間違いはないのだった。その罰を受けることは、至極当然なのだ。雪花をかばおうとしてくれた良嬪には申し訳なかった。

せめて良嬪には穏やかに暮らしてほしい。冷宮送りになるのは雪花だけで充分だ。

項垂れる雪花に、汚いものを見るような目を向けた栄貴妃は鼻で嗤った。

「フン。さっさと認めればいいのよ。なんて図々《ずうずう》しい女なんでしょう。冷宮に送っただけでは足りないわ。すぐに死罪にしなくてはならないわね」

宦官に引き立てられていく雪花を、妃嬪たちは各々の感情を込めて見ていた。ある者は憎々しげに、またある者は気の毒そうに。

冷宮へ連れられていく雪花を良嬪が追いかけていった。

苦々しい顔をしていた張青磁は、栄貴妃に苦言を呈する。

「栄貴妃。冷宮に閉じ込めておくのはともかく、いかにあなた様といえど、妃嬪を死罪にする権限はありません。決定は陛下がなさることをお忘れなく」

「うるさいわね。陛下があの女を許すわけがないでしょう。どうせすぐに死を賜るに違いないわ」

事態を黙って見ていた廷尉は、栄貴妃に問いかけた。

「栄貴妃が先ほど言った言葉で気になることがあります。『蘭妃は毒のお茶を飲んでも、なんともなかった』とは、いつのことですかな？　なぜそんなことをご存じなのです？」

その言葉に張青磁は、廷尉と栄貴妃の顔を交互に見やる。

夜伽の前に、雪花に毒のお茶を飲ませたことを知る者は、この場には栄貴妃しかいない。

栄貴妃は扇子を広げて、悠々と言い放った。

「あら、そんなこと、こなたが言ったかしら？　なんにせよ、蘭妃は自分の罪を認めているのだから、こなたには関係ないでしょう」

「なるほど。しかしわたしは調査するのが仕事ですのでね。後宮の妃嬪、侍女、そして宦官のすべてから詳しい事情を聞かねばなりません」

鼻で嗤った栄貴妃は余裕の笑みを見せる。

雪花は自ら罪を認めた。解き放たれた後宮の主に、恐れるものはなかった。


冷宮へ閉じ込められてから、ひと月が経過した。

雪花は、ぽつんと室内に置かれた椅子に腰かけていた。

華麗な装飾が施されている清華宮とはまったく異なり、冷宮の壁は灰色に塗り固められ、なんの飾りもない。壁の上部に小さな窓があり、そこから細い陽の光が射し込んでいた。同じく灰色の床に、白々としたわずかな明かりを落としている。

家具は小さな寝台と椅子のみ。入り口は固く閉ざされているので、出入りはできなかった。

まるで、昔に戻ったように雪花は感じた。

十年間、離れの小屋に閉じ込められて、両親から毒を与え続けられていたあの頃に。

紫蓮との再会、そして華やかな蘭妃としての暮らしは、夢のごとく儚いものだったのだと思わせた。

不遇こそが、雪花のために用意された運命なのかもしれない。

ここで、死ぬのだろうか。

けれどそれも仕方ないと思えた。

紫蓮を死の淵《ふち》へ追いつめたのは、雪花に違いないのだから。

夜伽自体は行うことで、両親の命令には従ったと見せかけられる。これで浩然を守れると思った。

だけど結果的には紫蓮が倒れたため、両親の目論見通りになってしまった。

彼の病状が気になるが、ここではなんの情報も得られなかった。侍女を付けることは許されず、たったひとりなのだ。食事のときに食盆を携えた宦官が出入りするのみである。

両親はなんらかの行動を起こしたのか。浩然はどうしているだろうか。果たして弟は無事なのか。

結局雪花は、誰をも救えなかったのか。

紫蓮……どうか、無事でいてください……

雪花は懸命に祈った。

だが祈るばかりでなにもできない自分に不甲斐《ふがい》なさを覚える。

そのとき、施錠された扉がカチャリと音を立てた。

食事の時間らしい。

「蘭妃、お食事でございます」

鍵を開けて、蘇周文が入ってきた。食事の係は蘇周文と決まっているわけではなく、毎日別の宦官がやってくる。その中には、雪花を妃嬪扱いせず、無造作に椀を置く者もいた。もはや雪花の凋落《ちょうらく》は確実なものだったからだ。

落ちぶれた雪花に『蘭妃』と声をかけてくれるのは、蘇周文くらいのものだろう。

「蘇周文、ありがとうございます」

「たったひと月ほどですのに、お痩せになりましたね……。膳房に融通を利かせて、今日は精のつくものをお持ちしました。どうかしっかり食べてください」

「私のことはよいのです。紫蓮の様子はどうなのでしょう?」

「陛下は相変わらずお眠りになっています。意識が戻ってお薬を飲んだら顔色はよくなりましたが、寝台から出られていません」

「そうですか……」

依然として紫蓮の容態は安定していないらしい。

雪花は蘇周文に、用意していた手紙を渡す。

それには、薬草の名を書き連ねていた。毒に犯された体の症状を和らげる効能のあるものばかりだ。

「ここに書かれた薬草を、また薬局で集めていただけませんか。紫蓮のもとへ持っていってほしいのです」

「わかりました。以前のものも、陛下に飲んでいただいておりますのでご安心ください」

「どうか、お願いします」

密かに蘇周文に、薬草の手配を定期的に頼んでいた。なにかできないかと思案した雪花は、紫蓮の症状を蘇周文から聞き、薬師の処方薬を補填するようなものを選んでいる。

蘇周文は手紙を懐に入れると、食盆を下げて部屋を出ていった。再び、ガチャリと扉が施錠される音がする。

監禁中の身なのに、雪花が推薦した薬草を紫蓮に飲ませるなど、許されないかもしれない。

事実が発覚したら、手を貸した蘇周文も罰せられてしまうかもしれない。

でもどうしても、紫蓮に生きてほしい。

どうか、彼が健康を取り戻せますように……

雪花は深く祈った。

ふう、と息をつくと、蘇周文の置いていった食事が目に入る。

せっかく用意してもらったのだから、食べておこうと、さじを取り上げた。

だが、粥を一口含んだ途端、胸に嫌なものが込み上げる。

「うっ……」

雪花は嘔吐した。

毒は、入っていなかった。

どうして……!?

どんな毒を混入されても嘔吐することはなかった。あっても、それは服毒を始めた幼い頃のことだ。嘔吐はそれ以来である。

しかも、この粥は毒入りではない。

これだけではなかった。ここひと月はいっさい毒入りの食事を与えられなかったのだ。

図らずも、皇帝暗殺が達成されたとして、内通者に役目を果たしたと見られたのか。それとも本当に内通者は追放されたのかは、雪花にはわからない。

これは新種の猛毒なのか。

いったい、自分の体の中でなにが起こっているのか。

雪花は目眩とともに倒れた。


うっすらと目を開けた紫蓮は、寝台から身を起こした。

しばらく具合が優れず、夢うつつの中で過ごしていたが、今は気分がすっきりしている。

薬湯を持って入室してきた蘇周文が、起きている紫蓮を目にして喜びの顔を見せた。

「陛下、もう起き上がって大丈夫でございますか？」

「ああ。先日から飲んでいた、その薬湯が効いたようだ」

蘇周文が特別な薬師に頼んで調合してもらったという薬湯は、回復を促した。

今までも昏睡《こんすい》状態などではなかったので、意思の疎通と薬湯を飲む程度はできていたからだ。

何者か知れぬ薬師の薬の服用を反対する声もあったが、紫蓮は許可した。それだけ蘇周文を信頼しているからである。だからこそ蘭妃付きの宦官にしたのだ。

ふと紫蓮の脳裏に、愛しい者の顔が思い浮かんだ。

「雪花はどうしている？　さぞ心配をかけただろう。彼女は永安殿を訪れたのか？」

問いかけると、蘇周文は突然跪いた。

彼は床に額を擦りつけている。

「陛下！　どうか、わたしめの話を聞いてください」

「どうしたのだ。話せ」

「実は……陛下が飲んでいた薬湯を調合した薬師とは、蘭妃なのです」

紫蓮は驚きに目を見開いた。

なぜ雪花が薬師と偽り、蘇周文の手を借りて薬湯を届ける必要があるのか、疑問だった。

「そうなのか。だがなぜ、雪花はここに来ないのだ？」

「それが、蘭妃は冷宮に送られています」

「なに!?　俺が伏せっている間に、なぜそのようなことになっているのだ。彼女を冷宮送りにしたのは誰だ！」

「栄貴妃でございます。謹慎処分は解けており、栄貴妃が後宮の主でありますゆえ……。蘭妃が夜伽で陛下に毒を盛ったのだとされました。証拠は不十分なままで、その後は廷尉が捜査しております。良嬪や張青磁も冷宮送りを止めたのですが、力及ばず……わたしもなにもできませんでした」

紫蓮は低い唸《うな》り声を絞り出す。蘇周文が再び床に額ずく。

「どうか、お願いでございます！　蘭妃をお救いください。冷宮で倒れ、伏せっていらっしゃるのです」

「なんだと……彼女を侍医には診せたのか？」

「は、はい。わたしが侍医を呼びました」

「ではその侍医をここに呼べ。それから、廷尉もだ」

命を受けた蘇周文は部屋を出ていった。

間もなく、宮廷専属の侍医と廷尉がふたり同時に入室してきた。あとから来た蘇周文を、侍医が手で制する。

「陛下と我々の、三人だけでお話しをさせてください。非常に繊細な内容ですので。よろしいですかな、陛下？」

「よい。蘇周文、下がっていろ。誰も寝室に近づけるな」

「御意にございます」

慇懃に拱手した蘇周文は寝室から出ていく。そばにいた側近たちも寝所から離れていく足音がした。

さて、と紫蓮は切り出す。

「冷宮にいる蘭妃が倒れたそうだな。容態はどうなのだ？」

「その前に、陛下にお伝えしなければならないことがございます。陛下が衰弱した病の原因です」

「なんだ」

老齢の侍医は平静な顔で、淡々と述べた。

「毒を摂取したことによるものです。ごく微量ですが、複数の種類の猛毒が陛下の体内から確認されました」

「俺は幼い頃から毒への耐性をつけている。そんなもので俺を殺すことなどできない」

暗殺を防ぐため、幼い頃から微量の毒を摂取して耐性をつけている。それに夜伽では飲食をしていない。茶や食事に混ぜなければ、服毒させるのは困難だ。

「ええ、ですから軽い症状で済みました。容疑者とされる蘭妃を診察しましたが、彼女の口腔《こうくう》は毒に冒されています。体内に毒を蓄積できる特殊な体質のようです。それを使い、他人に毒を移すことも可能と言えます」

「なんだと……雪花が夜伽で俺を殺そうとしたというのか。そんなことはありえん！」

声を荒らげたのは、思い当たることがあるからだった。

雪花は、なにか事情がありそうな雰囲気をまとわせていた。夜伽のとき、彼女は想い人がいると告白していたが、その人物と結ばれるためなのか。

だが、そのために雪花が紫蓮を殺すなど考えられなかった。

彼女は澄みきった宝石のような真紅の瞳で、健気に紫蓮を見上げていた。そこには恋心が含まれているのだと、伝わったのだ。そして、雪花の純真な心も透けて見えた。

雪花の善の心を信じたい。

なにより、雪花はどこか追いつめられているような表情を時折見せるのが不思議だった。

――脅されているのか？

そのとき紫蓮の脳裏に、彼女の親の顔が浮かんだ。

雪花を救い出せなかったそのあと、彼女は両親から責められたのではないか。雪花はなにも言わないが、彼女を虐待していた両親が善人に変わるとは思えない。

両親がなんらかの形で、今も雪花に影響を及ぼしているのではないか。

激高する紫蓮を、侍医が宥める。

「落ち着いてください、陛下。医師として診察した事実のみを申し上げますと、蘭妃の体内の毒は長年の服毒によるものです。特異体質ゆえ、猛毒を飲んでも死なずに体内に毒を蓄えられるのでしょう。――ですがそれは、服毒を続ければの話です。すでに彼女の体内の毒は薄れています」

信じがたい話だった。

だが、雪花の見た目を考えると、桃色の髪で真紅の瞳なのは、毒の作用によるものとも思える。

侍医は言葉を継ぐ。

「以前の健康診断でも確認しましたが、蘭妃の唇は答応のときは真紅でしたが、今は通常の色になっています。服毒をやめたことにより、毒が抜けたのではないかと思われます」

「そうすると、後宮入りしてからも、服毒を続けていたということか。やめたのは妃に昇格してからなのか？」

「そういうことになるかと思われます。それらを総合しますと、体内に備蓄した毒を体液を通して移すというのは可能ですが、蘭妃の毒は薄れていたこともあり、毒に耐性のある陛下が意識を失うほどではないと言えます」

紫蓮は頷いた。

やはり倒れた原因は、夜伽で雪花に毒を移されたからというわけではない。

ふと、紫蓮は夜伽のあと、自分の寝室で茶を飲んだことを思い出す。

あのときは雪花とのことで気持ちが昂り、無意識に茶を飲んでしまった。通常の食事は毒味役がいるのだが、あの茶については毒味をさせていない。

「夜伽のあと、俺が飲んだ茶と茶器は調べたか？」

廷尉は紫蓮に耳打ちした。彼が報告した内容は満足のいくものだった。

「――なるほど。見張りはつけているな？」

「ご命令どおりに」

どうやら焦った獲物が罠にかかりそうである。

しかも紫蓮が目星をつけている件は、雪花が服毒させられていたことと無関係とは思えなかった。

廷尉は一呼吸置いた。頷いた紫蓮は続きを促す。

「蘭氏に付けていた見張りからの報告ですが、蘭氏を頭領とした反乱軍が動きを見せています。頭領は蘭妃の父親です。蜂起はまだですが時間の問題かと。いかがいたしますか」

「……そうか。なるほどな」

これで、つながった。

蘭氏には反逆の意思があることが、はっきりとわかった。雪花は傀儡《かいらい》だったのだ。父親に脅されて、皇帝暗殺の密命を負ったが、果たせなかったのだと思われる。おそらく紫蓮が崩御するか、もしくはさらに毒を盛り、弱るのを待ってから蜂起する計画だろう。

――接吻を拒んだ。

あれは紫蓮の命を守るためだったのだ。接吻していたら、紫蓮の命はなかったかもしれない。

「すぐに反乱軍を全員捕縛しろ。将軍に勅令を出す」

「御意にございます」

紫蓮は寝台から足を下ろした。

伏せっている間に事態は大きく動いている。呑気にしてはいられなかった。まずは反乱軍の情勢を確認する必要がある。

だがその前に、大切なことを知らねばならなかった。

紫蓮は侍医に初めの質問をした。

「さて……侍医よ。蘭妃の容態はどうなのだ？」

「彼女が倒れたのは毒とは関係のないところでして……」

「栄養失調か？」

「それもありますが……」

咳払いをした侍医は、まっすぐに紫蓮の顔を見て告げた。

「蘭妃は懐妊しております」

「なに!?」

「妊娠初期のつわりです。通常は温かくして栄養のあるものを食べていれば問題ありませんが、冷宮の環境では母体にも、胎児の発育にも著しく弊害がございます」

「すぐに冷宮へ行く！」

紫蓮は立ち上がり、寝所から出た。

寝巻で堂々と外へ出ようとする皇帝に、宦官たちは慌ててそばに駆け寄り、外套《がいとう》を肩にかける。

漆黒の外套を翻した紫蓮は永安殿の敷居を跨いだ。

すると、宮殿の脇で盆を携えていた侍女が膝をつく。

彼女の顔にはもちろん見覚えがある。

雪花の侍女の鈴明だ。彼女は蘭家の遠縁である。すなわち、雪花のもっとも身近にいて、服毒させられる人物だ。

「陛下にご挨拶いたします」

「鈴明か。そなたにはいろいろと聞きたいことがある。——廷尉よ、この侍女を捕縛せよ！」

廷尉と宦官が、鈴明を取り囲んだ。

だが彼女はいっさい顔色を変えない。

それどころか冷静に紫蓮を見上げた。

「その前に、ぜひ陛下に見ていただきたいものがございます」

「なんだ？」

「わたしの持っている、この盆にのっているものです」

鈴明の手にした盆には、白い布がかけられていた。

中身は香炉のような大きさの陶器と思われるが——

紫蓮は自らの手で、白布を取り払った。

第七章　内通者の正体

ぼんやりと灰色の天井を見ていた雪花は、つうと眦《まなじり》から一筋の涙をこぼした。

数日前、突然嘔吐して意識を失い、侍医が呼ばれて診察された。「栄養失調によるもの」という診断だったが、冷宮に突如移され、なにより紫蓮のことで心労があったせいもあるのだろう。

以来、具合が悪く吐き気がするので、ほぼ寝台に伏せるようになってしまった。

このまま、ここで朽ち果てるのだろうか。

不遇の運命であることはわかっていたはず。しかも、紫蓮が病に倒れたのは雪花のせいにほかならない。

わかっているのに、心細くて涙がこぼれてしまう。

「紫蓮……せめて、無事でいてください……」

小さくつぶやいた、そのとき。

ガチャリと扉が解錠される音が響いた。

食事の時間にしては早い気がする。

とはいえ吐き気がするので、ほとんど食事を取れそうにないけれど。

ふと顔を上げると、冷宮に入ってきたのは紫蓮だった。

彼の姿を目にした雪花は瞠目し、痩せた体を無理やり動かして寝台から下りる。

「陛下にご挨拶いたします……」

「痩せたな。雪花」

跪く雪花を、紫蓮は冷たい双眸で見据えた。

そのような冷酷な眼差しを、これまで紫蓮から向けられたことはない。

けれど彼にそんな目をさせたのは、雪花なのだった。

「……私は大罪を犯しました。このまま痩せ細って死ぬのでございましょう。その前に、陛下から死を賜るのなら、誇りに思います」

「そなたの大罪とは、なんだ」

「……それは……」

問いかけられて窮したが、紫蓮はすべてわかった上で聞いているのだと思った。

それだけ彼の眼差しは揺るぎなく、声には皇帝の威厳が込められていたから。

雪花は、ついに明かした。

「皇帝暗殺の大罪です。私は夜伽で陛下を殺そうとしました」

「だが、俺は死ななかった。そうだな？」

「……はい」

「なぜ、接吻を拒んだのだ？」

雪花は答えられなかった。

本当は紫蓮を死なせたくなかったから、とはいかにも言い逃れのような気がした。

黙っている雪花に、紫蓮は淡々と暴露する。

「そなたは毒に耐性のある特異体質で、猛毒でも死なず、服毒した毒を体内で蓄積できるそうだな。真紅の唇に触れた者を死に至らしめる毒の娘だったということか」

もう、すべて悟られていた。

雪花はせめてもと思い、紫蓮に謝罪するため冷たい床に額ずく。

「申し訳ございませんでした……。私は幼い頃から両親の思惑により監禁され、服毒を続けていたのです。そして、皇帝暗殺の密命を受けて後宮入りしました。でもまさか、紫蓮が皇帝陛下だったとは知らず、決意が揺らぎました。その結果、両親の命令にも従わず、陛下を傷つけるという最悪の事態を招いてしまったのです」

死を迎える前に、すべてを打ち明けられた。

もちろん罪が軽減されるとは思っていないが、ずっと抱えていた黒い澱を吐き出したことにより、雪花の胸は幾分軽くなったのだった。

つと、床に這わせた雪花の手に、温かい大きなてのひらが触れる。

「よく、打ち明けてくれたな。つらかっただろう」

「紫蓮……」

伏せていた顔を上げると、紫蓮の目には憐憫《れんびん》が浮かんでいた。

これまでに雪花が見てきた、優しい紫蓮の眼差しだった。

だが彼の声音は険しいものになる。

「そなたは後宮入りしてからも、服毒を続けていたはずだ。必ず内通者がいる。それは誰なのだ？」

「あ……それは……」

一瞬見えた紫蓮の優しさは、内通者を聞き出すためなのだ。

ほんの少し喜びが湧いた自分に嫌気が差すが、その質問には明確な答えを持ち合わせていなかった。

「知らないのです。内通者がいることは父から聞いていたのですが、それが誰なのかは教えてもらえませんでした。内通者のほうからも、そうと名乗ることはありませんでした」

雪花はありのままを答えた。

毎度の食事に毒を混入できるのは鈴明しかいないのではと、始めは思っていたものの、様々な状況から彼女ではないという結論に至った。だが確証はない。内通者が誰だったのか、最後まで雪花にはわからずじまいだった。

おそらく内通者は今頃、慌てているのではないだろうか。

夜伽を行ったものの、皇帝暗殺を果たせず、蘭家は兵を蜂起できるのか疑問だ。両親も内通者も、もはや密命を失敗した雪花のことなど眼中になく、どうやって計画を果たすか思案しているのだと思われた。

もっとも冷宮にいる雪花には、世間がどうなっているかなど知るよしもない。

「なるほど。わかった。そなたは捨て駒だったようだな」

冷徹な紫蓮の言葉が、ぐさりと胸に刺さる。

しかし、そのとおりなのだった。

雪花は両親に捨て駒として利用されただけ。

もし皇帝暗殺が果たされていたとしても、雪花が生きていられるはずなどなかった。

紫蓮は懐から短刀を取り出した。

はっとした雪花は頭を垂れる。

皇帝の手で、死を賜るのだ。

体を小刻みに震わせながら、雪花はそのときを待ち受けた。

鞘《さや》から抜きだした白刃が、ぎらりと光る。

紫蓮は身を伏せている雪花の、首の後ろに手を触れさせた。

切る首の位置を探っているのだろう。

こわい。

けれど、最後に紫蓮の体温を感じることができて、嬉しかった……

首に衝撃を感じた。

だが痛みはない。

呼吸を殺していた雪花は、浅く息を継いだ。

つと頭を上げると、ばさりと桃色の髪が床に舞い散る。

切られたのは、髪だった。

腰まであった長い髪を落とされている。

「これで、蘭妃は死んだ」

ゆるゆると雪花は顔を上げる。

紫蓮の精悍な顔が目に映った。雪花は死んでいなかった。死んだのは、蘭妃なのだ。

つまりどういうことだろうと、内心で首をかしげていると、白刃を鞘に納めた紫蓮は言葉を継いだ。

「そなたは、俺の子を腹に宿している」

「え……」

まさか。

紫蓮の子を、身ごもっている……？

あの夜伽の一夜で孕んでしまったというのか。もしかして、今まで体調が優れなかったのは妊娠していたためなのか。

「冷宮送りにしたのは栄貴妃の勝手な判断だ。懐妊している以上、ひとまずそなたを清華宮へ戻し、体調を回復させる。ただし、蘭妃の位は剥奪する。正式な処遇はあらためて通達しよう」

雪花は死を賜ることはなかった。

否、処分を保留にされたというべきか。

皇帝の子を宿しているからには、皇子か公主を出産するまで死ぬことは許されないのかもしれない。

「……ありがとうございます」

そう言うと、紫蓮は兵士に合図を送った。すぐに鈴明と蘇周文が入室してくる。

「さあ、雪花様。清華宮に戻りましょう。こんなにお痩せになって……」

「すでに清華宮の寝台は整えてあります。わたしが抱えてまいりましょう」

痩身を抱き起こそうとした蘇周文を、紫蓮がてのひらで制する。

罪人なのだから、自分で歩かなければならないのだ。

雪花は力の入らない足を踏ん張った。

けれど、ふわりと体が浮く。

紫蓮の強靭《きょうじん》な腕の中に、抱きかかえられていた。

「俺が運ぶ」

どうして……

なぜ紫蓮は優しいのだろう。

彼の優しさに、雪花の双眸から涙がこぼれる。

「なぜですか……私は、紫蓮を殺そうとしたのに……」

「そなたは、接吻を拒んだ。両親の命に背いて、俺を殺そうとしなかった。俺が倒れたのは、そなたのせいではない」

紫蓮が雪花のために繕っているのだろうか。もし本当に雪花のせいではないとしたら、いったいなにが起こったのだろう。

戸惑いが胸を占めるが、紫蓮の胸の中は温かくて、ほっとした。

「私は、紫蓮を、殺したくなかったのです……」

ついに雪花は想いを吐露した。

言ってしまうと、ふうと気が遠くなる。

外の空気がひんやりとして、呼気が白くなった。

雪がちらほらと舞っている。

粉雪越しに、紫蓮の優しい笑みがあった。

「そなたの届けてくれた薬草が効いた」

「……よかった……」

「雪花は、俺を助けた。そなたの真心が、俺の身も心も救ったのだ」

好きな人と、真に心が通じ合ったことを雪花は感じた。

そして紫蓮を救えた喜びに、全身が満たされる。

夜伽のときは切ないすれ違いがあったが、報われたのだった。

ぼんやりとして精悍な紫蓮の顔を見ていると、やがて霞んでいく。

瞼が重くて、目を開けていられない。

紫蓮は深みのある声で訊ねた。

「そなたの想い人というのは、俺なのだな?」

雪花は小さく頷いた。

そして、ふっと意識を失った。


紫蓮の手により、雪花が冷宮から出されて二週間後――

清華宮で手厚い看護を受け、暖かい寝具で眠り、栄養のある食事を取らせてもらった雪花の体調は回復した。

孕んだお腹は服越しではわからないくらいだ。

侍医によると、子の成育は順調だそうで、ほっとしている。体内に毒を蓄積させていたせいで、もしかしたら子に悪影響を及ぼすのではないかと危惧したが、今のところ胎児の健康に異常はない。

お腹の子のためにも、ひとまずは罪を犯したことや死ぬことなどは考えないようにしていた。鬱々としていては、子の成育によくないから。

雪花は、子の母になりたいと思い始めていた。

親の愛をあまり知らない身だが、大切に育てたい。

けれど、そんな望みが罪を犯した自分に許されるのだろうか。

清華宮にこもって療養しているので、外の世界のことはまるでわからなかった。

雪花が皇帝暗殺を果たせなかったのを、両親は知ったはず。内通者がいてもいなくても、皇帝が崩御したのなら国中に知れ渡るからだ。その上で両親はどうしているのか、内通者は誰だったのか、まったく不明である。おそらく雪花がくだんの重要な関係者ゆえに情報がもたらされないのだろう。ただ、浩然が無事かを紫蓮に訊ねたところ、心配ないと言われた。

できれば、玉座の簒奪は叶わぬ夢だったとして諦めてほしい。

初春のうららかな陽射しを窓越しに目を細めて見ながら、雪花は祈った。

ふう、と息をついていると、鈴明が薬湯を持って寝室に入ってくる。

「雪花様、もう起きても大丈夫なのですか？」

「ええ。今日は気分がいいのです」

体調がよくなったので、寝てばかりいては体に悪い。散歩しようと思った、そのとき。

「陛下のお越しにございます」

紫蓮の来訪を告げる蘇周文の声が玄関から聞こえた。

寝台から下りた雪花と鈴明は拝礼する。

「陛下にご挨拶いたします」

「礼などよい。そなたは身重だ。さあ、寝台に座るのだ」

焦った様子で紫蓮は雪花の手を取り、立たせる。腰を抱かれて慎重に、雪花は紫蓮とともに、そばの寝台に腰を落ち着けた。

「今日は顔色がよいな。具合はどうだ？」

「とても気分がよいです。体調は回復しました」

清華宮へ戻ってからというもの、毎日のように紫蓮は雪花の容態を確認するため、こうして会いに来てくれる。

微笑んだ紫蓮は、さらりと雪花の髪に触れた。

蘭妃の死の証として切り取られた髪は、肩までの長さにそろえられている。

「そなたはもはや蘭妃ではないが、新しい封号については検討中だ」

「新しい封号……ですか？　私は妃嬪として後宮にいても、よいのでしょうか」

紫蓮はなにも言わず、頷いた。

それは子を産むまでということだろうか。

雪花の行いを鑑みると、死罪でないのならば、後宮追放処分が妥当と思えるのだが。

紫蓮の双眸が険しいものに変わる。

「そなたの処遇の前に、事件の子細を明らかにする必要がある」

「はい。なんでもお話しします」

「では、答えよ。夜伽の前に、栄貴妃に毒茶を盛られたな？」

雪花は思い出した。

清華宮を訪れた栄貴妃がお茶を持参して、雪花の茶碗にのみ、毒が混入されていたことを。

あれは、唇に滲む毒をより濃いものにするためだったのではないだろうか。

ということは、内通者はもしかして栄貴妃――？

「は、はい。附子でした。ですが栄貴妃も同じ急須から注がれた茶を飲んだのです。あるいは、飲んだふりかもしれませんが……」

雪花は正直に言った。

もはや罪は明らかになったので、両親や内通者に荷担するつもりはなかった。

だが、なぜ栄貴妃に毒を盛られたことが、紫蓮の耳に入ったのだろう。

「なるほど。その罪を明らかにせねばなるまい。宮廷へ参ろう」

「私も、本当のことを知りたいです」

立ち上がった紫蓮に手を取られ、雪花は彼とともに清華宮を出た。


朝議《ちょうぎ》が行われる宮廷の大広間には、上座に黒檀の玉座が鎮座している。

朱塗りの柱がどこまでも連なり、巨大な龍の香炉が対に置かれていた。

紫蓮の指示で、玉座の隣に椅子が置かれ、雪花はそこに座った。皇帝と同じ目線なのはなんだか落ち着かないが、紫蓮が言うのだから従うほかない。

玉座に紫蓮が腰を下ろすと、最果てにある扉が開かれた。

宦官が「栄貴妃でございます」と告げる。

敷居を跨いだ栄貴妃は喜色を浮かべていたが、紫蓮の隣に雪花が座っているのを見ると、顔の半分を引きつらせた。

冷宮送りにした雪花が、まるで皇后であるかのように紫蓮の隣に陣取っているのが気に食わないのだろう。

それでも彼女はつんとした表情を取り繕いつつ、階段の下までやって来て、恭しく拝礼した。

玉座は階段の遥か上である。

「陛下にご挨拶いたします。ご回復をお祝い申し上げますわ。ですが、その女は陛下を害そうとした大罪人です。なぜ冷宮にいないのでしょう？」

「俺の指示だ。雪花には俺を殺そうという意思はなかった。ゆえに、蘭妃の位を剥奪するに留めた」

ぎりっと、栄貴妃は歯噛みした。

服が締めつけるものではないので、懐妊しているのは見ればわかるだろう。腹部を押さえている雪花を、彼女は憎々しげに睨みつける。

「……こなたは陛下のためを思って冷宮送りの判断を下したのです。陛下はその女狐《めぎつね》に操られているのですわ」

「冷宮送りにしたのは、栄貴妃の勝手な判断である。妃嬪の処遇は俺が決める」

「なぜわかってくださらないのですか⁉　すべての元凶はその女です。陛下に毒を盛ったのですよ！　それを死罪にしてください！」

「そうか。毒を盛った者は大罪人だな」

「そのとおりですわ。ですから……」

必死に食い下がる栄貴妃が言い終えないうちに、紫蓮は手を上げて合図を出した。

すると、盆を持った鈴明が現れる。

盆には、ひとつの急須がのせられていた。

仙人が象られ、ごつごつとした形状の急須である。どこかで見たことのある品だ。

急須を目にした栄貴妃は青ざめた。

「それは……」

「そうだ。夜伽の前に、そなたは清華宮を訪れて雪花に茶をふるまった。毒入りの茶をな。これは、そのときに使われた急須だ」

はっとした雪花は思い出した。

確かに、あのときに使用した急須だ。

だが同じ急須から注いだはずなのに、栄貴妃には体調の変化は見られなかった。雪花のみが毒入りの茶を飲んだのだ。

いったい、どうやって。

「鈴明よ。見せてみろ」

「かしこまりました。陛下」

宦官が小さな卓を持ってくる。そこにはふたつの茶碗が並べられていた。

鈴明は急須を手にすると、ひとつの茶碗に茶を注いだ。それは薄い黄色である。

「これは茶ではありません。実験のため、水に色をつけています」

そして彼女は、すっと親指を動かして、急須の持ち方を変える。

もうひとつの茶碗に色つきの水が注がれた。こちらは水色だ。

雪花は驚きの声をあげた。

「えっ……色が違う⁉　同じ急須から注いだのに、どうして」

「これが、毒入りの茶とそうでない茶を分ける仕掛けだ。内部が二層に作られている急須なのだ。持ち手についている複数の穴を塞ぐことで、どちらの茶を入れるか操作できる」

そうすると、片方の茶碗には毒入りが、もうひとつは毒の入っていない茶を注げるというわけである。

雪花に毒を盛るため、栄貴妃が特殊な急須を用意させたのだ。

水を注ぎ終えた鈴明は、次に金具を手にする。彼女は勢いよく、急須に振り下ろした。

パキン、という音とともに、急須が真っ二つに割れた。

紫蓮の言ったとおり、急須の中は空間がふたつに分かれていた。

そういえば、栄貴妃の侍女はかなり緊張していた。失敗したら、栄貴妃に毒入りの茶が注がれてしまうので、侍女は震えていたのかもしれない。

「栄貴妃の侍女が急須を始末するところを、鈴明が防いで証拠品を隠し持っていたのだ。それを彼女が、俺に伝えた」

「そうだったのですね。——ありがとうございます、鈴明」

雪花の礼に、鈴明は微笑んだ。

彼女の活躍により、栄貴妃が雪花に毒を盛った証拠が確保できたのだ。

栄貴妃は、ぶるぶると震えている。

そこへ、廷尉に引き立てられた侍女が入室してきた。侍女は、がっくりと項垂れている。

「そなたの侍女は自白したぞ。栄貴妃の命令で、蘭妃に毒入りの茶を提供したとな。薬局で修治の済んでいない附子を処方させたことも明らかになっている。もはや言い逃れはできぬぞ、栄貴妃」

「なにかの間違いでございます！　これは、こなたを陥れるための罠ですわ！」

「その罠を仕掛けたのは、俺というわけか？」

「いいえ。すべてその女が悪いのです！　陛下、何卒その女に死罪をお与えください！」

荒唐無稽な言い分を吐いた栄貴妃は、口に泡を吹きながら雪花を指差す。

雪花を憎むしかない栄貴妃は、ただ哀れだった。そこには後宮の主として君臨した栄華は、もうどこにもなかった。

紫蓮は冷徹に言い放つ。

「そなたの所業は明らかだ。雪花に毒を盛って殺害を企てたばかりか、洛明宮への放火を宦官に指示した。その罪は重大である。栄氏から貴妃の封号を剥奪し、後宮追放処分とする」

その沙汰を聞いた栄貴妃は、「キィ――……」と奇声を発し、髪を振り乱した。

拝礼が解かれていないにもかかわらず、四つん這《ば》いになって玉座へにじり寄る。それを複数の宦官が押さえつけた。

「嘘です、陛下！　こなたこそが寵妃、こなたこそ！　キイイィィッ」

彼女には自分の犯した罪を認めることも、謝罪することもできないのだ。

髪と服を乱れさせながら宦官に引きずられていく姿を、雪花は哀れみを込めて見つめた。

罪人が退出させられると、宮廷はシン……と静まり返る。

紫蓮は雪花の手を取って、椅子から立ち上がらせた。

「罪は裁かれた。雪花、そなたも心を痛めたであろう。今日は清華宮へ戻り、休むがよい」

「はい……」

こうして後宮の主だった栄貴妃は自らの浅慮によって転落した。

雪花は痛ましい思いを抱えて、紫蓮に連れられて清華宮へ戻った。


翌日、紫蓮の誘いで、ともに食事をすることになった。

雪花は鈴明と蘇周文に付き添われ、永安殿を訪ねる。

「お招きいただきまして、ありがとうございます」

「来たか、雪花」

紫蓮が出迎えてくれて、手を取られ室内に導かれる。

絢爛《けんらん》な部屋には、大きな卓と椅子が用意されていた。

張青磁が待っていて、にこやかに挨拶してくれる。

「回復されて、まことに喜ばしいことでございます」

「ありがとうございます、張青磁」

紫蓮の手により、雪花は意匠の凝らした椅子に座る。

卓を挟んで向かいに紫蓮は腰かけた。

張青磁が膳房へ足を運んでいくのを目にして、紫蓮は口を開く。

「雪花の新たな封号のことだが――」

「はい」

「貴妃はどうだろうか。現在は貴妃の位が空いている」

「え……!?」

雪花は驚きに目を見開いた。

貴妃となれば、後宮の主も担うことになる。

雪花の犯した罪を考えれば、子をなしたのちに後宮追放処分が相応なのに、一時的にせよ貴妃だなんてとても請け負えない。

「そんな……私は罪人です。貴妃だなんて、とても務まりません」

「蘭妃は死んだのだ。それにより、罪は許された。そなたには新たな名を与えよう」

「紫蓮……私を、許すというのですか？」

「許す」

紫蓮は明確に言いきった。

許されてもよいのだろうか。せめて、子を産むまでということだろうか。

それでもよかった。ほんの少しでも長く、紫蓮のそばにいたいから。

雪花の胸に感激が広がる。

だが、封号を賜るには、いくつかの懸念があった。

雪花の罪は独断のものではないのである。蘭家とのつながりは、まだ切れたとは言えないのだ。

「あの、蘭家のことですが――」

そう言うと、紫蓮は素早く手を上げて遮った。

張青磁が豪華な料理の盛られた皿を持ってきたからだ。

皇帝の側近とはいえ、宦官の前で繊細な話をするわけにもいかないだろう。

「それについては、あとで話そう。まずは食事をしようか」

「そうですね」

美味しそうな料理を前に、お腹が空いてきた。

数々の皿はどの料理も、紫蓮と雪花のふたり分が並べられている。

つまり、おそろいということだ。

そんなところに雪花は紫蓮とふたりでいるのだと実感して嬉しくなる。

箸を持ち、皿に伸ばしたそのとき。

紫蓮の鋭い声が飛ぶ。

「待て。毒味をしよう」

カチャリと、給仕をしていた張青磁の皿が鳴った。

張青磁は慇懃に対応する。

「陛下の皿の毒味は済んでおります。ですがもう一度ということでしたら、毒味役をここへ……」

「俺の皿ではない。雪花の皿の毒味をせよと言っている」

「……ですが、妃嬪の皿まで毒味をするのは、本来は……」

「できない理由でもあるのか？　張青磁、そなたに毒味をしてもらおう」

指名された張青磁は目を伏せている。紫蓮の顔を見ようとはしない。

そんな彼を、紫蓮は冷静な眼差しで見据えていた。

張青磁の体が、にわかに震えだした。

彼の持っている皿が、ガタガタと揺れている。

その衝撃で、料理がボトボトと床に落ちた。

紫蓮は険しい表情を浮かべて、ひとこと告げる。

「内通者は、おまえだ」

「えっ!?」

雪花は驚いた。

確かに薬局の帳簿には、張青磁の名前も記入されていたのを思い出す。

だが彼は朝礼には来ていないし、冬桜の宴のときも姿を見なかった。

「おまえが雪花に服毒させていたのだな。さらに芙蓉公主と、俺にも毒を盛った」

「……なんのことでございましょう。わたしは冬桜の宴のときは別の仕事をしておりました。いかなるときも膳房に出入りしていないことは、誰に聞いても証明されるでしょう」

「そうだな。張青磁は膳房の係ではない。おまえが膳房に入っていないことはわかっている」

紫蓮は意見を翻したように見える。張青磁は安堵の笑みを浮かべた。

だが、手を上げた紫蓮が合図を送った。

「張辰を、ここへ」

目を見開いた張青磁が振り向いたときには、廷尉が膳房にいた張辰を引き立ててきた。

張辰はひどく動揺して、視線をさまよわせている。

「張辰。おまえは膳房の係として、この食事を作る手伝いをした。冬桜の宴でもそうだ。それから夜伽のあったあと、俺に茶を淹れた。妃嬪の朝礼でも、龍井茶を淹れたな」

「……そうですが、わたしだけが係というわけではなく、何人もの宦官が担当しておりますので……」

小さな声でぼそぼそと答えた張辰は、叔父の張青磁を横目で見やる。張青磁は黙したまま、じっと床に目を落としていた。

紫蓮は冷淡な眼差しを、張辰に向ける。

「妃嬪の朝礼での騒ぎは報告を受けている。雪花の龍井茶に砒素が混入されていたことは、回収した茶器から判明している。俺が使用した茶器からも、複数の毒の成分が検出された」

「わ、わかりません。わたしではありません……」

泣きそうに顔を歪めている張辰を見た張青磁は、しっかりとした声で紫蓮に問いかけた。

「陛下。張辰をお疑いのようですが、証拠はございますか？　張辰のほかにも多数の者が料理や茶を手がけておりますゆえ、彼らの目を盗んで毒を混入することなど不可能でしょう」

確かに彼の言うとおり、張辰がひとりで作業しているわけではない。膳房では複数の工人や宦官がそばにいるので、不審な動きをしていたら目立つのではないか。

「証拠ならある」

そう言った紫蓮は手招きをした。

すると、入室した蘇周文が宦官の上衣を広げる。

「こちらは、張辰が陛下の茶を淹れた日に着ていた上衣でございます」

はっとした張辰は「それは……」と言いかけたが、口を噤む。

蘇周文が上衣の袖を捲ると、内側に小さな口袋が縫いつけてあった。とても小さく、同色の生地が使われているので、よく見ないとわからないくらいだ。

「この口袋は非常に精巧にできていまして、口の紐を引くと、口袋の中に仕込んだ粉が出る仕組みになっております。袖から一瞬で粉を出して、さじでかき混ぜますと、隣で作業している者にも気づかれないでしょう」

そうやって毒を混入していたのだ。証拠を残さないため、口袋を縫いつけた上衣をさすがに紫蓮のときは処分しようとしたが、それを密かに蘇周文が回収した。

ということは、雪花が入宮してからずっと答応の膳房で、その手口で食事に毒を入れ続けていたのだ。張辰は新人ということもあり、もたついた動きをしていても誰も注視しないかもしれない。それに皇帝の側近のひとりである張青磁の甥なので、膳房への配置も融通が利く。

椅子から立ち上がった紫蓮は、廷尉に肩を掴まれている張辰の前に立った。

「これに付着していた粉の成分はすでに鑑定結果が出ている。鴆毒そのほか、俺の体内と使用した茶器から検出された毒と完全に一致している」

「う、うう……」

「おまえが今、着ている上衣にも口袋がついているはずだ。――廷尉、脱がせよ」

項垂れている張辰から、廷尉が上衣を剥ぎ取る。

袖口を捲ると、蘇周文が掲げている上衣と同じように縫いつけられた口袋があった。

「ありました。口袋の内部に粉が付着しています。料理と一緒に鑑定に出しましょう」

張辰が数々の暗殺未遂を行ったことが明らかにされた。紫蓮は彼が怪しいと目星をつけて、調査していたのだ。

　夜伽で紫蓮に毒が移ったと思い込んでいたが、そうではなかった。張辰が皇帝の茶器に毒を混ぜたから、それを飲んだ紫蓮が体調を崩したのだ。

　憤怒の形相を浮かべた張青磁は、甥を叱りつける。

「なんということをしたのだ！　おまえの命をもって罪を償うのだ」

「叔父上、わたしを見捨てるのですか⁉　わたしは叔父上の命令どおりにしただけではありませんか。一族のためだと叔父上がおっしゃるから、わたしは渡された毒の粉を……」

「黙れ！　おまえがすべて独断でしたことだ！」

　醜い争いを繰り広げるふたりを諫めるかのように、紫蓮が手を上げる。

　廷尉の部下が張青磁を押さえつけた。

「陛下、わたしは潔白です。すべて張辰がやったことです」

「張青磁。おまえが薬草園や街から様々な毒を調達していたことは、すでに調べがついている。おまえがやるべきことは保身ではなく、せめて甥をかばうことではないのか」

　歯噛みした張青磁に、紫蓮は言葉を継ぐ。

「おまえの出自を調べさせたが、蘭家の遠縁だそうだな。だが養子に入ったので、そうとはわからず、おまえはそれを隠していた」

「そ、それは、隠していたわけでは……」

「反乱軍は捕縛した。蘭氏が皇帝になることはない。おまえたちの夢想は消えたのだ」

それを聞いた張青磁から、すうっと熱が引いた。

まるで狂乱の夢から醒《さ》めたように。

紫蓮の口から言われて、雪花も初めて気がついた。

親の言うことに反論できなかった。そもそも、判断さえできていなかった。けれど、三百年前に失った帝位を取り戻すなんて、儚い夢想だったのだ。

おぼろげな泡沫《うたかた》のはずなのに、まるで形があるかのように錯覚していた。錯覚だと、紫蓮が証明したから痛感できたのだ。

「……陛下は、わたしどもを以前から見張っていたのですね。すべてわかっていながら、わざと泳がせていたのですね」

「そうだ。おまえは慇懃な側近を演じながら、野心を隠し持っていた。それはおまえの目が物語っている」

「……そうでしたか」

紫蓮は張青磁の人柄を見抜いていたのだ。

項垂れた張青磁に、紫蓮は平静に問いかける。

「毒を調達し、張辰にそれを混入させて雪花に毒を蓄積させ、さらに芙蓉公主、そして俺を毒殺しようとした罪を認めるか？」

張青磁はゆるりと頷いた。その覇気のなさは、まるで世を捨てた老人のようだった。

「認めます……。すべて、わたしが命じました。張辰は可愛がっていた甥なので、なんでもわたしの言うことを聞きますからね……」

叔父の告白を聞いた張辰は、慌てて言った。

「あ、あの、芙蓉公主の皿に毒を入れたのはわたしの独断です。公主から、わたしが犯人だと問いつめられたので、やるしかないと思って……」

「子細はのちほど聞こう。——連れていけ」

廷尉たちが、ふたりを捕縛した。

内通者の正体を知った雪花は、連行されていく張青磁に声をかける。

「張青磁……どうして最後まで私に、内通者だと明かさなかったのですか？」

彼は雪花に目を向けようとせず、虚空を見つめながらつぶやいた。

「夜伽が中止になったり、妃に封じられて膳房で毒を混ぜられなくなったりと、何度も不測の事態に陥りました。あなたは暗殺者として未熟です。しかし、こうしてわたしたちを追いつめたのですからね。だから信用できないのですよ……」

結果として、彼は雪花を始めから信用していなかったのだ。さらに雪花が暗殺に失敗したので、張辰に命じて紫蓮の茶に毒を混ぜたのだろう。その焦りが彼らの足を掬った。いずれにせよ雪花は使い捨てられる立場だった。

「すべては蘭氏を皇帝にして、わたしが宰相になるためです。そうでもしないと、高貴な身分にはなれないんですよ……」

張青磁が雪花に心を砕いてくれていると思った数々の言動はすべて、己の野心のためだったのだ。雪花には、それが悲しかった。

夢は潰えたのだった。

反乱軍は制圧されたため、彼が荷担していた雪花の両親も捕縛されたのだから。

背を丸めて去っていく彼らを見送ると、雪花は紫蓮に向き直り、膝をつく。

「陛下、申し訳ありませんでした。私は両親を止めることができませんでした。蘭家に縁のある者たちの不義を、どうかお許しください」

雪花は懺悔《ざんげ》した。張辰は雪花の食事に毒を入れ続けていたが、それは雪花も承知の上だった。両親の所業を止められなかった自分にも非はある。内通者だったふたりは処罰されるだろうが、雪花自身もいかなる罰をも受ける覚悟を再度決めていた。

紫蓮は雪花に手を差し伸べる。

「立つのだ。反乱は未遂に終わったゆえ、死は与えぬ。そなたは髪を切ったとき、蘭家の者ではなくなった」

はっとした雪花は、あのとき許されていたことを知った。

紫蓮に支えられて立ち上がる。

「そなたの両親が企てた、皇帝暗殺のため娘に毒の食事を与えて、暗殺者に仕立て上げるという虐待は許されぬことだ。その件について厳重に処分する」

「わかりました……」

「雪花。そなたは被害者だ。これからは毒を食べずに、安心して生きていけるのだ」

その言葉に、雪花は眦から涙をこぼした。

それは雪花が心から欲しかった言葉を、紫蓮が与えてくれたから。

「ありがとうございます……紫蓮のおかげです」

雪花は深く頭を垂れた。

そんな彼女を、紫蓮はきつく抱きしめる。

毒の娘の闘いは、こうして終わりを迎えたのだった。

終章　幸福の梅の精

梅の花が見頃の春の日——

雪花は白銀の襦裙に身を包み、清華宮の庭園から梅を眺めていた。

髪はまだ肩口までしかないので結えないが、楚々《そそ》とした立ち姿からは気品が漂う。

服毒は終えたものの、雪花の髪は桃色で、瞳は真紅のままだった。唇のみ色が薄くなっただけだ。どうやら長年の服毒による影響が残り続けるらしい。侍医の診察によると胎児への悪影響はないようで、ふっくらとした体は、胎児の順調な生育を表していた。

「春の暖かな陽射しは、そなたの体調にもよいだろう」

「ええ、そうですね」

彼女のそばには常に紫蓮がいる。

紫蓮は雪花の肩をそっと抱き寄せた。

事件が明らかになり、張青磁と甥の張辰は罪を認めた。彼らは監獄で自らの犯した罪を償っている。さらに雪花の両親は捕縛され、幽閉された。反逆だけでなく、雪花への虐待を重く見た紫蓮は、親の命令に背くことは大罪であるという観念を捨てるよう鴻国全土へ勅令を出した。また、子への虐待が発覚したときは、親を厳重に処罰する趣旨の法律を公布した。

これにより、雪花のように虐待される子がいなくなればよいと切に願う。

梅の木を見上げていた雪花の耳に、「ここですか？」と子どもの声が届く。

蘇周文に連れられてきた浩然は、緊張した様子で宮の門をくぐる。

彼の後ろには仏頂面の琉聖が付き添っている。その隣には芙蓉公主もいた。

久しぶりに見た弟は変わらずに元気そうで、清潔な衣をまとっていた。

「来たか、浩然」

紫蓮が声をかけると、浩然は拝礼した。

「陛下にご挨拶いたします。ぼくの罪をお許しいただいたことに感謝申し上げます。今後は陛下の忠臣として忠義を尽くし……ええと……」

暗記した口上を忘れたらしい。微笑んだ紫蓮は「よい。立つのだ」と促した。

拝礼を解いて立ち上がった浩然に、琉聖が嘆息をこぼす。

「あんなに練習したくせに、本番に弱いんだね」

「すみません……老師」

「誰が老師だ。わたしのことは夏郡王と呼べ」

「はい。夏郡王」

まっすぐに返事をした浩然だが、ちらと雪花を見る。

反乱軍が制圧されたとき、彼に咎はないと判断した紫蓮により幽閉を免れた。今後は夏郡王から後見を得て、夏州で教育を受けることが決まったのだ。

すでに浩然は首都へ来ていたのだが、雪花が弟に会うのは実家を出立したとき以来になる。

芙蓉公主が浩然の肩を、ぽんと叩いた。毒に倒れた芙蓉公主だったが、体調はすっかり回復した。

「ほら、姉上に挨拶しなさいよ。そのために来たんでしょう？」

おずおずと雪花の前に進み出た浩然は、ぱちぱちと瞬きを繰り返す。

「姉上……」

「浩然、よかった。本当に無事で、よかった……」

真紅の目に涙を溜めた雪花は、浩然を抱きしめた。

抱きしめられることで思いがあふれた浩然は訥々《とつとつ》と話す。

「ぼくはいろんなことがあって、まだびっくりしています。父上と母上がなにを言っているのか、始めはわかりませんでした。姉上がひどい目に遭っていたことも、陛下にお目にかかってから聞きました」

彼は雪花が服毒させられていたことや、両親が帝位を手に入れるために犯したことすべてを知ったのだ。

一時はとても心細い思いをしただろう。浩然もまた、毒親を持った被害者なのだった。

「浩然もつらい目に遭いましたね。陛下が恩情をかけてくださると聞いて、私は心から安心しました」

「姉上に安心していただけて、ぼくも嬉しいです。これからは夏郡王のもとで勉学に励みます」

頷いた雪花は、もう一度浩然をぎゅっと抱きしめる。

紫蓮たちは姉弟を温かい目で見守っていたが、琉聖は肩を竦める。

「なぜわたしがこのような子どもの教育をしなければならぬのだ……」

「頼んだぞ、夏郡王」

「わたしを夏郡王と呼ぶな」

先ほど浩然には夏郡王と呼べと言ったばかりなのに、天邪鬼《あまのじゃく》である。

そんな琉聖に紫蓮は小首をかしげた。

「では、兄上か？」

「寒気がする。――行くぞ、浩然」

浩然は一礼すると、琉聖のあとを追いかけていった。

暖かい夏州での新しい環境に、弟が馴染《なじ》んでくれることを切に祈る。

琉聖と芙蓉公主に挟まれて去っていく弟の背を見ながら、雪花は言った。

「紫蓮、ありがとうございました。私は弟の身がとても気がかりだったのです」

「浩然はまだ若い。つらい思いをしてもそれを乗り越えて、これから成長できる」

「そうですよね。私も乗り越えることができました。すべて紫蓮のおかげです」

微笑みを交わしたふたりは手を取り合い、そっと寄り添う。

雪花は、『雪貴妃』に封じられた。

後宮の主となった雪花は子が誕生してからもずっと、紫蓮のそばにいられる。

蘭家とのつながりを絶たせて雪花の罪を許し、新たな封号を与えてくれた紫蓮への感謝が胸に湧く。

雪花の心には罪の意識が残っているので、それを償うためにも、貴妃としての務めを果たし、生涯にわたって紫蓮を支えていこうと胸に刻んだ。

「雪花に出会えなければ、今の俺はなかった。乗り越えられたのは、ふたりの想いが通い合ったからだ」

「はい……。悲しいこともありましたが、今こうして紫蓮の隣に立てるなんて、夢のようです」

ふたりで逃げて、紫蓮の屋敷にかくまわれたときの思い出がよみがえる。

あのときは連れ戻されて、もう二度と紫蓮に会えないと絶望した。そのときの悲しみは消えないけれど、彼の愛情に包まれて薄らいでいくだろう。

もうすぐ子も生まれる。子の親として、生まれた子を紫蓮とともに愛したい。

紫蓮は優しい笑みを浮かべて、雪花のふっくらとした腹を守るように手を添える。

「夢ではない。まことだ。俺は何度も雪花と結ばれる夢を見た。それはまことになったのだ」

悲しみは遠い過去のものとなり、ふたりが築き上げていく未来はこれから始まる。

感激の涙をこぼす雪花の眦を、手を伸ばした紫蓮がそっと拭った。

「紫蓮……ずっとずっと、好きでした」

「俺もだ。愛している。生涯離さない」

ふたりの初恋は叶えられた。

優しく紫蓮に頤を掬い上げられ、ふたりはくちづけを交わす。

雪花の毒が誰かを傷つけることはもうない。愛する人とくちづけを交わせる喜びに幸福感があふれた。

初恋を遂げたふたりを祝福するように、梅の花が可憐に咲き誇っていた。

あとがき

こんにちは、沖田弥子《おきたやこ》です。プティルブックスでは初めましてになります。

このたびは『毒の寵妃は後宮で花ひらく』をお手に取ってくださり、ありがとうございます。私は後宮ストーリーが大好きなので、いつか後宮の物語を書籍化できたらいいなと願っていました。そういったこともあり、本作品は強い情熱のもとに書き上げました。しかも入院と手術の前後に初稿を執筆していたので、なおさら思い入れが強かったです。どこのコンテストに出すかという予定もないままラストまで書き上げてしまいましたが、ご縁があり、夢を叶えて刊行することができました。こうして一冊の本という形になり、読者様に手に取っていただけると思うと、感激もひとしおです。デビューしてから刊行したすべての本に、同じように思い入れがありますが、あらためてそのように感じました。

皇帝暗殺の密命を背負った雪花と、皇帝であることを隠していた紫蓮の切ないラブストーリーはいかがだったでしょうか。

好きなのに結ばれない運命……という状況が大好物なので、私自身も盛り上がって楽しく書くことができました。揺れ動く切ない恋心に、ワクワクするんですよね。最後はハッピーエンドだからという安心感があるゆえともいえますが。相手のために身を引かないといけない、でも好きなのに～というぐるぐるだけで日が暮れそうです。さらに今回は好きな人が暗殺する相手なので、雪花の苦悩はとても深く、その分、幸せにしてあげたかったです。

入院するために病院へ行かなければならないのに、楽しくて執筆をやめられず、家族から急かされたのもよい思い出です。現在はすっかり元気になったので、健康に気をつけながら今後も読者様が楽しめる夢のある物語を紡いでいきたいです。

初稿では登場していなかった琉聖や芙蓉公主、浩然、張辰のキャラクターも活躍して、物語にスパイスを加えられたのではないかなと思います。私は小説に転向する前は漫画を描いていましたので、彼らのシーンも私の脳内では漫画のように再生されていました。挿絵を拝見したときはイメージ以上に素晴らしくて感激しました。素敵な挿絵やデザインとともに本作品を楽しんでいただけたら幸いです。

最後になりましたが、本作品の書籍化にあたりお世話になった方々に深く感謝を申し上げます。麗しいイラストを描いてくださったあのねノネ先生、ありがとうございました。そして読者様に心よりの感謝を捧げます。感想や応援のメッセージをいただくたびに涙をこぼしています。涙もろいので……。

願わくは、皆様と皆様の愛する人が健康でありますように。

沖田弥子

「事故チューだったのに!」

著者:こう
イラスト:日下コウ

試し読みはこちら

「棄てられた元聖女が幸せになるまで ～呪われた元天才魔術師様との同居生活は甘甘すぎて身が持ちません!!～」

著者:櫻田りん　イラスト:

試し読みはこちら

「魔力のないオタク令嬢は、次期公爵様の一途な溺愛に翻弄される」

著者:糸加
イラスト:鳥飼やすゆき

試し読みはこちら

「純潔の男装令嬢騎士は偉才の主君に奪われる」

著者:砂川雨路
イラスト:黒沢明世

試し読みはこちら

プティルブックス毎月23日頃発売!

コミカライズ情報

単行本第1巻発売中!

「魔力のないオタク令嬢は、次期公爵様の一途な溺愛に翻弄される」

漫画:まぶた単
原作:糸加

単行本第1巻発売中!

「悪役令嬢は嫌なので、医務室助手になりました。」

漫画:東 由宇　原作:花煉

「毒の寵妃は後宮で花ひらく」

著者:沖田弥子　イラスト:あのねノネ

コミックシーモアにて先行配信中!

プティルブックス

毒の寵妃は後宮で花ひらく

2024年5月28日　第1刷発行

著　者　**沖田弥子**　©Yako Okita 2024
発行人　鈴木幸辰
発行所　株式会社ハーパーコリンズ・ジャパン
東京都千代田区大手町 1-5-1
04-2951-2000　（注文）
0570-008091　（読者サービス係）
印刷・製本　中央精版印刷株式会社

Printed in Japan K.K.HarperCollins Japan 2024
ISBN978-4-596-82392-2

※この作品はフィクションであり、実在の人物・団体・事件等とは関係ありません。

※本作は魔法のｉらんど他 Web 上で公開された『後宮の毒の寵妃』に、大幅に加筆・修正を加え改題したものです。